古典文學研究輯刊

初編

曾永義 主編

第1冊

〈初編〉總目

編輯部 編

中國文學批評史上之美學批評法

蔡芳定 著

國家圖書館出版品預行編目資料

中國文學批評史上之美學批評法／蔡芳定 著 — 初版 — 台北縣永和市：花木蘭文化出版社，2010〔民99〕

序 2+ 目 4+156 面；19×26 公分

（古典文學研究輯刊 初編；第1冊）

ISBN：978-986-254-365-8（精裝）

1. 文學評論史 2. 中國文學 3. 文學美學

829 99018473

ISBN - 978-986-2543-65-8

9 789862 543658

古典文學研究輯刊

初 編 第 一 冊 ISBN：978-986-254-365-8

中國文學批評史上之美學批評法

作　　者 蔡芳定

主　　編 曾永義

總 編 輯 杜潔祥

出　　版 花木蘭文化出版社

發 行 所 花木蘭文化出版社

發 行 人 高小娟

聯絡地址 台北縣永和市中正路五九五號七樓之三

電話：02-2923-1455／傳眞：02-2923-1452

網　　址 http://www.huamulan.tw 信箱 sut81518@ms59.hinet.net

印　　刷 普羅文化出版廣告事業

初　　版 2010年9月

定　　價 初編28冊（精裝）新台幣45,000元

〈初 編〉總 目

編輯部　編

《古典文學研究輯刊》初編　書目

文學思想、文學批評與文論研究專輯

第 一 冊　蔡芳定　中國文學批評史上之美學批評法
第 二 冊　鄭幸雅　興象風神，天機自張——論興之自然觀與道家思想
第 三 冊　周慶華　詩話摘句批評
　　　　　唐瑞霞　《淮南鴻烈》文學思想研究
第 四 冊　黃惠菁　東坡文藝創作理論研究
第 五 冊　林美秀　袁中郎性命思想與文學論述

文學家與文學史研究專輯

第 六 冊　王若嫻　梁武帝蕭衍與梁代文風之研究
第 七 冊　張正良　性靈詩人與志怪小說家的自我觀照：袁枚生死書寫之研究
第 八 冊　林宜蓉　中晚明文藝場域「狂士」身分之研究
第 九 冊　林律光　蘇曼殊之文藝特色研究

古典小說研究專輯

第 十 冊　許麗芳　古典短篇小說中之韻文運用及其相關意義
第十一冊　洪至璋　《三國演義》謀士研究
第十二冊　許麗芳　《西遊記》中韻文的運用
　　　　　蔡蕙如　《三言》中的婚姻與戀愛
第十三冊　李秋蘭　《浮生六記》新探
第十四冊　林建揚　平江不肖生之《江湖奇俠傳》《近代俠義英雄傳》研究

《古典文學研究輯刊》初編
各書作者簡介・提要・目次

第一冊　中國文學批評史上之美學批評法

作者簡介

蔡芳定，臺灣嘉義人。國立臺灣師範大學國文系文學博士、文學碩士、文學士，國立臺灣大學圖書館學研究所文學碩士，國立臺灣大學法律系法學士。曾經擔任：國立臺北工專共同科講師、副教授，國立中興大學法商學院共同科副教授，國立臺北大學中文系教授兼人文學院院長，國立臺灣師範大學國文系教授等職，現為世新大學中文系教授兼主任。著有：《現代文學批評論叢》、《北宋文論》、《葉德輝觀古堂藏書研究》、《葉德輝書林清話研究》、《唐代文學批評研究》等書。

提　要

由中國文學批評史卷帙浩繁之文獻中，吾人不難找到有自覺、有意識進行批評之批評家，不難找到體大思精之批評專著，不難找到主觀客觀並重、感性理性兼收之批評方法，以延續不輟之批評傳統，以開拓寬廣之批評境界，並藉由傳統批評理論，找出中國之智慧與價值，藉與西方批評經精粹，融合運作，收縱橫並行、中西兼治之效。美學批評法之整理、發皇意即在此。

文分七章。第一章〈導論〉，言研究美學批評法之意義、困難、方法與程序。第二章〈中國傳統文學批評之特質及趨向〉，自語言特徵、思維型態、表達方式、民族性格等面向切入。第三章〈美學批評法之理論基礎〉，分由「中外文評家論文學批評之分類與方法」「美學批評法之定義及類型」「美學批評法之目的」，考察茲篇立論之淵源與理論型態之構築與推衍。第四章至第六章爲全文核心，分按詩文、詞曲、小說之順序，例舉劉勰等十二位批評家爬梳整理詮釋解析其批評原理、批評標準、批評方法、批評業績。第七章〈結論〉，概括全文體系並簡述美學批評法之影響。

目　次

第二冊　興象風神，天機自張—論興之自然觀與道家思想

作者簡介

鄭幸雅，1965 年生於臺灣省雲林縣的農村。2000 年獲頒國立中正大學中國文學博士學位，現爲南華大學文學系副教授，發表學術期刊論文二十餘篇。研究興趣在中國文藝美學、明代學術、晚明清言與文化。近年的研究成果圍繞在晚明，以晚明人的審美經驗爲研究課題，研究範疇涉及審美意識、審美經驗、審美情趣與文化表現等。

提　要

本論文以「興之自然觀與道家思想」爲研究課題，乃是緣於關注藝術與哲學具內在脈絡之關連而生。由於文學和思想皆爲探討人性與眞理的方式，環繞著人的存在，以追尋生命的終極關懷爲核心。立足于人之生命存在的探索，企圖將兩者間原有的橋樑，藉由「興之自然觀與道家思想」的論述，針對興之自然觀與道家思想的關連加以釐析，闡發內蘊於兩者中的自然觀，彰現藝術與哲學的結合，揭櫫哲學與文學藝術彼此互滲的文化特性。全文的論述中心有三：

其一是釐清眾說紛紜的興義，對興之本意及其衍生義加以解析。藉由歷史之追溯，掌握興義由經學轉爲文學之脈絡，標舉出興具有“寄託”、“有感”和“言有盡而意有餘”三基盤意。由興之基盤義出發，觀察其運用於文藝理論之發展，闡述興義之網絡，進而析論興在文藝理論諸層面之意蘊，呈顯興之確意及其美學旨趣。其二是解析興與自然觀之關連，通過自然觀在審美感知、藝術表現、審美效果以及讀者感發等外在理論層面的表現，以及自然觀與興之理論的內在意義脈絡的釐析，確認自然觀在興之理論中居於核心地位，凸顯自然審美原則貫串整個興之理論，形成以自然審美原則爲重心的興之自然觀。其三則是論證興之自然觀的哲學根源，歸屬於道家思想之下。興之自然觀與道家思想在本體的虛靜無爲、直覺觀照的觀物方式以及神妙入化的境界型態上具備密切之關連。二者的密切關連，以「遊」爲精核，以「和」爲會通的關鍵，藉由遊的藝術精神的開展，以及廣大和諧生命境界的示現，凝聚出自然成爲文學藝術普遍要求的哲學意義，抉發中國文化在哲學與文學藝術交融互融的特質。

目　次

第三冊　詩話摘句批評

作者簡介

周慶華，臺灣宜蘭人。中國文化大學文學博士，臺東大學語文教育研究所副教授兼所長。出版有詩集《蕪情》、《七行詩》、《未來世界》、《我沒有話要說——給成人看的童詩》、《又有詩》、《又見東北季風》、《剪出一段旅程》、《新福爾摩沙組詩》、《銀色小調》和散文小說合集《追夜》，以及學術著作《秩序的探索——當代文學論述的省察》、《文學圖繪》、《臺灣當代文學理論》、《語言文化學》、《臺灣文學與「臺灣文學」》、《佛學新視野》、《兒童文學新論》、《新時代的宗教》、《思維與寫作》、《佛教與文學的系譜》、《文苑馳走》、《中國符號學》、《作文指導》、《後宗教學》、《死亡學》、《故事學》、《閱讀社會學》、《後佛學》、《文學理論》、《後臺灣文學》、《創造性寫作教學》、《語文研究法》、《身體權力學》、《靈異學》、《語用符號學》、《紅樓搖夢》、《走訪哲學後花園》、《語文教學方法》、《佛教的文化事業——佛光山個案探討》、《轉傳統爲開新——另眼看待漢文化》、《從通識教育到語文教育》、《文學詮釋學》、《反全球化的新語境》等。

提　要

詩話摘句批評以特殊的詩句爲對象、以價値的評估爲目的、以批評的語言爲媒介和以單一的判斷爲手段等，乃緣於詩教使命的促使、批評本質的限定、語彙系譜的作用和價値判斷的侷限等；而這可以推測出它可以發揮開啓後進創作的途徑、提供批評家攻錯的機會和延續詩句的生命等功能，同時發現它可以維護詩的純粹性而相較於西方文學批評方式來說爲不可或缺，希望大家不再排棄它。

目 次

《淮南鴻烈》文學思想研究

作者簡介

唐瑞霞，臺灣臺北人，民國五十八年生，國立成功大學中國文學碩士，佛光大學文學博士，現任教於明新科技大學通識教育中心。碩士論文爲《淮南鴻烈文學思想研究》，博士論文爲《疏離與認同——以《海神家族》爲主要探討文本》。近年來關注於個人的主體位置應該如何被安置、人們應該如何在疏離的人際關係中尋求認同與定位等議題，企盼藉由健全關係網絡的建構，個人主體得以找到安身立命的憑藉。

提　要

魏晉南北朝之前，中國的文學理論，鮮有系統性的描述，大抵皆零星地散落在各類典籍之中，其中諸多非文學性著作，卻往往隱藏著影響文學的要素，頗有值得探索者，一如《淮南鴻烈》，此書雖旨在闡述治國思想與人生哲學、非爲專門文學而作，然其中所蘊藏的豐富文學思想，仍有其不容輕忽的價値。雖然在文學思想方面，《淮南鴻烈》缺乏理論性的集中論述，但後世不少文學觀點若溯其源，則多可在《淮南鴻烈》中找到。《淮南鴻烈》上承先秦，下啓魏晉，是一個相當重要的環節，雖缺乏整體的文學理論系統，但是卻爲魏晉文學思想的發展，作了重要的準備工作。

本論文藉由運用劉若愚先生在《中國文學理論》一書中，透過檢討宇宙、作者、作品、讀者四個文學要素之間的關係而提出的「藝術過程四階段論」（即相應四要素與四階段而生的形上理論、表現理論、審美理論，實用理論等），來框架出《淮南鴻烈》所蘊涵的文學思想。

第一章緒論。旨在說明研究動機、研究方法，以及學界研究《淮南鴻烈》的概況。

第二章決定理論。旨在從《淮南鴻烈》的成書背景來探討其決定理論的特質，並以《淮南鴻烈》作者所展現的強烈著書目的來作爲實用理論的最佳表徵。

第三章形上理論。旨在介紹與其文學思想密切相關之形上思想的內容與特色，以作爲探討文學思想的形上背景。

第四章表現理論。旨在探討文質論、形神論，以及創作論等命題。

第五章審美理論。旨在標舉出美的本源、美的特性，並探討鑑賞理論的本質，以及實際鑑賞時所可能遭逢的問題。

第六章結論。旨在總結《淮南鴻烈》之文學思想。

目　次

第四冊　東坡文藝創作理論研究

作者簡介

黃惠菁，臺灣省臺北縣人，一九六五年生。臺灣師範大學文學碩士、高雄師範大學文學博士。現爲國立屏東教育大學中國語文學系專任副教授。主要著作有《東坡文藝創作理論研究》（碩士論文）、《唐宋陶學研究》（博士論文）、〈試論唐代文人二重心理結構的形成與特色〉、〈從朱熹等人對擬陶和陶詩作的批評看東坡學陶的審美意義〉、〈從歷史承繼與文學環境角度看陶淵明的文學淵源〉、〈論陶詩題序的特色〉……等。

提　要

東坡爲宋代文藝發展的重要領袖人物，舉凡詩、詞、散文、辭賦、書法、繪畫，均有可觀的創作成就，足以「雄視百代」。值得注意的是，東坡在窮其畢生精力、長期的操觚執筆後，猶能將自身豐富的創作經驗，轉爲其文藝理論開展的基礎。其立論不僅能夠觸及文藝本身的特質，亦能充分表述深刻的美學思想。本論文即是對東坡「文藝創作理論」的一項綜合研究，嘗試從後人對其散文、詩歌、書法、繪畫等研究的分論上，整合出坡公對文藝的宏觀態度；全面性的掌握作者是如何消彌各領域間的隔閡，完成相互滲透、補充的審美理想的建立過程。論文主要分成兩部分，一爲東坡文藝創作理論形成的背景；一爲東坡文藝創作理論內容的分析。後者尤其重要，乃論文之中心：首先安排爲「創作基礎」的討論，再言「構思」的條件，緊接其後是「形象」、「表現」的分述，最後則是「風格」的呈現。全文深究立說，除以東坡之論爲主要依據外，並佐以古人或後人之見，以彰顯其人之卓識，了解到作者對文藝美學的品尙要求。

目　次

第五冊　袁中郎性命思想與文學論述

作者簡介

林美秀 1956 年生，嘉義市人，國立高雄師範大學國文研究所博士。2006 年自國立高雄應用科技大學文化事業發展系教授退休。著有：《中國十大鬼怪傳奇——到鬼怪世界走一回》、《袁中郎的性命思想與文學論述》、《漢語文學的古典傳統論述》、《王松詩話與詩的現代詮釋》、《江進之詩學理論與實踐》，及單篇論文若干。曾獲國科會及教育部等八次研究獎勵。

提　要

人文科學與自然科學的終極目標相同，都在展開對人的關懷，不過前者直接以人的心靈作爲研究，後者卻以自然界的紛繁萬象爲範圍，對象不同，而方法論卻常混同爲一。人文科學過度借用科學實證、邏輯演繹、類型概括等方法，以固定的模式，對待不確定的存在感受，造成學術研究與生命特質的背離，論文成爲呆板、冷淡的獨白。

因此，解讀袁中郎，我對自己的期許，便是能做到生命與生命的對話，要通其情理，與之感應，以尋找學術與生命的交點，不預設立場，作系統性建構，又能通於生命剎那的感受。方法上，則是詳讀原典，累積復活情境的基礎；然後針對生命的發展分階段論述，觀其流變。結構上區分爲三部分，首章是方法論，中間四章是分階段作並時性與貫時性的交錯論述，末章則作貫時性提攝。

第一章袁中郎其人其學詮解的思考，先以〈中郎行狀〉爲主要依據，檢視小修筆下的中郎，並與前輩學人的看法對照，比較方法論的異同，及其長短得失，尋思一相對恰當的詮解角度。其次，落實到原典中，觀察中郎的人生蘄向，並與前文論述對勘，重新確認他的學道蘄向。而後，基於近賢論述，著眼於文學，而捨其思想；或者擴大左派王學、資本主義萌芽，對晚明社會的影響，導致的執著表象、以偏概全的缺失，拈出回歸生命之流，再現歷史情境，作爲論述策略，確立本論文性命思想與文學論述雙項並寫的型態。

第二章晚明社會與少年中郎思想的形成，以論世知人釐清晚明社會看似縱欲、頹廢、虛浮輕薄的亂象底層，實有一股內攝、檢省的文化走向；進而觀察中郎父祖師長等，在變動社會中的價值判斷與學問性格，及其對少年中郎雜學性格的影響，並釐清李贄對他啓蒙影響的誤解。

第三章生命豁醒後的性命思想與文學觀，這個階段的觀念，以在吳越期間的言論最具特色，是前賢所指公安派的全盛期。基於第二章對少年中郎思想性格的討論，以《金屑編》《敝篋》《錦帆》《解脫》《廣陵》諸集爲依據，觀察萬曆十七年至二十五年，（1589～1697）生命豁醒後關懷的重點，與前期比較，只是自覺與否，思想上但取禪宗解縛去粘的特質，執空破有，而無實際內容，文學主張亦由此生命情調而來，改革之說假借而已。

第四章二度出仕後性命思想與文學觀念的再變，約在萬曆二十六年至二十八之際，（1698～1700）中郎上承解官後的家計壓力，又目睹政壇人性的變態演出，思想轉趨內歛，開始信仰淨土，文學觀念亦隨之調整，由對文壇主流的顛覆，轉爲自我顛覆，提倡學、復古，本章以《廣莊》《西方合論》《瓶花齋集》爲據，檢證其見聞思慮，詳察變化脈絡。此一階段以後的中郎，對往昔的著空破有、莽蕩禍生多有批判，卻最爲人所忽略。

第五章柳浪歸隱後至三度出仕的思想發展與文學論述，討論晚年的思想發展，柳浪歸隱事在萬曆二十九年，（1701）至三十八年辭世，（1710）長達九年，其中三十四年曾三度出仕，（1706）到去世前幾個月才請假返鄉。併作一期討論，以其承續上一階段的內歛、沉潛，思想趨於穩實，文學觀念則越發縝密；並且約在三十二年之際，（1704）學術規模已然建構完成，因此不另區分。不過性命思想仍有證悟，由苦寂進而攝儒歸佛，在本章中亦予分節論究。

上述五章，首爲輪廓速描，其餘四章論述各階段核心課題，期能呈顯中郎生命成長的心路歷程。第六章即返本即開新的生命實踐，則綜合以上討論，就性命思想與文學論述分別提攝，勾勒其遞嬗之；再即形，而見其道，就生命的觀點，詮釋他一生的學問，皆以了脫生死爲核心而展開，懇切面對自我，妙於悔悟，自然通於當代文化脈動。

目 次

第六冊　梁武帝蕭衍與梁代文風之研究

作者簡介

王若嫻，中國文化大學中文博士，環球技術學院助理教授。以「中文鑑賞與應用」課程榮獲962、971與972教育部優質通識教育課程計畫績優課程，及第三屆全國傑出通識教育教師獎。著有《唐蘭古文字學研究》、《梁武帝蕭衍與梁代文風之研究》、《溫馨的愛——現代親情散文選》（與蕭水順教授合著）。另有〈試論梁武帝與梁代儒學之振興〉、〈試論唐甄《潛書》中的夫婦倫常觀〉、〈醫護科系國文課程設計的另一面向——以《孝經》第一章、第十八章融入課程設計為例〉、〈經典閱讀融入大一國文之設計與實踐〉等。

提　要

本論文內容共分七章，首章「緒論」，說明研究動機、研究之侷限與困難，考察當前研究概況，並釐定研究之範圍。第二章「梁武帝的時代背景」，探討時代背景，依政治動態、社會風氣與文士心理三目，探究梁武帝所以有別於南朝宋、齊開國君主的施政作爲，及因應當時社會風氣、學術思潮與文士心理，所推動梁代文風的基本因素。第三章「梁武帝的家世生平與著述」，考述其家世生平、交遊與著述，追溯創業立功之原由，考索其政治、軍事奠基的根本，探尋其自幼受讀儒書的歷程與一生豐碩的著述，以印證其所以能以一己之力，致力於推揚梁代文風的根據。第四章「梁武帝的文學觀與作品特色」，探索其文學觀與作品藝術特色，由於梁武帝本身並未提出具體的文學觀，故此章大抵依其施政作爲與喜好爲據，架構其文學觀，並進一步分析作品所呈現之藝術特色。第五章「梁武帝推動文風的盛況」，綜理有梁一代的文風盛況，標其大要，依儒學的振興、百花齊放的文學集團、品評風氣的瀰漫、文集類書的編纂、宮體詩作的競造、佛典著述的鼎盛六項，以揭示梁武帝於其中的用力所在，而有別於南朝其他君王之作爲。第六章「梁代文風對後世的影響」，由對古文運動的啓發、對文學理論的沃灌與對佛教典籍的導引三項，歸結梁代文風對後世的影響，以明其上承魏晉宋齊遺緒、下啓隋唐兩宋文學盛世的地位與價值。第七章「結論」，總括梁武帝及梁代文風，並由五個不同角度評定梁武帝與梁代文風，以作爲未來研究的參酌。末有重要參考文獻與圖像書影等附錄。

目　次

第七冊　性靈詩人與志怪小說家的自我觀照：袁枚生死書寫之研究

作者簡介

張正良，1972 年出生於臺南縣鄉間，大學時期與文學初相逢，似曾相識的生命觸動，於是心靈就不斷的在文學版圖中探索。1995 年從臺南師範學院語教系畢業，進入教育界服務於南投縣南投國小至今。2002 年冀在文學領域更上層樓，進修於中正大學中文研究所，深層的文學內涵鎔鑄，喚起文學靈魂的甦醒，2005 年幸授碩士學位。致力於引導孩童們從文章創作中，體驗徜徉文學世界的怡然。

提　要

袁枚是盛清時期提倡性靈的佼佼者，其生活、園林、文學都有他個人性靈的無限蔓延，如影隨形的無處不在，他語言文字背後，情感欲望泌泌滲出推陳自我的形象。

袁枚許多有關自挽的詩作，及邀友人和自挽詩的作品，袁枚均整理成書並刊行。袁枚到處向人索和詩，好像要留下些什麼紀念似的。對於死袁枚毫不避諱地談論，以狂放之姿言「人人有死何須諱？都是當初死過來」。

死亡雖然是一個事件，但是走向死亡卻是連續的過程，文學家面對死亡逼近的過程，對眞實死亡事件進行語文書寫，文學家的生命意識會傳佈在其中。故筆者嘗試將死放在生之過程中加以理解，而取材自與袁枚自敘傳文有關的性靈詩，及呈現生死看法的志怪小說《子不語》、《續子不語》來探究。從生死書寫的角度加以觀察，相互觀照袁枚面對生死的自我形象，冀能對袁枚文學呈示的現象多了解。當袁枚身處「生命危機」時，他的文學中呈現出怎樣的自我形象？從他的生死書寫中對「自我現象」的推陳，產生諸多的二元矛盾性與他受崇拜間有怎樣的關係？

目　次

第八冊　中晚明文藝場域「狂士」身分之研究

作者簡介

林宜蓉，I-Jung,Lin，國立暨南國際大學中文系助理教授。國立台灣師範大學國文系學士、碩士、博士。近年多關注明代文藝社會、文人型態、明清旅行文學等研究範疇。已發表〈山光/粉黛共消遙？——晚明文人江南歷遊之文藝再現與敘述策略〉(2010)、〈中晚明狂士記憶的歷時積澱〉(2003)、〈晚明「尊藝」觀之探究〉(2000)、〈理想的頓挫與現實的抉擇——陳洪綬「狂士畫家」生命型態之開展〉(1999)等多篇學術論文。

提　要

本論文以《中晚明文藝場域「狂士」身分之研究》作爲探討主題,採取後現代史學、詮釋人類學之方法工具,拆解歷來狂士論述,重新編織狂士知識,依序開展的議題如下所述:

第一編、編織與拆解的共舞

第一章第一節,在四庫館臣的宏偉敘述之外,考掘出四條擬塑狂士譜系的線索,分別爲:地域認同的收編書寫、擬世說體的傳抄聯衍、私家史傳的隱性論述、序跋評點的揄揚與傳播。第二節,嘗試重新編織狂士譜系的意義,指出譜系之存在乃是爲狂士此一知識社群,提供了一組「認同譜系、敘述庇護所及文化參照系統」;其二指出:擬塑譜系時的懷古心理,其「時間圖示」,實爲一現時、空洞的心理時間,並不具有「回復古典」之實際意義;其三、「眾聲喧嘩的狂士意蘊」,則初步歸納出明代談狂的意義,點明複雜多元的詮釋現象。其四、「諸家論述的角力競逐」,則揭露「狂士吳中論」、「四庫全書狂士論述」爲霸權論述,作爲開啓下文多元小論述之伏筆。

第二章選擇譜系中的狂士個案,追索中明到晚明的歷時變化。掘發其中相應的互動關係——因爲文藝場域接受角度的變遷,而導致說話者所描繪的「狂士圖像」產生變化。其變因分兩部分論述:文藝觀方面,乃是由「典雅華麗的復古文風」、朝向「與人格合轍的自我書寫」遞變。人物觀方面,則是由「懷柔收編與訓戒懲罰——官權中心」、朝向「自我主體意識的彰顯——個體中心」遞變。其次,則以個案爲研究中心,分別探討了吳中的唐寅、祝允明;湖北的王廷陳、蜀地的楊慎。除了呼應前述由接受氛圍探討狂士圖像變化的論點之外,更考察出數位吳中以外的狂士個案,可見得狂士非吳中所獨有。

第二編、表演與觀看的對話

本編針對「形狂心亦狂」一類狂士作深度考掘,第一章「狂姿逸態的文化表演」,除了概覽狂士風氣之外,也交代本文作爲核心研究對象之狂士取樣。此外,則嘗試歸納場域上集體描繪的狂士圖像,具有下列狂態特質:(一)、自負高才、大言進取(二)、邊緣化型態(三)、狂蕩不羈的行止(四)、標舉狂誕簡傲的才性。其次,則企圖勾勒一幅「人造合成的狂士圖像」作爲概觀,從而由此開展相關的衍生論述。

第二章 「觀看氛圍的深化論述」，則聚焦在文藝場域上風行的尊狂論述，依其脈絡分為「陽明學的狂者胸次」以及「晚明尊狂論之分殊」。其次，則就形狂論述擇選「傲岸公卿」主題，探討文藝場域中，運用文化參照系統，對此形狂特質進行文化加工的現象。在此，筆者歸結出三種深化論述的話語策略：（一）、區辨薰蕕（二）、詮釋深意（三）、標舉境界。此結論可作為其他形狂論述之基礎分析模式。

第三編、耽溺與超拔的辯證

本編切入角度，採取回歸該人物說話脈絡，探究其深層意蘊，考掘出狂士縱放行徑的諸多心理層次。其中狂士應世接物的寄物心態，有兩種基模，分別為：一、寄情於物——不遇心態的消極應物； 二、寄物彰我 —— 豪傑狂者的積極應物。其次，就明人觀點再現其「縱放寄物」論之內在建構，並由回溯魏晉縱放論、王陽明論縱放寄物來看該說特質與發展。

第二章「寄而不住的生活美學」，則由明人袁宏道等人對「寄物」心態的反思、戀物固著的掙扎與擺脫，推展出肯定俗世生活、追求主體自適的生活美學。

第四編、流離與返歸的跨越

將狂士認同納到整體文化困境中的生存焦慮來談，就狂士明志表性的書寫，分析其內在自我的追尋歷程——由流離失所處境的自我鏡視，到返歸自我的生命家園。其中又依次歷經「斷裂的覺知到重劃疆界」，以及表彰率性任眞之自我圖像的過程。

末了以「疆界跨越與尊重他人」，作為本論文之結語，同時開啓了跨越疆界、尊重多元文化的無限視角。

最後，本論文之附錄，檢附了「《四庫全書總目》之狂士論述」、「表七：中晚明狂士小傳資料彙集表」，以應讀者方便檢索之需。

目 次

第九冊　蘇曼殊之文藝特色研究

作者簡介

林律光，字無涯，法名萬光，號維摩居士，粵省番禺人，誕於香港。先生幼不隨俗，輒喜離家訪道，參禪問道。律光先後畢業於香港能仁書院、香港教育學院、香港公開大學、香港道教學院、廣州中山大學研究院、香港中文大學研究院、香港大學研究院及廣州暨南大學研究院，從事教育工作凡十七年。

林君於修研佛學餘暇復好詩古文辭，喜寫絕律古句，好學不倦，並屢獲獎項。

先生述作頗豐，著作有《花間新詠》、《清水灣文集》（合著）、《豪光唱和初集——三集》（合著）、《維摩集・茂峰初篇——三篇》、《宗教哲學之現代詮釋》（合著）、《維摩集・山居詩畫篇》等，另發表詩聯文甚多、學術論文二十多篇，散見於中、港、臺、馬來西亞各地刊物。

提　要

蘇曼殊在清末民初森羅萬象之文壇上別開生面，其名字享富盛名。他是一位慧秀孤標、才華橫溢之文人雅士。此人清空淡遠，行爲怪異及離經叛道，唯其文藝作品卻驚世駭俗，超群絕倫。其詩，別具神韻，眞摯感人，散發幽蘭之美；其文，言簡意賅，語句精妙，流露憂鬱之美；其性，孤芳自賞，黑白分明，彰顯人性之美；其小說，刻劃入微，獨具風格，突出感傷之美；其畫；灑脫空明，傳神自然，充滿禪意之美；其翻譯，簡約瑰奇，古樸沈遠，兼具諷刺之美；其語言，英法日梵，樣樣皆通，表現藝才之美；其禪理，敏慧睿哲，空靈自在，滲透禪學之美。他是個全方位之才，震撼世人之心靈深處。郁達夫評曰：「他的氣質浪漫，由這一種浪漫氣質而來的行動風度，比他一切都要好。」鄭桐蓀言：「他的行爲雖是落拓，卻並非不羈；意志雖極冷，而心腸卻是極熱。」整體而言，曼殊作品所表現出的自我形象皆具實感眞情、思想解放，留給讀者深刻的印象，其獨特的藝術風格，對封建社會、中國文學現代化產生積極而深遠的影響。

目　次

第十冊　古典短篇小說中之韻文運用及其相關意義

作者簡介

許麗芳，1968年生，台灣基隆人。中山大學中文系博士（1997），台灣大學中文所碩士（1993）。日本長崎大學環境科學部（文化環境）客員研究員（2005～2006）、日本東北大學中國文學研究室客員研究員（2009.1－2009.2），現任彰化師範大學國文系教授，主要研究領域爲中國古典小說。著有《歷史的書寫與想像：以三國演義與水滸傳的敘事爲例》（2007）、《古典短篇小說之韻文》（2001）與《傳統書寫之特質與認知：以明清小說撰者自序爲考察中心》（2000），並發表多篇相關單篇論文。

提　要

本書研究唐傳奇與話本小說中的韻文運用，分析作品中各類韻文形式所具有的敘事功能，如描繪山川景物、刻劃人物、塑造場面或暗示情節發展、賦予寓意、展現作者綜述評價等，以期理解古典小說寫作形式之特殊性，並與敘述主體之散文相互對照，以見其中修辭意識之差異、敘述層次之多元，以及文類彼此之融合與互動等，凸顯作品不同層次之意義。

事實上，唐傳奇與話本小說韻散相雜的書寫現象有其通俗文學之淵源，也具有傳統史傳與詩賦等正統著述之價值意識，並深受實用觀點的影響，因此形成古典小說特有之表現形式與修辭風格，亦影響古典小說之寫作意圖與相關期許。

本書以韻文爲考察角度，對古典短篇小說之敘事模式、敘述功能、修辭技巧及文類綜合等現象加以分析，析論古典小說此邊緣文類對於其他正統文類特性之模擬與轉化，以期對文學史之相關流變或脈絡有所檢視理解。

目　次

第十一冊　《三國演義》謀士研究

作者簡介

洪至璋，台中人也，七年三班生，身爲中文系學生，因此附庸風雅取字爲「愼之」，自小生長在彰化濱海小漁村，頑皮的形象跟現在的溫和完全連不起來，爲何？稍長，回台中定居，越國小，接著是 13 年的「明道」歲月，深受其人文教育影響，加以從小就有個「名士」夢，但現實中並不想高唱「從軍樂」，所以成爲一名「中文人」，悠遊於文學與謀略，後者爲何？《六韜》、《孫子》、《三國演義》是也！願以切實之行動，努力成爲現代之「名士」也。

提　要

攤開人類的歷史，其實就是一部戰爭史，有人的地方就有戰爭，從早期的車戰、古希臘羅馬的方陣步兵，到騎兵開始主宰一切的上古、中古各戰役，戰爭的進行方式隨著人們的智慧也更加多元及進步，針對己方與敵方各自的優缺點，戰爭也以不同的方式在進行，而戰場向來是千變萬化，有道是「計畫永遠趕不上變化」，在變化莫測的時候，如何臨機應變，以取得最後的勝利，也考驗著人們的智慧，而有時候統帥全軍的將領分身乏術，需要一個富有韜略的旁觀者時時協助他，而這些在戰場上富有機智的人們，便是謀士了，一個好的計策，往往左右戰局的發展，寡可以因此擊眾，弱可以因此勝強，因此注重「謀略」向來勝利的關鍵，反之，則可能失敗。

而《三國演義》爲中國四大奇書之一，同時也是一本謀略大全，全書通篇敘述謀略，雖然有時與史實有所出入，但不會因此影響它的價値，努爾哈赤及毛澤東都嗜讀《三國演義》，然而歷來研究《三國演義》的著述，多是著重領導者，如曹操、劉備、孫權，或是關羽、張飛、趙雲等武將，而謀士中如周瑜、諸葛亮兩位的專論多如過江之鯽外，其他謀士似乎被忽略了，本論文也是因此專以「謀士」爲主，探討這些智者如何發揮長才，在那個混亂的年代。

全書分成七章，第一章爲緒論，其中包含研究動機及目的、研究方法、文獻探討及論文大綱，緒論中也說明了本篇論文的寫作規則。第二章爲敘述《三國演義》的成書，也就是自《三國志》以後的三國資料，含戲曲、話本……等，如何逐漸轉變、形成羅貫中筆下的《三國演義》。第三章以宏觀綜論方式論述謀士，《三國演義》爲主，史實爲輔，兩者交叉論述謀士。第四章爲

《三國演義》謀士的「戰略設計」，以荀彧、魯肅、諸葛亮三位首席謀士的「戰略智謀」爲主，因爲此三人對三國局勢的發展影響甚大，第五章著重的是謀士的臨場策劃的機智，也就是「戰術智謀」的展現。第六章爲《三國演義》謀士的人格特質與形象描寫。第七章爲結論，總結書，或是補充未講完的重點。

目　次

第十二冊　《西遊記》中韻文的運用

作者簡介

許麗芳，1968年生，台灣基隆人。中山大學中文系博士（1997），台灣大學中文所碩士（1993）。日本長崎大學環境科學部（文化環境）客員研究員（2005～2006）、日本東北大學中國文學研究室客員研究員（2009.1－2009.2），現任彰化師範大學國文系教授，主要研究領域為中國古典小說。著有《歷史的書寫與想像：以三國演義與水滸傳的敘事為例》（2007）、《古典短篇小說之韻文》（2001）與《傳統書寫之特質與認知：以明清小說撰者自序為考察中心》（2000），並發表多篇相關單篇論文。

提　要

本書以百回本《西遊記》中的韻文運用為研究中心，分析韻文於小說中的各種敘事功能與特徵。

百回本《西遊記》經由唐宋兩代通俗文學的累積，不僅在故事上包羅各類史實傳說，在形式上更是承繼以往，進而發揚光大。除了收集既有的相關故事片斷、殘存話本、另結合民間其它傳說，在民間集體創作的基礎上運用了個人想像鋪陳而完成，其間最明顯的書寫現象即各式韻文的大量運用。《西遊記》之內容與形式雖相當程度沿襲傳統，但敘事中卻夾雜大量詩詞歌賦，形成明顯的形式特徵，也凸顯相關的文史價值意識。

《西遊記》作者並非單純沿用這些韻文，而是另出新意，藉以描寫山川景物、刻劃人物、塑造場面或暗示情節發展、賦予寓意等，並於其中展現綜述情節與個人評價，韻散夾雜的形式使行文豐富活潑，也呈現了章回小說敘事的多樣面貌。《西遊記》作者運用了各種韻文類型，包括詩、詞、賦與對句等，這種現象所透露之意義、所具有之敘事功用及對整部作品整體面貌之影響等，皆有探討價值。

目　次

《三言》中的婚姻與戀愛

作者簡介

蔡蕙如

現職：高雄醫學大學通識教育中心　專任副教授兼秘書室秘書

學歷：國立高雄師範大學 國文系　博士班畢
國立高雄師範大學 國文系　碩士班畢
東海大學　中國文學系畢
文藻外國語文專科學校　英文科畢

經歷：高雄醫學大學通識教育中心　專任助理教授兼秘書室秘書
高雄醫學大學通識教育中心　專任助理教授兼中心人文及社會科學組組長
高雄醫學大學　教務處課務組組長
大仁技術學院通識教育中心　專任助理教授兼教學品質組組長
國立高雄師範大學國文系　兼任助理教授
國光中學國文科　專任教師兼導師
文藻外國語文專科學校　國文科　兼任講師

專長：古典通俗小說、比較文學、應用文

著作：《三言》與《十日譚》婚姻愛情故事之比較研究、《三言》中的婚姻與戀愛

期刊論文：〈《三言》與《十日譚》巧女人物類型比較〉
〈「點燃生命之海」與生死教育〉
〈從儒家思想建構醫療專業人才之倫理教育〉

〈電影於人文教育教學中之應用——以「金法尤物」在女性文學課程上的啓示爲例〉

〈「臺灣文學」通識課程之教學兼論「去中國化」——以高雄醫學大學課程設計爲例〉（載於國立嘉義大學中文系出版之《文思與創意》）

〈電影於大一國文教學上之應用——當屈原遇上勝元〉

提　要

在明代通俗文學家馮夢龍所蒐集、整理的《三言》中有將近三分之一的作品，是通過婚姻這面鏡子，爲後人反映一幅幅當時生活的寫生畫和風俗畫；換言之，中國婚姻發展史上某些典型的婚姻模式與現象均可直接或間接地在《三言》故事裡找到其印證和實例。

本文試圖從《喻世明言》、《警世通言》與《醒世恆言》一百二十篇故事歸納出當時人的婚姻型態，以及其中所呈現的婚戀觀、幸福觀，並且跳脫出「男性文化典律」的制約，重新檢討中國人的兩性關係與婚姻態度。此外，亦透過《三言》描繪的情愛世界，妥切地界定道德在愛情婚姻系統中所扮演的角色，並且藉此釐清多數人把種種婚姻束縛與孔門禮教混爲一談的誤解，進而揭示禮教中莊嚴的婚姻思想。最後，就這些故事情節與人物的言行，加以分析其對現代人所產生的啓示與省思，讓《三言》的戀愛婚姻故事發揮更積極的指導作用，而不只是茶餘飯後的街談巷語。

論文各章重點簡述如下：

第一章　緒論：說明本論文之研究動機、目的、範圍與方法。

第二章　《三言》中婚姻結合之模式：根據故事裡所描述的男女結合之情節，統整出我國常見的幾種結婚模式，並藉此分析故事人物的心理，以及探索普遍的人性與共同的弱點。

第三章　婚外情與其他：本章探討婚外情與亂倫、僧尼相戀不法之事。

第四章　《三言》所反映的婚姻觀：綜合《三言》中所有關於婚姻戀愛之現象，進一步歸納整理父母長輩、青年男女、歡場女子以及禮教的婚姻觀。

第五章　結語：綜述本文之研究心得。

目　次

第十三冊　《浮生六記》新探

作者簡介

李秋蘭，台灣嘉義人。國立成功大學中國文學系博士。現任吳鳳技術學院通識教育中心專任助理教授。論文曾獲 89 年度行政院國科會研究獎勵費乙種獎。著有《《浮生六記》新探》，以新讀者、新文人及新小說之角度，審視沈復與《浮生六記》的文學意義；《《史記》敘事之書法研究》，主要以六大主題的探究，從體例結構與敘事技巧之角度，論述《史記》史筆與文筆之會通化成。主要研究領域：《史記》、史傳文學、古典小說、敘事理論。

提　要

《浮生六記》自二、三〇年代受五四文人一度且高度評價形成典律後，在時代的推移中，不斷受到後來讀者的評價與重新書寫，於是五四→紅學→浮學（《浮生六記》研究）這樣的系統雖不致一脈相承，卻也不絕如縷。五四菁英對《浮生六記》的熱烈接受，乃因其中反禮教的意識型態符合了五四文化運動的期待視野，如個性解放、孝道質疑、婚戀自由等。因此沈復的「孝而情」、「夫妻大於親子」的觀念，可謂是五四的先河。事實上，沈復重視個人婚戀自由的觀念，從晚清直至戰後臺灣，一直受到讀者的高度評價。所以本文致力於從讀者反應論的角度檢視《浮生六記》的接受狀況，論證受到文化菁英熱烈接受下的《浮生六記》，典律化後，其文本接受狀況軌跡的宏觀考察。

本文由文人史的角度，定位出沈復是一位「承先啓後」的「新男性」。從沈復所記錄下私密的閨房生活與私人情緒，以及文中所呈現重視女性的觀念，沈復前衛、新穎的觀念顚覆、跨越了傳統文人的制式思考。沈復的「新」文人特質尙表現在他的活動場域，由中心至沿海，沿海至域外的移動，預示著十九世紀末中國與西方國家互動的時代即將來臨。所以沈復的誕生，意味著「新」文人、「新」時代的來臨。

本文進一步藉次文類觀點，判斷《浮生六記》爲「自傳小說」。由小說美學的角度來論析《浮生六記》的形式問題，試圖由中國經、史、子、集傳統的文學脈絡中，重新定位《浮生六記》的形式位階。以此觀念來檢視《浮生六記》，發現沈復藉著第一人稱的敘述技巧將自己和愛妻芸娘共同生活的二十三年之間，從聚到離、從生到死過程中的點點滴滴，完整的安排在六記之中，尤以芸娘形象的刻畫最爲成功。若就中國自傳系統而言，作者勇於創新，如命名的方式即是新創之一。此外，作者成功的將自傳以小說形式呈現，將乾嘉盛世的社會舖敘在世人面前，其深層的意義則暴露出中國傳統大家庭的名份僵化之處。即作家意圖通過「自我」表達社會，反映出那個「我」所處的社會。採取此一研究進路，是對《浮生六記》形式的加以解讀與肯定，也是《浮生六記》形式新探的重要關捩。

本文由「接受」與「宏觀」的角度，以「新讀者」、「新男性」、「新小說」，新探《浮生六記》。由此三個面向，重新檢視、閱讀此一文本。發掘其內容的美育性以及形式的美文性，並發現《浮生六記》其中深蘊的前驅意義。

目　次

第十四冊　平江不肖生之《江湖奇俠傳》《近代俠義英雄傳》研究

作者簡介

林建揚，生於高雄市，最高學歷完成於人稱台北後山 陽明山上的文化大學，目前任教於台灣後山 花蓮的大漢技術學院，性喜研讀武俠小說、通俗文學及日本動漫，並開授相關課程。

提　要

武俠小說是華人特有的文學類型，但武俠小說在文學史上的地位，歷來卻被摒除在文學的殿堂之外，直到對岸重燃起武俠小說熱，才促使兩岸三地對武俠小說重新研討與認識。武俠小說既然被歸爲通俗小說之林，因此筆者當時撰寫此論文時，是試以傳統研究通俗小說的方法，來探討武俠小說。至於選擇平江不肖生爲研究對象，乃是其爲民國後以武俠小說名世的第一人，希望以平江不肖生代表作《江湖奇俠傳》《近代俠義英雄傳》爲立足，來瞭解當時武俠小說的風貌。

本文研究的主要內容安排如下：第一章緒論，首先說明研究的目的，內容與對象。第二章則是就平江不肖生的生平及著作，作個記載，好便於掌握作家的創作動機及撰寫時的意識型態，也順爲簡介本文所欲研究作品的大略內容。第三章爲就平江不肖生所處民國舊派武俠小說的時期，以多角度探討該時期之所以能造成武俠小說前所未有轟動的原因。第四章便就作品的淵源與取材作深入之探討。第五章論述的是平江不肖生作品中，有關儒、佛、道三家方面的思想。第六章則是主要對平江不肖生作品的藝術手法進行評述，希望能藉此瞭解身處近代中西文化接觸的武俠小說，在寫作藝術上，主要是受何者影響。第七章乃是探討平江不肖生的作品主題內涵，有何其所要反映的社會性。進而顯明武俠小說，亦是有著現實性、時代性。第八章則是對平江不肖生對後來的武俠小說有何影響，加以論述。第九章結論，爲本文的研究成果，作一簡單的回顧。

目　次

第十五冊　從原始劍俠到仙俠——古典小說中「劍俠」形象及其轉變

作者簡介

楊清惠，現任華梵大學中國文學系助理教授。研究領域爲明清小說及近現代武俠小說。相關研究如〈劍俠小說新論——奇幻敘事及其文化意涵研究〉，〈以文鳴世而傳承小說——王世貞與《劍俠傳》〉，〈《江湖奇俠傳》（1922）的另類孩童〉，〈《紅樓夢》敘事結構及其創造轉化〉，國科會計畫〈明清經典小說評點敘事美學研究（一）金聖嘆《水滸傳》評點與敘事文體學研究〉、〈兒童「再發現」——現代通俗文學中孩童形象及其論述〉等。

提　要

本論文研究主題爲古典小說之類型人物。主要探討「劍俠」形象塑造及其轉變相關意涵。所謂「劍俠小說」即以一個或多個「劍俠」爲主角，並以其行義故事爲情節主線之古典俠客小說。「劍俠」屬於「俠」類型之一，由於文學之俠與歷史形象有別，故在緒論中引介前人研究揭示這個觀念。基於研究對象鎖定古典小說範圍，故先探討小說中俠形象特質，爲「小說之俠」作一基本的界義。接著分章詳述早期「劍俠」造型、轉型關鍵，和新型「仙俠」形象，目的在透過各期的形象分析，充分呈現其特質及轉變痕跡，然後藉由相互對照、比較，歸納其形象塑造變化的成份，並依轉變面相進行論述，提供解釋諸現象所透顯的文學意涵及成因。

主要的研究成果，第一，爲「小說之俠」作初步界定。 第二，詳論「劍俠」轉型與後期「仙俠」觀念的出現發展過程。第三，在「劍俠」與道教的關係方面，進一步證成道教發展和變化亦與「劍俠」形象塑造與轉變有關，主要爲神仙觀念之演變與世俗化的傾向兩方面。

終極目標不僅在說明變化過程及其因素，更重要的是，藉由此凸顯「劍俠小說」的重要性與特殊性，望爲「俠客小說」研究，開拓更多視角。

目　次

第十六冊 中國古典戲曲之末腳與外腳研究

作者簡介

林黛琿，金門人，清華大學文學研究所畢業，國立臺灣師範大學國文研究所博士候選人，現任教於國立金門大學通識教育中心。

著有〈中國古典戲曲中末腳與外腳表演藝術之研究〉、〈敦煌俗賦〈齖書〉與宋元話本〈快嘴李翠蓮記〉之比較研究〉、〈論蘇軾「以酒為題」賦作之情志底蘊與困境觀照〉等文。

提　要

戲曲的表演與戲劇內涵之傳達，必須透過演員的扮演與詮釋，演員是組成劇團的基本份子，同時也是整個戲劇進行表演時的靈魂人物。中國古典戲曲傳統中，演員與劇中人之間的關聯，必須透過「腳色」這樣的媒介才得以完成，「腳色」的出現，形成了中國戲曲表演中演員創造人物的一種方式。傳統戲曲腳色以生、旦、淨、末、丑五綱爲主，其中緣自唐代參軍戲「蒼鶻」而來的「末」腳，迭經時代流轉，歷經宋金雜劇院本、元雜劇、南戲、傳奇、崑曲、京劇與諸地方戲曲，在不同階段、不同劇種之中，分別代表著不同的功能、地位與意義；而其表演的藝術，也隨著劇種差異、扮演人物類型、劇中功用等因素，而有不同的特色展現。從「末」腳獨立而出的「外」行，與末腳之間密不可分，在各不同劇種間時有分合，甚或重疊的現象，本文中一併探討處理之。

本文共分七個部份：前言說明本文研究動機與方法、對象；第一章簡述腳色之定義，並考「末」、「外」腳色名義之源。第二、三章分別由人物類型、功能、地位等焦點，考察「末」腳在各劇種之間演變與消長的情形，藉以說明劇種差異、時代更替等因素對於戲曲腳色分工、處理、安排的不同影響；第四章同樣由人物類型、功能、地位三方面切入，考察外腳的演化現象。第五章則由末、外腳色所扮飾的人物類型基礎上，輔以身段譜資料記載、舞臺演出記錄，與相關演出影帶，說明此二腳色的表演藝術內涵，包含元雜劇中以演唱爲主「全方位」的表演特色，南劇，傳奇、崑劇中末腳作爲次要人物如副末開場、黃門官、家院等人物時的表演特色與輔助功能，崑劇中末、外、老生三者不同氣質的展現，以及末、外腳服飾穿關與身段舞姿相配合等層面。最後則爲本文觀察作一簡單的結語。

目　次

第十七、十八冊　「元雜劇」語言之隱喻性思維

作者簡介

江碧珠，東海大學中國文學系博士，現任銘傳大學華語文教學系助理教授。先後以詞彙學理論及認知譬喻理論，進行元曲語言分析做為碩博士論文研究的主題。目前的研究以語言認知與華語教學為主，主要教授科目為漢語音韻學、漢語詞彙學、詩歌選讀及華語文教材教法。

提　要

隱喻對人類而言，不只是一種文學的修辭手段，更是認知外物、建立概念的主要方法。本文的研究策略以 Lakoff & Johnson （1980）的二域模式、Lakoff（1987）範疇論以及 Fauconnier & Turner（1995）的概念整合理論（多空間模式）等認知隱喻學派之理論與方法，作為本文的架構與分析的策略。

本文以「元雜劇」為研究對象，以認知隱喻觀為剖析之策略，逐一整理「元雜劇」的脈絡與模式。元雜劇屬戲曲文學，它的文化生命展現在演出的當下與文本閱讀之中，筆者分別雜劇這兩種情態的形式與功能並討論戲曲的橋樑作用；接著進一步論述雜劇的結構元素（行當與人物、上下場詩、插科打諢、權威式判語等）其基本範疇與隱喻運作模式；最後分別就末、旦本雜劇之題材內容析論其人物範疇、敘事模式與譬喻運作。

根據末、旦本劇的研究顯示，除題材會受到角色性別的侷限外，最大的差異在於描寫的重心會因敘事角度的擇取而不同。而雜劇結構元素的研究結果說明：人物的符號化與故事的模式化是元雜劇類型化思維的表徵，其中更呈現了戲曲文學中常見的二元對立的思維運作；二元對立的思維運作是建立規則、典範的基本模式，也是建立社會文化價值的基本方式，用於戲劇的教化意義上極爲重要——建立觀眾的價值觀和文化認同。

本論文以認知隱喻爲基礎，探究「元雜劇」語言的概念系統，觀察其思維運作的模式，顯現了元雜劇深刻的文學生命與反映社會現實的文化價值。

目　次

上　冊

第十九冊　元代獄訟劇研究

作者簡介

王緯甄，祖籍河南省睢縣，生長於雲林縣北港鎮。2010 年 6 月畢業於淡江大學中國文學博士班，目前任教於吳鳳科技大學通識教育中心。已發表之主要學術著作有：〈從鄒族歌謠看鄒族的生命觀照〉、〈以眞愛補情天的《牆頭馬上》研究〉、〈廣播短劇的教學與製作〉、〈鄭光祖雜劇中的婚戀情節研究〉、〈後代對《史記．滑稽列傳》及倡優的評價 以明朝之前的歷代評價爲例〉、〈試析韓愈〈毛穎傳〉之筆法及評價〉、〈兩漢時期諸子學說的轉變〉(《中國學術史論》)、〈唐人小說中的婚姻命定觀〉。另有文學創作〈最美麗的顏色〉(《故事魔法師 I》)、〈無語的觀音〉、〈繁華落盡〉……等篇，並編撰「警察廣播電臺」廣播短劇，已發表之作品計 126 篇。

提　要

本書以元雜劇中的獄訟劇爲研究的對象，因此獄訟乃本文關懷的中心。元代獄訟劇的時代性與社會性已廣受肯定，但過於強調獄訟劇的正義世界，卻易使人忽略獄訟劇中以喜襯悲、以不法懲治不法、以不法宣揚人間正義的深層意涵；過於強調獄訟劇的現實意義，也易使人忽略元代獄訟劇中成熟的藝術價值。

爲建立此研究課題的客觀基礎，於是本書先說明元代的獄政與司法。元代的獄政與司法基本上係由蒙古人的立國精神開展而出，此導致元代的律法、政治、取士途徑及社會生態，均瀰漫著種族歧視與缺乏法治觀念的兩大特色。此特殊的時代背景與社會環境即獄訟刻蓬勃發展的社會因素。

基於現實情境與劇作家個人的創作，元代的獄訟劇出現逾三分之一強的冤獄劇。但無論是否冤獄劇，劇情安排皆是符合民意之善惡有報的果報觀，「正義」始終得以伸張。劇中惡人的伏法與受害者的伸冤過程是獄訟劇的主旨所在，復因獄訟的重心係人與法，獄訟劇情均圍繞於人與法之上，「法」更因權豪勢要、清官良吏、綠林好漢的不同運用，而有各種不同的詮解，並因此形成獄訟的原因或使惡人得到應有的懲罰。唯此三種不同的運用方式，皆屬於不法的途徑，使披著正義之聲的結局在懲惡揚善之餘，突顯出對執政者的撻伐與對正統律法的諷刺。

作家在表達主題意識的同時，融入了以往的文學素材，以古喻今的方式與「錯認」、「巧合」的巧妙運用，成功地塑造元代獄訟劇的藝術性，使獄訟劇在傳達百姓的悲憤之外，尚能兼顧戲曲演出與劇情起伏的藝術性，而劇中的悲劇意識也加強了戲曲的感染力。凡此均是元代獄訟劇兼顧寫實意識與藝術性的證明，正因未失偏頗，元代獄訟劇方能成爲血肉俱存的戲劇藝術。

目　次

第二十冊　唐英戲曲研究——花雅爭勝期一個劇作家的考察

作者簡介

丘慧瑩，中央大學中文碩士、高雄師範大學國文研究所博士，目前任職於東華大學中國語文學系暨研究所專任副教授，學術專長爲中國古典戲曲、俗文學、民間文學、女性文學。

曾獲第二屆中國海寧杯〈王國維戲曲論文獎〉一等獎、中華發展基金會獎助、2009 年山東省文化藝術科學優秀成果一等獎。

著有專書《乾隆時期戲曲活動研究》及戲曲、寶卷等相關學術論文多篇，並主編《中國牛郎織女傳說・俗文學卷》、《大學國文選》〈女性文學〉部份。

本書曾獲國科會八十年度乙種獎助。

提　要

唐英是身處花雅爭勝期的文人劇作家。其劇作明顯受到花部戲曲的影響，而且他的劇作中還保留了不少清代地方戲曲的資料，這與一般文人排斥花部聲腔的態度有明顯差異。然或因資料之缺乏，或因史觀之不同，唐英往往被忽略。雖是如此，唐英劇作所展現之花雅爭勝期的時代意義，卻是不容忽視的。因此本文以「唐英戲曲研究」爲主題，希望喚起戲曲研究者重視唐英在戲曲史上的價値。又因爲唐英之所以願意接近花部戲曲，是受其仕宦生涯及時代背景的影響，因此試著從唐英游移在「文人」、「陶人」之間的心態，做一分析。

本文「緒言」介紹研究緣起及經過，以及本論文大致的架構。

第一章「唐英生平概述」乃以傳記式的研究方法，了解唐英出處、性情及文學觀念。

第二章「唐英戲曲創作的時代背景」：花雅之爭的時代環境，對唐英戲曲創作有非常大的影響，此章即對唐英戲曲創作的時代背景，做一通盤分析。

第三章「唐英與花部戲曲」此章探討唐英對花部亂彈的心態，及唐英劇作與花部諸劇彼此間的關係。

第四章「唐英劇作評析」分析唐英劇作吸收地方戲養份，及其獨具匠心處。

「結語」說明唐英面對戲曲時，「陶人」及「文人」心態的轉變，及呼籲研究戲曲者，給予唐英應有的重視。

目　次

圖　目

表　目

第二一冊　黃庭堅的散文藝術

作者簡介

蓋琦紓，祖籍山東萊陽，生於高雄市，台灣大學中國文學博士（2002），現任高雄醫學大學通識教育中心副教授。研究專長爲宋代文學、唐宋散文、散文批評、文藝美學、文學與醫學等等，著有《活法與江西詩派之形成》（1996，碩士論文）、《蘇門與元祐文化》（2002，博士論文）及宋詩、黃庭堅及蘇門散文等單篇論文。

提　要

本書以「文體」、「美學」、「文學史」爲主軸，有系統論述黃庭堅的散文藝術，以專題研究方式呈現山谷散文的整體面貌，發掘其文學意義與價值。除了緒論外，分別撰寫〈黃庭堅散文之文體考察（上）〉、〈黃庭堅散文之文體考察（下）〉、〈黃庭堅「尺牘」書寫的美學意義〉、〈黃庭堅「字說」書寫的文化新意〉、〈黃庭堅「古文」的文體轉變〉、〈黃山谷散文的「小品」特質〉六篇論文；另附錄〈傷逝、追憶與不朽——蘇軾、黃庭堅題跋文的時間意識〉、〈蘇門文人私人建物記之美學意涵〉兩篇蘇黃、蘇門論文，合計八篇。前兩篇先全面考察黃庭堅散文的各文體特色與創新之處，其次，深入探討山谷散文中數量最多、推崇甚高的「尺牘」作品，超越前人的「字說」書寫，具有文體革新意義的「雜著」篇章，最後綜論山谷散文的「小品」特質，確立其在文學史上的地位。附錄兩篇文章則補充黃庭堅散文與蘇軾、蘇門文人的關係。

目　次

第二二、二三冊　明清經義文體探析

作者簡介

蒲彥光，東吳大學中國文學研究所碩士，佛光大學文學研究所博士，主要研究興趣在古典文學史與文體變革。求學與工作皆在台北，曾任教北台灣科技學院、台北海洋技術學院、明志科技大學及國立台北大學。

提　要

明清經義文，又稱制藝、或八股文。收錄在這本書裡的內容，大致上是筆者近幾年研究明清經義文體的相關意見。關於這個論題的萌芽，最早於 1997 年以前，筆者寫作碩士論文「韓愈贈序文類之研究」時已經浮現。研究古文運動，大致上終要面對明清時文的挑戰。

明清經義文在發展上，以今日考察，大致可以從三方面論述之：第一，經義文體與科舉制度產生如何的關聯，這涉及了官制史與教育史的研究，此部分業已有不少歷史學者加以留心；第二，就文體發展而言，經義文誠如周作人所言是「集古今駢散的精華，凡是從漢字的特別性質演出的一切微妙的游藝都包括在內」，這曾經於五百年間蔚爲重要書寫文體之發展，如果在我國傳統是具有合理性、或必然性，那麼明清「時文」與唐宋「古文」的關係如何？民國以後文學改革運動對於明清時文的批評論點，又是否皆合理？第三，就義理內容來看，明清經義文如果不是篇篇空言，那麼後人所闡論之經典義理，應該是「與時俱進」的，而具有經典詮釋學之意義。

收錄於本書中的幾篇論文，皆經發表在國內各學術研討會、及專門期刊，而側重於前述的文體史、及詮釋學方面，筆者從近年這些研究中有所體認：任何文體書寫（甚或進一步簡約至意符 signifier 層面）的發展史，恐怕都很難脫離其特殊表意內容（意指 signified）而能憑空研究。

語境會隨時空而轉移，對於過往文獻歷史的重新反省將有助於研究者「此在」之理解，反之亦然。今日我們如何滌清五四運動以來對於明清經義文體（以及架構此上之傳統文化）批評之偏見，而給予其「歷史性」的理解及同情，是筆者在這本書中所以具見的體悟心得。

目　次

上　冊

第二四冊　八仙人物故事考述

作者簡介

張俐雯，東吳大學中文研究所博士，朝陽科技大學通識中心副教授。

曾獲數十次全國小說、散文、新詩類文學獎獎項。出版學術專著《時尚豐子愷：跨領域的藝術典型》與《近現代新編叢書述論》、《沈謙先生紀念文集》、《一生只愛你一回》、《眷村憶往》、《大墩文學獎》等合集。撰有豐子愷論文、書法論文多篇、「趣看豐子愷」影片；文學作品散見《笠》、《人間福報》、《國文天地》等。研究專注於現代文學、書法美學、文學與藝術、文化創意。教學上曾獲得朝陽科技大學全校優良教師獎。

提　要

本書以八仙人物的組合經過與故事流變歷程爲研究課題。八仙是：鐵拐李、鍾離權、呂洞賓、張果老、藍采和、何仙姑、韓湘子、曹國舅等八人。本書除了就此一神仙組合的人物生平、事蹟、傳說化的過程做一探討之外，還歷數八仙組合的每一階段其中分合的意義。

道教在八仙組合過程中，有相當重要的影響；而八仙信仰也反映了道教神仙信仰和修煉方術的轉變。本書有專章分析道教與八仙緊密的關係。

八仙組合定型於明朝萬曆年間的《八仙出處東遊記》，本書詳論其故事情節，並比較不同時代的八仙作品，剖析《八仙出處東遊記》呈現八仙人格化故事的成熟面貌，成爲後代八仙故事衍化、生生不息的基礎。

目　次

二郎神傳說研究

作者簡介

江亞玉，生於臺灣臺中市。國立成功大學中國文學系畢業，東海大學中國文學研究所碩士，現任教於國立勤益科技大學通識教育學院。主要研究領域爲神話、傳說、古典小說、民俗文化。著有：〈從形象特徵之演變談二郎神〉、〈民間信仰中的二郎神〉、〈生死以之，無怨無尤——簡析太平廣記情感類的愛情觀〉、〈談西遊記小說豬八戒的形象及意義〉、〈上巳節的民俗意涵〉、〈日本女兒節的源流與演變〉、〈避邪與祈福——中國獅文化的淵源及演變〉等論文。

提　要

二郎神，是民間信仰及通俗文學中頗受民眾喜愛的一位神明。他的故事淵遠流長，但一般民眾所知，常只限於明代小說對楊戩的描述；而學者的論述重點，又多半偏於前期——李冰、趙昱的演變。筆者乃決心研究「二郎神傳說」，希望能在舊資料中，將其演變的情形，作更有系統的整理及說明；並開拓新方向，從佛經中找尋證據，以補歷來對二郎神故事及造型研究之不足。

本論文以方志、筆記雜著、民俗資料查考地方傳聞；以佛經究明後期二郎神的特徵來源；以戲曲、小說、民間說唱之敘述與個人觀點相互印證；並參考中日學者的專著、論文，提出新的見解。

在研究方法上，由於二郎神傳說涵括的時空範圍廣闊，故事又數度轉變主角；故先以時間爲經，排比羅列各種記載，說明李冰（二郎）、趙昱、楊戩先後替代，成爲二郎神的過程。其次，乃就二郎神特徵產生的順序，分別屬之李、趙、楊，一一敘述，以明瞭此傳說嬗變增衍的軌；並考究這些特徵可能的來源。然後，再以空間爲緯，探尋二郎神的來源。先對可見諸說作一番討論，接著說明個人的看法——肯定二郎神之本土性；強調其深受佛教、西南文化的影響。此部分又可與第三章互相印證，更加確立個人的論點。再者，依二郎神神職轉變之次第，逐一說明。我們可由此看出他在民俗信仰中，由地祇超昇爲天神，然後，地位又漸漸下降的過程。最後，綜合全書的研究，總成四條。並以民間信仰與通俗文學相互為用的關係，作為結語。

本論文的研究成果在於釐清了三位二郎神在故事及形象上的混淆，並將其演變過程，依時空背景，作有系統地說明。最重要的是，確認佛教對此傳說有多方面的影響。

目　次

第二五冊　月宮故事研究

作者簡介

鄭慧如，1965 年 4 月生於台北。1983 年入政治大學中國文學系，1990 年獲政治大學中國文學研究所碩士學位，1995 年獲政治大學中國文學研究所博士學位。2003 年至 2007 年主編《台灣詩學學刊》。2004 年起擔任逢甲大學中國文學系教授迄今。目前兼任《興大中文學報》、《當代詩學》編輯委員。

著有《現代詩的古典觀照》、《身體詩論》、《台灣當代詩的詩藝展示》、《月宮故事研究》等。

提　要

本文以月亮為可居住的星體，考察以月宮為素材的敘事文體：諸如神話、傳說、小說、民間故事等，旁及於拜月風俗。

正文凡分五章。首二章探討月宮神話，先從邊緣考察神話中之諸月神及其與嫦娥之聯系、「顧菟在腹」之語義及深層文化含義，校釋、爬梳由語言訛誤而產生的歧義，並由初民之思維方式解析神話葛藤。次從中心考察嫦娥奔月，由符號學及傳播學角度詮釋本屬羿神化分結構的奔月神話；就天文、曆法及道德上的含義，勾勒姮娥與嫦娥的梗概關連；再論述奔月神話如何統攝其他月宮神話、如何做為後世文學創作之本。後三章討論小說、民間故事中之月宮故事，及拜月之傳說與風俗。一則出於月宮傳說零星片斷，不足成章；二則月宮傳說實與八月十五拜月風俗密切相關，故本文一併置於末章，以資考查風俗沿革。而小說與民間故事均就內容析論其情節單元，並按主題以歸類屬，分兩章討論。其中，小說為放懷落紙之文人創作，故著眼於敘事模式及美學探索；民間故事為口傳心授之口傳文學，故偏重於社會性及民族性之討論。

目　次

第二六冊　「占花魁」故事研究

作者簡介

王瑞宏，一九七七年生於台北，國立雲科大漢學資料整理研究所畢業。師事陳益源教授，著有碩士論文《「占花魁」故事研究》，曾發表〈隱微幽蔽的女性身影——解讀『京本通俗小說』與『清平山堂話本』中女性妖魅形象之意涵〉、〈追尋人生眞正的桃源——從「桃花源記」延伸整合生命教育的課外閱讀教學〉等單篇論文。現任教於國立中和高中。

提　要

「占花魁」故事，自《醒世恒言・賣油郎獨占花魁》問世以來，作品中洋溢的市井風情，以及青年男女眞摯動人的情感主題，頗受讀者及文人作家青睞。自李玉（1611?-1677?）《占花魁》傳奇，及後出之選編話本集，乃至流布各地的戲劇與俗曲說唱，「占花魁」故事搬演不輟、膾炙人口之影響力，可窺一斑。

然而回顧文獻，歷來關於「占花魁」故事之研究，大率聚焦於《醒》卷三與《占花魁》傳奇之上；至於衍生的相關主題作品，學界則未有著墨。立基於此，本文索驥各體文本，藉由分析諸作之故事特色，以廓清「占花魁」故事之衍變與發展脈絡。本文分爲五章，研究架構如下：

第一章：緒論。講述論文之研究動機與目的，試圖從文獻回顧形成發問；並說明研究範圍及題材來源，以及採用之研究方法與架構。

第二章：小說作品中的「占花魁」故事。本章分爲四節，先就「占花魁」故事之本事來源進行考察；進而分就《醒世恒言》、《今古傳奇》、《西湖拾遺》中的「占花魁」故事進行分析。其中對於馮夢龍（1574-1646）及《醒》卷三之內容，則予以全面性之分析。

第三章：戲曲作品中的「占花魁」故事。本章分爲五節，分就李玉《占花魁》傳奇，及京劇、川戲、粵戲與戲之花魁故事著手解讀與探究。對於李玉及其《占花魁》傳奇，則進行較爲全面性的分析。

第四章：說唱作品中的「占花魁」故事。本章分爲三節，每節各以一部說唱作品進行解讀。關於「占花魁」故事在說唱作品之呈現，過去爲研究者所忽視，筆者希冀藉此章之介紹，補足此一故事之完整板塊。

第五章：結論。回顧論文第二至第四章之分析內容，並對研究論題做一綜觀歸納式的總結展示。藉以梳理出「占花魁」故事在不同載體所呈現互相滲透與嬗變之軌跡。

目　次

第二七冊　中國古代笑話研究

作者簡介

陳清俊：生於 1957 年，臺灣省新竹市人。國立臺灣師範大學國文研究所博士班畢業，現任國立臺北教育大學語文與創作學系副教授。著有《盛唐詩時空意識研究》、《中國古代笑話研究》等書。

提　要

中國古代笑話內容包括名流軼事、里閭笑談、以及向壁虛構的滑稽故事等。其中雖有粗鄙不文之作，但是成功的作品，無不構思穎巧，形式簡潔，可視爲中國小說中的「絕句」。就其思想內容而論，大多數的作品以人事爲題材，嘲弄人性的貪婪、愚妄，具有針砭人心的功效；至於純屬逗趣的笑話，雖然不能醒世諷俗，卻能博得歡笑，對個人以及社會的功能，亦不可忽視。無論是就文學角度、社會功能、或民俗文化的觀點來考察，古代笑話都具有一定的研究價値。然而，中國古典小說的研究者，卻少有人關注這一園地；因此本書乃以古代笑話爲素材進行探討，希望對於中國笑話文學的研究，提供拋磚引玉的作用。

本書首先探討笑話興起的內因與外緣；其次，參考西方美學理論，略探笑話所以引人發笑的原因，進而探究其思想內容與藝術技巧；然後參酌民俗學與社會學的觀點，嘗試由笑話來看中國人的民俗觀念與社會問題，並從多元的角度探討笑話的功能；期能由平面的陳述，沈潛深入笑話的底層，並由文學的、社會的以及民族文化的層面來透視它，藉以忠實評定其存在的意義與價值。

目 次

第二八冊　道教文獻中孝道文學研究

作者簡介

周西波，臺灣省澎湖縣人。國立中正大學文學博士。現任國立嘉義大學中國文學系副教授。專業領域爲道教文獻與文學、敦煌學。已出版《杜光庭道教儀範之研究》、《道教靈驗記考探——經法驗證與宣揚》二書，並發表〈敦煌寫卷 P.2354 與唐代道教投龍活動〉、〈論杜光庭青詞作品之文學價値〉、〈《白澤圖》研究〉、〈敦煌寫本《靈寶自然齋儀》考論〉、〈敦煌寫卷 BD.1219 之道教俗講內容試探〉、〈從火精到雷部之神——略論宋無忌傳說與信仰〉、〈中村不折舊藏敦煌道經考述〉等論文十餘篇。

提　要

本書爲作者於 1995 年 6 月完成之碩士論文，書中首先透過歷史的觀點，探究政治社會及法律之背景，以及道教本身之發展脈絡，和儒、釋二教在此一過程所發揮的影響力，對孝道在道教教義所扮演之角色及其儀式之本質有所釐清，發掘道教孝道文學之所以產生的原因。其次就道教文獻中之孝道文學，按其體裁形式之不同，加以整理分類，別爲詩詞、語錄、勸孝文、青詞、科儀文、歌讚及講唱等項目，並分析其特點。繼而就不同形式之作品，歸納其內容之相似處及語言文辭之共通性，亦可見其表現手法之變化，由於孝道即在處理父母與子女之倫常關係，故其內容大致不脫父母恩德、行孝方法及孝子事跡三大範疇。道教孝道文學在發展過程中，與儒、釋作品有著吸收融合的密切關係，故亦取儒、釋相關作品與其比較，以明其淵源或影響，並藉以突顯道教孝道文學之特色。

目　次

中國文學批評史上之美學批評法

蔡芳定　著

作者簡介

蔡芳定，臺灣嘉義人。國立臺灣師範大學國文系文學博士、文學碩士、文學士，國立臺灣大學圖書館學研究所文學碩士，國立臺灣大學法律系法學士。曾經擔任：國立臺北工專共同科講師、副教授，國立中興大學法商學院共同科副教授，國立臺北大學中文系教授兼人文學院院長，國立臺灣師範大學國文系教授等職，現為世新大學中文系教授兼主任。著有：《現代文學批評論叢》、《北宋文論》、《葉德輝觀古堂藏書研究》、《葉德輝書林清話研究》、《唐代文學批評研究》等書。

提　要

由中國文學批評史卷帙浩繁之文獻中，吾人不難找到有自覺、有意識進行批評之批評家，不難找到體大思精之批評專著，不難找到主觀客觀並重、感性理性兼收之批評方法，以延續不輟之批評傳統，以開拓寬廣之批評境界，並藉由傳統批評理論，找出中國之智慧與價值，藉與西方批評經精粹，融合運作，收縱橫並行、中西兼治之效。美學批評法之整理、發皇意即在此。

文分七章。第一章〈導論〉，言研究美學批評法之意義、困難、方法與程序。第二章〈中國傳統文學批評之特質及趨向〉，自語言特徵、思維型態、表達方式、民族性格等面向切入。第三章〈美學批評法之理論基礎〉，分由「中外文評家論文學批評之分類與方法」「美學批評法之定義及類型」「美學批評法之目的」，考察茲篇立論之淵源與理論型態之構築與推衍。第四章至第六章為全文核心，分按詩文、詞曲、小說之順序，例舉劉勰等十二位批評家爬梳整理詮釋解析其批評原理、批評標準、批評方法、批評業績。第七章〈結論〉，概括全文體系並簡述美學批評法之影響。

目次

自　序

二十世紀爲文學批評極度發達之世紀。批評工作由創作之附庸，逐步走向專業、系統、獨立。批評方法亦擺脫印象式之晦澀籠統，逐漸以周密客觀之面貌一新世人耳目。環顧國內文壇，文學批評亦極態盡妍，一片空前盛況：批評人口眾多、批評風氣鼎盛、批評理論競鳴，氣象蓬勃，自不在話下。然深究當前國內文學批評內涵，泰半援用西洋文學批評模式以賞鑑中國古典文學作品，削足適履，徒貽識者竊笑，亦讓吾人懷疑，中國果無文學批評乎？中國傳統文學批評，皆爲主觀直覺之箋釋批註乎？

由中國文學批評史卷帙浩繁之文獻中，吾人不難找到有自覺有意識進行批評之批評家；不難找到體大慮周思深義遠之批評專著，不難找到主觀客觀並重感性理性兼收之批評方法，以延續不輟之批評傳統，以開拓寬廣之批評境界，並經由傳統批評理論中找出中國之智慧與價值，藉與西方批評精粹溶合運作，收縱橫並行、中西兼治之效。美學批評法之整理發皇，意即在此。

本文內容凡分七章。首章導論，言研究美學批評法之意義、困難、方法與論述程序，借由寫作主體之自覺與反省，顯豁研究旨趣、肯定研究價值。第二章自語言特徵、思維形態、表達方式、民族性格等因素，闡述中國傳統文學批評之特質與趨向，進而指出本文之撰寫實爲補偏救弊之舉。第三章論美學批評法之理論基礎，分由「中外文評家論文學批評之分類與方法」、「美學批評法之定義及類型」二節，考察茲篇立論之淵源型態之構築與推衍，並評述美學批評之獨特性及其與傳統批評之差異性。第四章至第六章爲全書重心，分按詩文、詞曲、小說之順序，列舉劉勰等十二位批評家之批評原理、美學觀點、批評標準、批評方法、批評業績，系統整理中國文學批評史中博大精深淵遠流長之批評理論。論述方式，除闡釋、比較、批評之外，且約略考據代表批家之生卒時期、為人經歷、重要著作、批評地位，明示美學批評法之全貌，挖掘中國傳統批評中，科學、客觀之批評理論，以與西洋文學批評理論比較會通，作為現代及古典文學之明鏡。第七章結論，概括全書體系，並簡述美學批評之影響。

自入上庠，即從楊師　昌年游，十年於茲矣！猥蒙厚愛關切，時加訓誨開導，得聞創作之方與治學之道，得進文學殿堂，茲篇之作，自決定題目、研擬綱領、搜集資料，著手撰述，歷時二年，其間承賴吾師啓發端緒，多所截正，化育之恩，畢生難忘。惟僕資質駑鈍，雖盡心以赴猶覺力有所未逮，謬誤之處，在所難免，誠盼博雅君子，不吝指正。

中華民國 74 年 3 月

蔡芳定謹序於師大國文研究所

第一章　導　論

第一節　研究美學批評法之意義

中國歷代文學批評理論，以見諸詩話、詞話、文話者居多，然詩話、詞話、文話之寫作態度及批評方法，因「評語簡約」、「籠統概括」、「妙用比喻」〔註 1〕，每爲批評家所不齒，譏爲主觀、籠統、不科學〔註 2〕，甚者更斥之爲「印象式批評」，一無可用〔註 3〕。故當今治「文學批評」之學者，每望傳統文學批評理論而卻步。中國傳統文學批評，果眞如是乎？非也。中國批評理論中，亦不乏批評方法確立、批評標準客觀、批評理論體系完備者，例如：劉勰「六觀法」、李漁「閒情偶寄」之劇作批評原則，均較諸所謂之新批評〔註 4〕，完備而周詳。縱觀中國文學批評史中諸批評家，不讓劉李專美者，亦所在多有，吾將之匯齊比觀，以其批評理論施之於創作、批評，概合乎美學要求者，命其名曰：美學批評法，此名稱非吾所獨特發明，乃近人研究之所

〔註 1〕此處用黃維樑，〈詩話詞話中摘句爲評的手法〉之引言。

〔註 2〕見黃維樑，〈詩話詞話和印象式批評〉一文，收錄於其所著《中國詩學縱橫談》，洪範書店。

〔註 3〕從章學誠、楊鴻烈、郭紹虞、劉若愚、姚一葦、張健、吳宏一、顏元叔、黃維樑等人，無不同聲指責過。

〔註 4〕此爲泛指歐美主張意象至上、語言至上，形式至上，以文字分析作爲批評方法之流派而言。重要作家有休姆（T. E. Hulme）、龐德（Ezrapound）、艾略特（T. S. Eliot）、瑞恰慈（I. A. Richards）等。見袁可嘉，〈新批評派述評〉一文，收於曹葆華《選譯現在詩論》一書，商務版，及顏元叔，〈新批評學派的文學理論與手法〉一文，載《文學的玄思》書中及吳宏一，〈清代詩學初探〉。

得也。〔註5〕

「美學」一詞，如同「文學批評」，非吾土所固有，出現於中國學術界，約在五四運動前後〔註6〕。國內之批評界，雖嘗援用西方美學理論，以治中國文學，然系統而有條貫之整合介紹者，殊乏其人，蓋美學領域淵深博廣，非數年之功便可奏效，故專論「美學」，非余能力所及。本文之撰寫，著力於中國文學批評史上歷代文學批評家美學批評法之整理發皇及評價，借此一窺中國美學批評思潮之演進情形及發展趨勢，且作爲創作及鑑賞之指導原則。

本文撰述之實質意義，約有下列數點：

其一、中國文學批評，雖有其悠久歷史，然系統整理中國文學批評理論，實乃近數十年間之事。且一般學者，總偏重於批評史之著述與考究，批評史料之展陳與呈現。學者雖苦心經營觀瀾索源工夫，然始終無法逃脫「史」之排列直敘所導發之淺陋〔註7〕，有極少之學者肯作全面性之分類比較，即使如此，亦因急就章之寫作態度，每每欠缺深入及條理。本文之撰述、擬補偏救弊，分小說、詞、曲、詩、文五類逐類析究，期將珍貴之創作經驗、藝術見解、批評理論，裨益於閱讀寫作之參考。

其二、美學批評法兼容並包其他批評法之優點，例如：分等評鑑法、溯源法、賦比興鑑定法、起承轉合法、比較法、分類分等法、道德批評法等等〔註8〕。有其他方法之自覺與客觀、卻無其拘泥與偏執，譬之爲批評界之奇蹟奇景實不爲過，故研究美學批評法有集大成之效。

其三、就文學創作言之，完美之批評理論，可導出一條文學作品創新及傳承之康莊大道，而美學批評法實可擔負此門重角，故曰：研究美學批評法，爲文學創新與仿古之基礎。羅根澤氏嘗云：「文學批評包括文學裁判、批評理論、及文學理論三大部份。文學裁判的職責是批評過去文學；文學理論的職責是指導未來文學，批評理論的職責是指導文學裁判。所以文學裁判和文學理論對文學的關係是直接的，批評理論對文學的關係是間接的。」〔註9〕

〔註5〕見張健先生，〈中國文學批評的方法論〉一文，收錄於《中國文學批評論集》，天華出版社。

〔註6〕見《美學常識》一書，千金出版社。

〔註7〕指一般撰寫通論式：文學批評史之作，每三言兩語即道出某一家之批評觀，難究其詳。

〔註8〕同註5。

〔註9〕見羅根澤，《中國文學批評史》，第一篇〈周秦文學批評史〉，學海出版社。

美學批評法兼具文學裁判、批評理論及文學理論之特性，故其指導未來文學、批評過去文學、指導文學裁判，實乃必然之事，故研究美學批評法，將使中國文學再創蓬勃生機。

其四、美學批評法之批評家皆為當代文學批評泰斗，故深具研究價值。吳宏一先生《清代詩學初探》一文中嘗云：「值得我們研究的文學理論，必需是：（一）理論本身完善（未必影響大）；（二）對後世影響大（理論未必完善）；（三）開創者或集大成者，至少要具有其中一項才值得我們去研究。」〔註 10〕美學批評家如：劉彥和、李笠翁、金聖歎、王國維、朱熹、蘇東坡、袁枚、陳廷焯、葉燮、曾國藩、張炎、王驥德皆為一代俊彥，各領風騷，考其文學理論，不僅理論本身完善、對後世影響大，他們之中開創者有之，集大成者亦有之，故研究美學批評法，實具有承先啓後之學術價值。

第二節　研究美學批評法之困難

研究美學批評法有多重困難：一為資料處理之困難，一為論文撰寫之困難。二者又可從主觀與客觀條件論之。資料處理及論文撰寫之主觀條件困難，即為研究者本身之學養及識見之限制。蓋中國文學批評範疇，內涵深廣，關係複雜，欲打破時代一以貫之，使自成華廈、棟宇巍然成為文學批評重鎮，不僅須追蹤其淵源及影響，且須正本清源，將各批評家之批評理論作忠實而客觀之呈現。故飽受篳路藍縷以啓山林之苦，備經未能突破創新之憾。

至於客觀條件之困難，半因題目本身而起。主要有下列數端：

其一、題目寬廣，涵蓋面大，使資料駕馭及運用處理頗為不易。美學法貫串上下數千年之文學批評史，故相關資料之多，可謂汗牛充棟，據僕歸納所得，大約有如下數項：（一）中國文學史；（二）中國文學批評史；（三）西洋文學史；（四）西洋文學批評史；（五）批評理論專書（如《文心雕龍》、《隨園詩話》），包括詩話、詞話、文話、曲話；（六）筆記；（七）批注；（八）詩文別集中有關之序跋題記、論辨書翰及論詩絕句等；（九）近人研究之相關資料，如博、碩士論文及一般單篇論文；（十）美學史資料。博雜之觀，其難處一也。

〔註 10〕見吳宏一，《清代詩學初探》，〈序說〉一文，牧童出版社。

其二、面對汗牛充棟之資料，與成百上千之批評家，何者合格、何者則否，裁奪工夫煞費周章，故每以「美學批評法」之定義逐一試之，有「按圖索驥」之勞。王師更生曰吾國文學批評家有三大特色：「第一，中國學者以向少談文學批評，沒有純粹的所謂『文學批評家』，但卻有文學理論專著。第二，中國學者以向重視欣賞，在進行欣賞時，往往以作品爲焦點，思想爲焦距，亦非作品的附庸，但卻受思想的局限。第三，中國學者以向注意學養，凡所編述，絕不徒託空言立異鳴高，並運用傳統治學方法，使解釋性的批評獨擅勝場」〔註 11〕，許多批評家由於具備上述特色復加以「以資閒談」之編撰態度〔註 12〕，故合乎美學批評法之要求者，千中難能有一選。本文裁奪之標準，取五大文類中，批評法面面俱到之前兩三名批評家。裁奪之難，此其二也。

其三、題目含有「美學」一詞、每成誤會淵藪。多數朋輩，常望文生義、以爲本文專論中國美學理論。事實上，本文乃探討，「中國文學批評史」上「美學批評法」之性質、目的及需求，然亦不能完全擺脫美學思想、美學觀念之籠罩。中國美學缺乏整理，致有茫無所依之感。

第三節　研究美學批評法之方法與論述程序

無論從事何種學術研究，有三大問題，必得慎重考慮：一爲研究對象，二爲研究目的，三爲研究方法。前二者皆已述及，至於方法、往往易爲吾人所忽略。本文撰述，基於研究對象及目的，一本學術眞誠，茲擬定著有成效之基本研究方法如下：

一、蒐集整理

多方蒐集有關本題之資料，務求豐富齊全，進而將所蒐得之資料，分別歸類整理，最後組織成篇。原則上，以中國文學批評史所羅列批評家之理論爲線索，找出合乎本題標準之批評家，蒐求其批評專書作爲研究起點；對於批評理論之勾勒歸納，採「述而不作」之態度，非墨守因襲、食古不化，要在得其眞實。

〔註 11〕見王更生，〈中國文學批評概觀〉一文，收錄於《中國文學講話》（一）概說之部，巨流圖書公司。

〔註 12〕見歐陽修，《六一詩話》，〈自序〉。

二、辨析判斷

資料處理，難免同一焦點歧見紛出。在此情況，不循「排比臚列」、「交卷了事」之粉飾方式，而以負責之態度出之，經理路之分析、是非之辨駁，去除主觀因素之偏差，提出一新耳目、超越前人之見。蓋閱讀資料所收集之論點，皆爲他人所有，僅爲知識之獲取，必得經過自我之思考、辨析、尋證、論斷、方能由知識淨化凝用而爲一己之學問。於此美學批評法之界定，非敢標新立異，作取寵驚人之鳴，要在言之有據。

三、闡述發揮

文學批評，必求符於實用，使指導創作與實地批評。故面對前人智慧累積，承受之餘，闡述發揮，期能綻花結果。況中國批評家之文辭，一礙於質約浮淺，二礙於時空交隔，今人觀之，但覺內在精義不明，故本文撰寫著重闡述發揮，俾能獲知美學批評家之整體概念，遇有特殊關鍵或重點所在，則以深入淺出之方式作淋漓盡致之發揮。

至於本文之論述程序，亦可分爲三大階段。首對中國傳統文學批評作一鳥瞰，述其特質及其批評手法。次述美學批評法之概論，包括其美學目的。最後述及各批評家之批評方法與原則。借此以觀美學批評法之全貌。

第二章　中國傳統文學批評之特質及趨向

第一節　批評術語義界不夠明確

中國傳統文學批評家喜以意念模糊、語意多歧、義界不夠明確之批評術語，進行實地批評，或者發表批評理論。這般術語，每因不同時代、不同批評家、不同作品、不同行文語氣；而呈不同含義。朱東潤嘗云：

> 讀中國文學批評，尤有當注意者，昔人用語，往往參互，言者既異，人心亦變。同一言文也，或則以爲先王之遺文，或則以爲事出於沈思，功歸翰藻之著作。同一言氣也，而曹丕之說，不同於蕭繹；韓愈之說，不同於柳冕。乃至論及具體名詞，亦復人各一說，如晚唐之稱，或則上包韓柳元白，或則以爲專指開成而後。逐步換形，所指頓異，自非博綜於始終之變者，鮮不爲所瞀亂。〔註 1〕

朱氏之言，確乎不誣，吾人試觀實例。如同一「氣」字，曹丕「典論論文」之「氣」，或指清濁強弱、厚薄之「質性之氣」，或指表現於文學、音樂、書法、繪畫等藝術活動時，所凝聚於對象生命力所謂之「才氣」，或指語氣、語勢之修辭技巧，或指作者本人之風格〔註 2〕。而《文心雕龍》一書中所載之氣，較典論尤爲廣泛，亦有數義。一爲自然之氣（包括天地、氣候、景物之

〔註 1〕見朱東潤，《中國文學批評史大綱》第一緒言，臺灣開明書店。

〔註 2〕見莊耀郎，〈原氣〉，第六章第三節（一）典論論文之氣論，師大國文研究所碩士論文，民國 73 年。

氣），二爲才質之氣（包括血氣、情性、才能、志意之氣），三爲文章之氣（包括辭氣、語勢、風格之氣等）〔註3〕。此後韓愈提倡古文，注重「氣」;「氣」與「散文」之關係，迭相密切，一直到清代的劉大櫆、姚鼐、曾國藩仍對「氣」字時相討論，然其觀念不外有五:（一）有指氣之剛柔而言之「個性」。（二）有指氣之清濁而言之「風格」。（三）有指氣之利鈍而言之「靈感」。（四）有指氣之充餒而言之「情感」。（五）有指氣之短長而言之「聲調」。〔註4〕

又如「文非一體」之「體」字，或指文學作品之體類及其迥異之風格表現；或指作者展露於作品中生命力之表現〔註5〕。同一「情」字，亦有多義，或指人類內在之心靈活動，或指人類自發之情感，或指合乎道德標準之人類內在情感，或指事物之實質，或指表達之內容〔註6〕。即連體大思精之《文心雕龍》，亦不能免俗。陸侃如在其〈文心雕龍用法條例〉一文嘗云:「文心雕龍中有些常見的字，如道、性、氣、風、骨之類大都有專門術語的性質，對於這些字的解釋在學術界中曾引起不少的爭論」如「道」字至少亦有五種意義:（一）謂文學藝術根源之「自然之道」。（二）引申爲體現自然之道之儒家聖人經典之道。（三）謂老莊道家之道。（四）謂一般道理對學說。（五）泛指道路或方法。〔註7〕

檢討此種現象之成因，主要如下：其一、批評家視批評爲「資閒談」之用，非爲有意識系統性之作，故對於批評用語，只重當下感悟，不做具體解釋或給予清楚之定義。其二、即使用一作者、同一作品、同一辭語，在不同地方，卻含具不同意義，批評家或作者對此用語，並不詳加辨析，致讀者難以把握〔註8〕。其三、文學批評用語，大多沿承舊規，前人不加闡釋，後人遂一錯再錯。其四、批評家每追求行文之美，講究對仗，致語意含糊〔註9〕。其五、受挫於民族之限制，重具象直覺而不重分析推理〔註10〕。其

〔註3〕見莊耀郎，〈原氣〉，第六章第三節（二）文心雕龍之氣論。

〔註4〕見劉自閔，〈中國文學上所謂氣的問題〉一文，收在《中國古典文學論文精選叢刊》，幼獅文化公司。

〔註5〕見蔡英俊，〈六朝風格論之理論與實踐研究〉第一章，台大中文研究所碩士論文。

〔註6〕見楊松年，〈中國文學批評用語語義含糊之問題〉一文，載《南洋大學學報》第八及第九期。

〔註7〕見沈謙，《文心雕龍之文學理論與批評》，華正書局，頁23～24。

〔註8〕同註6。

〔註9〕同註6。

六、社會輕視詩文評，致批評用語，流爲散言碎語。其七、文壇風氣影響所及，寫詩作文成爲風尚，評論者亦爲能詩善文之人，評論所用之語，本於對方意會基礎，致意見之提出缺乏嚴密與系統。

第二節　批評術語每采具體譬喻形式

中國傳統文學批評，每每建立於一套精巧意象之說辭或比喻。亦即批評家從事實際分析批評時，所用語詞及表達方式，喜采具體譬喻形式。此種傳統批評語言之獨特運用方式，首由鍾嶸《詩品》標舉，並由此散發批評語詞之藝術性格及獨特創意〔註11〕。如評范雲與丘遲家詩云：「范詩清便宛轉如流風回雪；丘詩點綴映媚似落花依草。」「流風回雪」、「落花依草」乃中國文學批評當中，以具體之意象來評詩之典型〔註12〕近代批評家，如傅庚生、葉嘉瑩氏對此二語亦極爲激賞。如傅氏云：「此記室品詩神來之句也。」又云：「品范雲詩如流風回雪、丘遲詩似落花依草，寥寥數字傳出二子詩之勝境」〔註13〕葉氏歸納此中特色有三：

第一、其所舉之意象明白眞切。

第二、在舉出意象之前有簡潔扼要之概念的說明。

第三、其概念與意象相配合之喻說能適切恰當地掌握住對批評作品的風格。（同註12）

詩品中精采之評屢見。如評潘岳之創作表現云：「其源出於仲宣。翰林嘆其翩翩然如翔禽之有羽毛，衣服之有絹縠；猶淺於陸機。謝混云：『潘詩爛若舒錦，無處不佳；陸文如披沙簡金，往往見寶』，嶸謂益壽輕華，故以潘爲勝；翰林篤論，故嘆陸爲深。余常言：陸才如海，潘才如江」〔註14〕。評謝靈運詩云：「其源出於陳思，雜有景陽之體，故尚巧似，而逸蕩過之；頗以繁富爲

〔註10〕見葉嘉瑩，《王國維及其文學批評》，第二編第一章〈序論〉，源流出版社，頁133。

〔註11〕見蔡英俊，〈六朝風格論之理論與實踐研究〉第四章第四節，台大碩士論文，頁149。

〔註12〕見葉嘉瑩，〈鍾嶸詩之理論標準及其實踐〉一文，原載《中外文學》，收於柯慶明先生等編，《中國古典文學研究叢刊》（散文與評論之部），巨流圖書公司，頁211～212。

〔註13〕見傅庚生，〈詩品探索〉一文，收於近代文史論文類輯《中國文學批評家與文學批評》冊一，臺灣學生書局，頁41。

〔註14〕見汪中，《詩品注》，正中書局。

累。嶸謂若人興多才高，寓目輒書，內無乏思，外無遺物，其繁富宜哉！然名章迴句，處處間起；麗典新聲，絡繹奔會；譬猶青松之拔灌木，白玉之映塵沙，未足貶其高潔也。」〔註 15〕皆以觸發讀者之直覺感受，展現作者匠心之美感經驗爲主。

至晚唐司空圖《二十四詩品》尤集其大成，用十二句比喻之韻語，提示二十四種品之詩境意趣與風格，今試舉前四例以明之：

1. 雄　渾

大同外腓，眞體內充。反虛入渾，積健爲雄。具備萬物，橫絕太空。荒荒游雲，寥寥長風。超以象外，得其環中。持之匪強，來之無窮。

2. 沖　淡

素處以默，妙機其微。飲之太和，獨鶴與飛。猶之惠風，荏苒在衣。閱音修篁，美日載歸。遇之匪深，即之愈稀。脫有形似，握手已違。

3. 纖　穠

采采流水，蓬蓬遠春。窈窕深谷，時見美人。碧桃滿樹，風日水濱。柳陰路曲，流鶯比鄰。乘之愈往，識之愈眞。如將不盡，與古爲新。

4. 沈　著

綠杉野屋，落日氣清。脫巾獨步，時聞鳥聲。鴻雁不來，之子遠行。所思不遠，若爲平生。海風碧雲，夜渚月明。如有佳話，大河前橫。

此種方法，最早緣起於魏晉六朝之品鑑人物，如《世說新語》有云：

嵇康身長七尺八寸，風姿特秀。見者嘆曰：蕭蕭肅肅，爽朗清舉。或云：肅肅如松下風，高而徐引。山公曰：嵇叔夜之爲人也，巖巖若孤松之獨立；其醉也，傀俄若玉山之將崩。〔註 16〕

評鑑活動，固在知人與用人，然其本身語言之運用，即具備象徵，意會與譬喻及美學境界之傾向，故日後遂能演化爲品題藝術作品，且自鍾嶸、司空圖以後，成爲傳統文學批評之一大特色，「充分展示傳統對於美感經驗之體認方式與表達方式」〔註 17〕。此後如宋代嚴羽《滄浪詩話》詩評有云：「少陵詩法如孫吳，太白詩法如李廣。少陵如節制之師，李杜數公，如金翅擘海，香象渡河。下視郊島輩，直蟲吟草間耳。」又袁枚《續詩品》三十二首之語言

〔註 15〕同註 14。

〔註 16〕見《世說新語・容止》第十四。

〔註 17〕同註 11，第四章第四節，頁 156。

形式，即仿司空圖詩品所作，也用四言詩之譬喻形式而成。如論布格云：「造屋先畫，點兵先派，詩雖百家，各有疆界。我用何格，如盤走丸，橫斜超縱，不出于盤。消息機關，按之甚細，一律未調，八風掃地。」〔註 18〕即連王國維之《人間詞話》，雖標舉「境界」爲其本，然其語言形式，亦屢見譬喻式之說辭，如：「太白純以氣象勝。『西風殘照，漢家陵闕』寥寥八字，遂關千古登臨之口。後世唯范文正之『漁家傲』夏文公之『喜遷鶯』，差足繼武，然氣象已不逮矣。」皆爲創意美感活動之典型，直見中國文學批評術語喜采具體譬喻形式之一斑。

第三節　一點即悟式之批評

中國傳統文學批評之另一特色爲「一點即悟式之批評」〔註 19〕此種批評方式之成立，所賴者並非固定不變之理論或準則，乃因讀者與批評者之間，藉多種因素之協調，完成共同欣賞與判斷。此中因素包括：共同之閱讀背景、共同之思維方式、共同之感受聯想。故中國人於實地批評時，毋庸費辭，便能喚起共鳴。此種「一點即悟式之批評」方式，向爲時人所詬病，詬病者爲求突破與創新，又每每嘗試以西方精微之理論，來治中國之文學，其道可行乎？葉嘉瑩氏嘗評云：

> 多年來，我在臺灣及美國與加拿大等地擔任中國舊詩的教學，常有機會讀到一些使用現代理論來討論中國舊詩的著述或論文，其間最使我感到遺憾的一件事，就是有些極有見地的作者，因爲有感於中國傳統之一點即悟式的批評之缺乏理論體系，而嘗試著以西方之理論來對中國的文學加以詮釋的時候，卻往往在徵引了許多極精微的西方理論之後，而當觸及到中國詩本身時，卻發生了理解方面的錯誤。這種錯誤的發生就大半乃是由於詮釋的人缺乏了與作者相同的薰習修養，因而既不能有共同的感受和聯想，所以也便無法體認其眞正之意旨究竟何在的原故。因爲中國文學批評，雖一向偏重於主觀直覺式的評賞，然而這種評賞卻畢竟並不是漫無標準的猜測，一首詩雖然可以有多種可能的解說，然而在中國舊傳統中，卻原來也

〔註 18〕見袁枚，〈續詩品〉，收於《隨園三十六種》，上海圖書印書局。
〔註 19〕見夏濟安，〈兩首壞師〉一文，再於《文學雜誌》三卷三期，頁 180。夏氏：「中國人的批評文章是寫給利根人讀的，一點即悟，毋庸辭費」。

> 仍是存在著一種共同的感受和思辨之方式，以及正確的聯想與解說之途徑的，因此舊學的修養就成爲了評賞中國舊文學時所必具的一項重要基礎，具有這種基礎才能眞正與舊文學發生共鳴，並掌握其眞正的精神與意旨之所在。〔註20〕

鑽研西方精微之理論，倘輔之以中國舊學之修養，定能斟中國文學批評於極高明之境地，可惜目今高倡中西合璧之學者，往往忽略此中微妙之分際，故難收成效。吾人試由傳統詩話、詞話、文話、曲話之實地批評，可獲致如葉氏所論之觀點，即傳統一點即悟式之批評，其詮釋方法與評鑑關鍵，主觀中仍不失其客觀依據。此種客觀依據，不只以文學作品之了解過程爲其理論基礎，更重要之憑藉乃讀者與批評者賴以薰習修養所建構而成之感受和思辨方式。如批評者於論詩、論文之過程中，須把握「辭」及「事」之闡明。辭者包括點化、雅俗、平仄、句眼、對仗，相當於西方文學批評上所謂之「四層」，亦即字義、寓義、道義及神秘義上之意義。事者包括經典、史事、風俗、政事、作家傳記故事。只是中國文學批評，經常將之省略而不落言筌。有關李白、杜甫詩風之比較，千古以來一直爲批評者所垂青，故歷來論之者頗多。張健先生，曾綜合各家之說，洋洋可觀，茲錄其一、二節，借明歷來評析者「一點即悟式」之批評形態：

> 1. 基本精神及風格：李高逸、杜沈雄（或沈鬱）。李如神童或天仙，杜如老吏或聖賢。李如李廣（兵法），杜如孫吳。李仙翁劍客，杜雅士騷人。李白格高於杜，變化不及，善掉弄，造出奇怪；杜則精粗鉅細，巧拙新陳，險易淺深、濃淡肥瘦、靡不畢具。李多由入而出，杜由出而入。李天然，杜工麗；李詩語豪，杜詩語奇；李神鷹瞥漢，杜駿馬絕塵；李星懸日揭，照耀太虛，杜地負海涵，包羅萬彙。李佳在不著紙，杜佳在力透紙背。
> 2. 技巧：李援筆立就，時有不至，杜改罷長吟，字字逼眞精妙；李以天份勝，不受約束，杜以學力勝，珠遊玉盤；李約有三種作法，杜則五種以上；李用典少，杜用典多，連排律都不例外。杜有表面對仗工切，實有不同句意者，如「錦江春色來天地，玉壘浮雲變古今。」
> 3. 體裁：李天才放逸，自爲一體，杜學優才大，兼備眾體（元傅金

〔註20〕同註10，頁142。

《清江集》)；李多因（六朝初唐）、杜多創。〔註21〕

由上可知，此種「一點即悟」點到爲止之批評術語，其目標在使讀者完成「意境重造」之手續〔註 22〕。雖無西洋文學批評，把具體經驗釋爲意念之程序，然在中國傳統文人共同閱讀習慣與寫作習慣之觀照中，已取得相當程度之默契，此種短短數語之結論，彷彿是主觀直覺，事實上乃是經過客觀分析、比較、衡鑑而來，古人只不過將分析過程省略而已。〔註23〕

第四節　印象式之批評

如上節所述，有多數傳統之詩話、詞話、文話、曲話，泰半經過客觀分析、比較、評鑑之後，而得出最精采結論者〔註 24〕。然亦有極多批評之作，停留於直覺感悟、未曾通過理性之分析與思考。致累累犯下「用語寥寥」、「重直覺感悟」、「籠統概括」之弊病，亦即法朗士所謂「靈魂在傑作中冒險」〔註 25〕。印象式批評，起源於批評家只重當下感悟而缺乏精分細析之批評手法，其效果同於西洋印象主義畫風，致有此名。西洋印象主義之特色有二：其一、主自然感悟，而排知性思考，即感即興，當下而成。其二、筆觸放曠而速疾，顏色鮮明〔註 26〕。於文學批評方面，十九世紀末佩特、王爾德等人側重個人主觀印象，主張批評乃藝術創造，亦爲主觀欣賞〔註 27〕。其特徵如《文學手冊》云：

印象批評並非對於某一作家或其作品的研究論文，而是一種含有解釋作品意趣的敘述文，與表現讀者同情的描寫文，既無規律，更無

〔註21〕見張健先生，〈李白杜甫比較〉一文，收入《從李杜說起》，南京出版公司，頁 1。

〔註22〕見葉維廉，〈主觀與批評理論——兼談中國詩話〉，載《中外文學》六卷十一期。

〔註23〕見沈謙，〈文學批評的層次〉一文，原載《幼獅文化文藝》二八○期，收入《期待批評時代的來臨》，時報文化出版社，頁 99。

〔註24〕黃維梁，〈詩話詞話和印象式批評〉一文，曾詩話詞話之中亦不乏系統之作。如嚴羽《滄浪詩書》、葉燮《原詩》、趙翼《甌北詩話》、南宋王灼《碧雞漫志》、張炎《詞源》、陳廷焯《白雨齋詞話》。該文收入《中國詩學縱論》一書，洪範書店，頁 16～17。

〔註25〕見白沙編著，《文藝批評研究》，巨人出版社。

〔註26〕同註 24，頁 3～4。

〔註27〕見傅東華主編，《文學手冊》，大漢出版社，頁 237～239。

> 所謂標準，一切見解皆由感覺得來，所有言論當然是主觀的，所以不得不運用幽默的口吻，靈活的手腕，委婉曲折以表現其印象。總而言之，印象批評乃是讀者帶著欣賞的意趣，訴說他對於某種作品所感受的見解之紀錄，其本身仍不失爲一種創作文藝品，決非枯燥拙劣的研究論文。〔註28〕

細察吾國歷代詩話、文話、詞話、曲話，其批評手法與西洋印象主義繪畫風格，文學批評特質，甚有異曲同工之妙。吾國傳統詩話、文話、詞話、曲話之批評方式，約可分爲五類：(一）探究體制源流。(二）研討格律作法。(三）品評各家優劣。(四）闡析用辭遣句。(五）撮述佚聞佚事〔註 29〕。其中「品評各家優劣」及「闡析用辭遣句」是爲實際批評。而批評家於尋訪傑作之風光者，概可分爲兩大層次：一爲初步印象、一爲繼起印象〔註 30〕。前者對於印象陳述，不外：「佳」、「好」、「妙」、「工」、「本色」、「三昧」等等，此「有句無篇」所謂「摘句式之批評」，最大之缺憾，乃對於印象不加析論，究竟佳在何處，妙在何方，只讓讀者頭眩目迷。後者之印象把握，雖比前者「已在渾沌中露出端倪」〔註 31〕，然亦呈現浮濫之風。如所謂「氣象雄渾」、「氣象壯闊」、「意象孤峻」、「意境沈鬱」、「情景眞切」，僅讓讀者如陷十里迷霧之中。形成此種批評風氣之因素，近人有云：〔註32〕

> 中國民族的思維特色，原就比較偏重於具象及直觀的方式，而老莊的思想，則更重在愛好自然而棄絕人爲，因此中國人對於文學乃形成了一種想要超越尋常智慮而縱情直觀的欣賞態度。至於印度的佛學，則雖然有其因明學一派嚴密的理論，可是這種思辨方式，與中國的民族性並不相合，所以佛學傳入中國以後，給予中國影響最大的乃並非因明之學而卻是禪宗之學自靈山會上世尊拈花迦葉微笑的傳法方式開始，所倡示的乃是「不立文字」、「見性成佛」。這種「直

〔註28〕同註 27。

〔註29〕見鄭靜若著，《清代詩話敘錄》，臺灣學生書局。鄭氏云：「夫詩話者，以隨筆之體，論詩評詩者也。其間或探究體制源流，或研討格律作法，或品評各家優劣，或闡札用辭遣句、或撮述佚聞佚事。」

〔註30〕同註 24，頁 4～5。

〔註31〕同註 20，頁 50 黃氏云：「繼起印象比初步印象高了一層。初步印象是一片渾沌，批評家所見，是一片美好的森林。繼起印象則已在渾沌中露出端倪，批評家已看到這片森林的形象，遠遠察見森林中各種樹木花草的一片色彩。」

〔註32〕同註 10，頁 132～134。

指本心」的妙悟方式，融會了道家的棄絕智慮的直觀態度，於是乃形成了中國偏重主觀直覺一派的印象式的批評。

由上推論，形成印象式批評主要因素有諸：其一、起源於吾民族之特質，如長於具象直覺，而不長於西方科學推理之思辨方式。其二、中國語言特徵之自由使然。對於時態、語氣、單複數之界定混同。其三、中國人之思維方式，過度重視個別具象之事物而忽略抽象普偏原則之存在。其四、中國人之文學思想每受制於外發性之刺激，如儒家思想、老莊道家思想及佛教禪宗思想影響所致。其五、中國文士刻意追求批評文字之簡潔與優美。其六、文壇領袖始作俑者導文學批評於歧途。如詩話之始作俑者，歐陽修於評周朴詩曰：「其句有云『風暖鳥聲碎，日高花影重』，又云『曉來山鳥鬧，雨過杏花稀』；誠佳句也」，「誠佳句也」實印象式批評之典型。基於以上種種理由，中國印象式批評遂蓬勃發展。〔註 33〕

〔註 33〕見《六一詩話》。

第三章　美學批評法之理論基礎

第一節　中外文評家論文學批評之分類與方法

四庫全書總目提要，標出詩文評類之書籍云：「文章莫盛於兩漢，渾渾灝灝，文成法立，無格律之可拘。建安黃初，體裁漸備，故論文之說出焉。『典論』其首也。其勒爲一書傳於今者，則斷自劉勰鍾嶸。勰究文體之源流而評其工拙，嶸第作者之甲乙而溯厥師承，爲例各殊。至皎然《詩式》，備陳法律；孟棨《本事詩》旁採故實；劉攽《中山詩話》，歐陽修《六一詩話》又體兼說話、後所論者，不出此五例中矣。」〔註 1〕將自古以來評論詩文之著作分成五類，雖不明言「批評方法」，然其雛型粗具焉。

近人青木正兒嘗本四庫全書之分類，加以敷衍修正，分爲如次之六種，亦即：〔註 2〕

1. 品評作品者。（梁鍾嶸之《詩品》等）
2. 記載關於作品之故實者。（唐孟棨之《本事詩》等）
3. 論文學之體者。（晉摯虞之《文章流別論》等）
4. 論文學之理論者。（唐釋皎然之《詩式》等）
5. 系統之論述者。（梁劉勰之《文心雕龍》等）
6. 隨筆之雜錄者。（宋歐陽修之《六一詩話》等）

朱東潤氏亦本此而張之，有云：「今欲觀古人文學批評之所成就，要而論

〔註 1〕《四庫全書總目》（索引本），漢京出版社，頁 209。
〔註 2〕青木正兒，《中國文學概說》，第六章〈評論學〉，莊嚴出版社，頁 190。

之，蓋有六端。自成一書，條理畢具，如劉勰鍾嶸之書，一也。發爲篇章，散見本籍，如韓愈論文詩諸篇，二也。甄採諸家，定爲選本，後人從此去取，窺其意旨，如殷璠之河嶽英靈集，高仲武之中興間氣集，三也。亦有選家，間附評注，雖繁簡異趣，語或不一，而望表知裏，情態畢具，如方回之瀛奎律髓，張惠言之詞選，四也。他若宗旨有在，而語不盡傳，照乘之光，自他有耀，其見於他人專書，如山谷之說，備見詩眼者爲五，見於他人詩文，如四靈之，見於水心集者，六也。」〔註3〕以上就批評著作加以分類，亦可明先人態度之審慎，及評釋觀點立場之紛歧，後世因此衍生許多批評方法之派別，茲列出中外文評家歸納所得，以見批評方法之大觀，一則用來「善其事」，二則免籠統之失，三則知美學批評法之所從出也。

一、聖茨白雷之分類

據英人聖茨白雷（G. E. B. Saintsbury）於其文學批評史所云，重要文學批評方法約有如下數種：〔註4〕

1. **主觀之批評**：批評者只依一己想法據主觀之好惡爲標準而妄加判斷，或受制於作品之印象，不加判斷。
2. **客觀之批評**：批評者依客觀之批評標準，而評斷作品之優劣，不以一己之主觀爲轉移。
3. **歸納之批評**：批評家就作品所陳現之種種事例，加以研究，歸納出一般原理，而得出一種普通結論之批評。
4. **演繹之批評**：批評家根據某種文藝原理原則，或所謂最高法典，裁判個別文學作品之一種批評。
5. **科學之批評**：即將文學批評視爲一種實證科學，以科學方法將作品之事實及現象，加以記載說明，而不加判斷。批評家把作品視爲自然現象，以科學方法比較藝術諸主義，分別其中之異同，且從環境因素說明藝術之發生。
6. **判斷之批評**：批評家將作品依既定之法則與標準，判斷其價值、優劣。
7. **歷史之批評**：批評家以歷史方法，用之以批評文家。如敘述作者之生

〔註3〕朱東潤，《中國文學批評史大綱》，第一緒言，臺灣開明書店，頁3。
〔註4〕聖氏，《文學批評史》，1900年出版。

平與其時代環境之關係，更旁徵其所受於前人、時人之影響，及家庭種族之薰陶，以資論斷。

8. **考證之批評**：批評家以考證之手法及眼光，考證作品來歷及版本之眞僞與源流，必要時且訂正作者原著之誤謬。

9. **比較之批評**：批評家就各個作家或各個作品之異同而定其派別及比較之價値。

10. **道德之批評**：批評家以道德爲批評標準，偏向作品內容所蘊藏道德意義之探討。

11. **印象之批評**：批評家訴諸主觀之感發之批評，通常指批評者將個人對於作品所得之印象，變爲讀後感一類文字，而敘述本身遂爲一成熟而完美之文學作品。此即法郎士所言：「靈魂在傑作之冒險經過」是也。〔註5〕

12. **賞鑑之批評**：批評家對於某一文學作品加以洞察，以鑑賞爲主，而把作者經驗重新經驗之批評方法。

13. **審美之批評**：批評家根據美學之原理原則，以審美爲批評準的，衡視作品之文藝價値。

二、陳鍾凡之分類

陳鍾凡先生在其《中國文學批評史》一書〔註6〕，嘗歸納批評方法爲十二種，與聖茨白雷氏之分類大同小異〔註7〕，重複之處，有關定義之部分刪略：

1. 推理之批評：借歸納所得之結論，建立文學上之原則及其原理。
2. 解釋之批評：純以一己之意見，解釋各家作品。
3. 欣賞之批評：就作品中之優點，加以欣賞，而以公正之眼光批評之。
4. 歸納之批評。
5. 判斷之批評。
6. 考訂之批評。
7. 歷史之批評。

〔註5〕見白沙編著，《文藝批評淺說》。

〔註6〕陳鍾凡，《中國文學批評史》，第二章〈文學批評〉，第二節〈批評之派別〉，龍泉書屋，頁6。

〔註7〕沈謙，《文心雕龍批評論發微》，第三章第三節〈批評之方法〉，聯經出版事業公司，頁91～100。

8. 比較之批評。
9. 道德之批評。
10. 審美之批評。
11. 科學之批評。

三、張健之分類

張健先生在其〈中國文學批評的方法論〉一文中，嘗將對於批評方法有直接或半直接貢獻之批評家，及以實踐爲主之批評家，所使用之批評方法分類論列。其文論述完備，舉證切實，是頗具系統之作，今略而言之：〔註 8〕

1. **分等評鑑法**：即批評家以等第品定作家與作品之高下。如：鍾嶸《詩品》分上中下三等便爲此法之濫觴及最佳典型。明代呂天成之《曲品》將新傳奇之曲家分爲九等，唐人張爲撰作《詩人主客圖》，分唐代詩人爲「廣大教化」、「高古奧逸」、「清奇雅正」、「清奇僻古」、「博解宏拔」、「瑰奇美麗」等六類。每類中又界分「主」、「上入室」、「入室」、「升堂」、「及門」五等。宋代張戒《歲寒堂詩話》，分詩爲氣、韻、味、意四等，清人李重華《貞一齋詩說》，分「神」、「氣」、「巧」、「詞」、「事」五等。
2. **溯源法**：批評家先設定若干之源頭，然後將批評之詩人或作品一一衡定其淵源所自。如詩品筆下之三大主源爲：國風、小雅、楚辭。又如南宋邵博嘗評韓退之文自經中來，柳子厚之文自史中來。
3. **賦比興鑑定法**：批評家從事批評之時，先判斷作品中賦、比、興之成分。而後以賦、比、興之作法規範來品評其成敗。此中翹楚如：袁枚、謝榛、吳喬、王夫之。〔註 9〕
4. **起承轉合法**：又稱八股文法、形式批評法。批評家守傳統「起承轉合」之規矩，衡視作品之結構、章法，以評定作品之價值及高下。如金聖歎、黃庭堅、吳喬、沈德潛、翁方綱、方東樹、常州派詞人，皆努力於此方面之理論與批評。
5. **比較法**：批評家通過直觀或客觀之關照，將作家與作品互評得失，掌

〔註 8〕張健先生，〈中國文學批評的方法論〉一文，收錄《中國文學批評論集》書中，天華出版事業公司，頁 14～22。

〔註 9〕分別見袁枚《隨園詩話》卷五、吳喬《圍爐詩話》、謝榛《四溟詩話》、王夫之《薑齋詩話》所論。

握特色，且一較高下。如嚴羽《滄浪詩話》，便爲此中代表，明清批評家酷愛較量「唐」、「宋」詩風、便是此法之運用。

6. **分類分體法**：分類法，即以風格爲主內容爲輔，加以分之。如《文心雕龍》之八品、司空圖之二十四品、袁枚之續三十二品。分體法，即別體裁之異，批評家將時代分成若干期，予文學批評甚多方便。如《滄浪詩話》分唐詩爲初唐、盛唐、大歷、元和、晚唐諸體。
7. **印象法**：前已述及。批評家全憑主觀好惡，將閱讀文學作品所獲得之印象，用直陳或譬喻之方式表達出來。運用此法之批評家，通常將批評歷程省略，故每予人以破碎、殘餘、朦朧之印象。然亦有可圈可點之批評家，如：劉辰翁、鍾惺、譚元春、歸有光等。
8. **指疵法**：批評家專事指摘作品結構、用字、用典、用韻方面之缺憾。代表批評家：江西詩派批評家、王若虛、葉夢得等。
9. **道德批評法**：批評家持道德尺度評論作品。如宋代理學家。
10. **比喻法**：批評家拿外在具體之實物來比喻文章之結構及風格，故批評文字亦爲一篇美文。如以宮府之結構比喻詩文便是。運用此法成效較著者，有：黃庭堅、楊萬里。
11. **歷史批評法**：此法大體可分兩類。其一爲批評家對作者之時代、背景、出身、經歷、個性、先作全盤省察，然後再評論作品之優劣。其二是批評家縱觀時代變遷，並以此討論其對作者風格之影響。如朱熹、劉勰、胡應麟、李慈銘、薛雪，皆是此中代表。
12. **美學批評法**：批評家持具體周至之批評原理、標準和方法，使作品合乎「美學」要求。如劉勰之六觀法，李笠翁《閒情偶寄》所論述之批評法則及示範，爲美學批評法最標準實例。

四、格瑞柏斯坦之分類

格瑞柏斯坦（Sheldon Norman Grebstin）編著《Perspectives in contemarary critism》，收集數十種近代歐美文學批評文獻，歸納爲五個學派，各派之前，冠以導論，介紹其淵源與發展，主要批評觀點及其成敗得失，對龐雜之文學批評，實有整理連貫之功。五種批評方法及學派、略述於後：〔註 10〕

〔註 10〕格瑞柏斯坦氏（Sheldon N. Grebstein）編著 *Perspectives in contemarary critism*，中譯本《現代文學批評面面觀》，李宗憧譯著，正中書局。

1. **歷史論批評法**：此即「歷史批評法」，肇始於十七、十八世紀，直至十九世紀方有清晰明確之批評陳述。代表批評家爲法國聖佩甫及其弟子泰納。此種方法視文學作品主要爲作者生活與時代環境或其人物之生活與時代背景之反映。故實地批評時，作品之外緣因素如版本、語言、傳記、聲譽與影響、文化、傳統尤爲側重。
2. **形式論批評法**：又稱形構批評。興起於 1920 年，直至 1940 年到 1950 年代初期方達最高峰。以英國李維士爲首之細品派、美國新批評派、芝加哥新亞里斯多德派、法國學院派、俄國新形式派皆屬之。其基本美學原理出自亞里士多德，強調文學作品形式、風格及心理效果，故刻意從韻律、節奏、語調、風格、意象、象徵、字質、結構、敘事觀點及語言多義性探討作品之美學價值及藝術成就。
3. **社會文化論批評法**：此派批評與歷史批評彷彿，同視文學爲一歷程，而非目的，然不若歷史批評之重視版本問題、語言狀況。本派強調文學之功利及實用價值，故從作家之時代背景、作品本身之社會因素及對社會之影響等三方面探測文學與社會之關係。
4. **心理學批評法**：此派之批評理論架構，主要建立於二十世紀佛洛依德之心理分析學。如心理分析、精神分析、涉及性之各種象徵、夢之分析、情緒轉移現象、潛意識僞裝、變形、濃縮、偷渡。批評家以心理分析理論探討作家之思想、觀念、情緒、動機、從而瞭解其創作衝動、生理狀態、心路歷程與作品風格、主題、人物之關係。同時亦由此剖察作品本身之心理學問題，諸如人物之行爲動機、心智狀態及其象徵意味。
5. **神話原型之批評**：此爲當代實用批評中視野最廣、潛能最大之批評法。所謂原型也者，原始類型之簡稱，亦即原始意象，集體之無意識中之一部分。是以歸納神話中之普遍象徵來探究文學與人性之關係，體悟文學作品中扣人心弦之內在因素。從事實地批評須運用象徵，如四季原型：春夏秋冬各有象徵。又如英雄之原始類型：第一階段爲追尋，第二階段包括迷失、分離、轉變、回歸，第三階段爲替罪羔羊。其最終目的即揭露文學中之原型與作品形式、素質、效果之關聯，帶人類進入最古老儀式與信仰之開端。

此節呈列中外文評家所歸納之「批評方法」，可謂洋洋大觀。然各種批評法雖互有所長，偏弊之處仍在所難免。如：歷史批評法，過分重視歷史文化背景，反倒喧賓奪主，忽略作品之結構要素。形式批評雖則就詩論詩，重視結構分析，然因鄙棄歷史與傳記資料難免失之偏頗。心理批評雖已注意潛意識之種種現象，無法察測作品之匀稱美，是其缺憾。美學批評法，如同其他批評，爲提供讀者進入文學堂奧之一途徑，雖不能謂其批評之不二法門，然其兼採各法之長，庶幾達到完滿境地，是其批評宗旨。本節之撰寫，一則衡觀批評法之內容實況，一則呈現美學批評法期望展露之整合效果，一則交代本文題目之出處及寫作動機。

第二節　美學批評法之定義及類型

前已述及，論者常訾議中國傳統文學批評家，每憑主觀好惡裁斷作品，然後用直陳、譬喻方式，紀錄靈魂在作品中冒險之歷程，「評語簡約」、「籠統概括」、「妙用比喻」是其特色，等而下之者唯遺留一片殘餘朦朧印象。試爲此種現象找理由，不外民族特徵、語言特徵、文學自覺欠缺云云。其流弊則爲批評工作不循理性邏輯分析、批評理論不作精密系統之陳述，若依此而爲中國傳統文學批評蓋棺論定，斥之全爲「印象式」之主觀、殊屬不公平。由本章第一節所論列之批評方法可見已有多數批評方法已跳脫「停留於直覺直感」窠臼，如美學批評便是此中之集大成者。

所謂美學批評法，即批評家從科學、客觀、質實、有據之立場出發，持一具體標準要求作品與作家，以達到「美學」要求爲最終目的，唯其意圖竭盡文學之豐富內涵，故不僅重視作品之內在結構與外緣因素，亦重視批評理論自身之完備性與系統性。「美學批評」一詞，爲張健先生之發明，通過原文之闡釋，或更可明瞭此種批評法之特色與定義，其論曰：〔註11〕

> 中國古代並無西方所謂的「美學」(Aesthetics)，但中國有兩三位大批評家，他們所揭櫫或展示的批評方法，已可稱之爲美學的或審美的批評方法。前述劉勰的六觀法是其一，清代戲劇家、小說家兼批評家李漁，在他的《閒情偶寄》卷一至卷五中所論述的戲劇批評法則以及示範，應該是更合格的實例。卷一至卷三總名詞曲部，是討論劇本的創作的，包括結構（實爲總論，惟中有若干則論及結論原

〔註11〕同註8。

理)、詞采、音律、賓白、科諢、格局(這才是我們現在所說的結構)六部分，每分若干目，眞是面面俱到，甚至細密到注意主角上場的時間。卷四至卷五爲演習部，完全討論戲劇的演出事宜，包括事先的選擇、改編、訓鍊，以及臨場的一些問題，是導演、演員的指南手冊，也是戲劇實際批評的一些有用的律法，其中有原則性的，也有具體性的，可惜除了他對金聖歎的西廂評點有公允的批評，以及琵琶記尋夫改本，明珠記煎茶改本的特殊示範外，實際批評的成績仍嫌太少。

細繹此論，雖未對美學批評之定義做周延之界說，循沿劉勰、李漁之批評模式，吾人將具體而微，獲致如下結論：所謂美學批評，其一，是思辨而非印象，是理論而非直覺，是整體式而非重點式。其二、批評憑藉堅實周全之理論體系與具體客觀之品評標準，如劉勰之「六觀」法。其三，實際批評爲針對作品之內容形式下手。故必須通過「闡釋」、「衡鑑」、「比較」、「評論」、「立場」之五大過程，做整體全面性之觀察研鑒，從多種角度透視作品之多層面，如作品之眞實性、效用度、表達程度及內質結構。其四、其範疇擴及文學、藝術、美學，爲高度之科技整合。其五，批評原理、批評方法、實際批評三者兼備，且面面俱到。故亦可名之曰：完美批評法。

張健先生曰此種批評法，可稱之爲「美學的」或「審美的」批評方法。此二種命名，易與西洋 Aesthetic criticism(譯之爲審美批評)〔註 12〕，及 Aestheticism(譯之爲「美學主義」或「唯美主義」)〔註 13〕，生概念上之混淆。蓋西洋「審美的批評」、倡導者爲華爾透、佩特，其人乃因不滿印象批評「主觀之感情」，與科學批評「分析之理知」而倡言此說。審美批評家高舉「爲藝術而藝術」、「藝術至上主義」，其所謂批評，照佩特所云：

把藝術品之內容、形式資料等所暗示之情趣印象，照著它所暗示的方向，有效地統一綜合起來，即是一種照著某一藝術品所暗示的方向，再構成的體驗，審美批評者所求的美。便是以這種藝術品爲媒介物，以它爲出發點，而構成的超感覺的東西，審美的批評對象，即是這種美的對象。〔註 14〕

〔註 12〕譯名採用傅東華，《文學手冊》，大漢書局，頁 247。

〔註 13〕譯名採用顏元叔主編，《西洋文學術語叢刊》(上)，黎明文化事業公司，頁 3。

〔註 14〕傅東華主編，《文學手冊》，大漢書局，頁 257。

而「美學主義」，其重點熱衷於「美」之表現。通常代表三種不同觀點：（一）作爲一種人生觀，主張以藝術精神探討生命現象。（二）作爲一種藝術觀，亦即秉持「爲藝術而藝術」之觀念。（三）作爲文學、藝術及批評之一種實際趨勢。前二者與文學批評關聯甚小，不在討論之列。至於第三者，一般皆抱消極態度。然此運動醞釀出一重要觀念，即文學或藝術作品，應當避免說教或解釋生命哲學之意圖，正好符合爲藝術而藝術之原則。故反觀中國文學批評史上美學批評法，下列數點不證自明：（一）中國美學批評法之觀念，非完全根源於西洋所謂「審美批評」或「美學主義」。有其藝術之自律性，卻無其藝術之放肆性。（二）西洋美學主義或審美批評助長「批評的」欣賞（欣賞之表達與溝通，而非對作品之判斷），而中國美學批評法既爲「欣賞」式之批評，亦爲評價式之批評。

從浩如煙海之批評巨作中，將合乎此種條件者爬梳整理，自非易事。嚴格論之，完全合乎此條件者，僅有二、三位大家，然爲免師心自用，過分主觀，見樹不見林，吹毛求疵，滄海遺珠之弊，謹放寬尺度，取各種文類之前二至三名，借諸理出中國美學批評法之概觀，計得美學批評家——詩評：蘇東坡、葉燮、袁枚。文評：劉勰、朱熹、曾國藩。詞評：張炎、陳廷焯。小說評：金聖歎、王國維。曲評：王驥德、李漁。十二位批評家當中，依其批評理論加以分類，亦可分爲「自覺」、「實踐」及「理論」三型。

一、自覺型

所謂自覺也者，透過批評主體意識之醒覺，確實了悟客觀批評之必要性，故於展示批評理論之時，具體揭櫫品評之客觀標準。代表批評家：劉勰、張炎、朱熹、葉燮、李漁。此型之特色，從內容到形式、有其既定之規矩及準則。

二、實踐型

此型之批評家，其批評理論，並未明示或強調批評法則，然細觀其實地批評論述，實與「自覺型」之批評者無別。代表批評家，如：袁枚、陳廷焯、曾國藩、蘇軾、金聖歎、王驥德。

三、理論型

清末以來因受西方文學批評及文藝思潮之影響，批評家以西方美學理論爲架構，復參酌中國批評環境，自成一家者，名之曰「理論型」，王國維是爲代表人物。其《紅樓夢評論》之思想基礎，便是叔本華之悲觀哲學，以「悲劇」角度批評《紅樓夢》，理出《紅樓夢》之精神在於「解脫」，譽之爲「悲劇中之悲劇」，替小說評論開創嶄新之境。

第三節　美學批評法之美學目的

舉凡藝術品皆爲人類匠心獨造，故必有所表現，尤以文學作品爲然。表現方式，必也仰賴作品之內容與形式，而後藝術家之生命情志，美學感受，方能化爲作品之筋脈血肉，如是，表現過程，方能完成。一般藝術品之形式，包括：創作技巧模擬之功能、象徵與對比之樣式，以及藝術品完整性所體現出藝術獨有之表現方式。內容則包括：藝術家想像之模式、意識界閾與潛意識界閾之活動歷程、思維之法式、見解與哲學、作品中所欲表達之意念〔註 15〕。文學作品爲藝術作品之一環，凡藝術作品所宜有之美學目的，文學作品皆被要求當有且必須有。更何況文學作品是以語文符號作爲意念或意義之表徵，不僅得像其他藝術，以純粹追求形式美感爲目的，且須追求內容美感爲目的，不僅只體認其形聲，且須顧念其意義。

文學之要素有四，曰：思想、感情、想像、形式。前三者統稱爲「內容」。文學作品之中，無感情、即無思想、想像；無想像，思想感情，亦將難以附麗。然此三者，非憑空而能興動讀者喜怒哀樂之情趣，必須借形式以作藝術化之具體表現，方能示人以宇宙至理。所謂文學形式 winchester 在《文學批評之原理》一書第六章有云：

> 在實際生活，可以感我之物贈諸他人，以達我之情思。然美術相感，不能直接接受如此其易也，而文學爲尤易；乃不得不借其間接之方法以傳達焉。此傳達情思方法之總和，所謂文學之形式而已。

易言之，文學形式是文學內容表達之方法、橋樑與手段。由文字組織而成，有體製、結構、格律（包括形體格律、聲韻格律）諸關目。二者同時而生，彼此之間且有依存關係。《文心雕龍》云：〔註 16〕

> 聖賢書辭，總稱文章非采而何，夫水性虛而淪漪結，本體實而花萼振，文附質也。虎豹無文，則鞹同犬羊；犀兕有皮，而色資丹漆：質待文也。若乃綜述性靈，敷寫器象，鏤心鳥跡之中，織辭魚網之

〔註 15〕姚一葦，《藝術的奧秘》，〈自序〉，臺灣開明書店。
〔註 16〕見《文心雕龍・情采》。

> 上，其爲彪炳，縟采名矣。故立文之道，其理有三：一曰形文，五色是也；二曰聲文，五音是也；三曰情文，五性是也。五色雜而成黼黻，五音比而成韶夏，五情發而爲辭章，神理之數也。

五色、五音、五情之均衡運作，方爲神理之數，一語道盡二者之倚附關係。蓋文學作品必須具有眞實和充實之內容，然後其形式始能呈露圓滿而動人之藝術魅力。故曰美學批評法之美學目的，即求內容與形式之合一。

劉彥和爲明晰運用「內容形式合一」之批評準則，以研究文學藝術，銓品文學創作之批評大家。不重內容充實唯重形式華美者，貶之爲「理拙而文澤」〔註 17〕；不重形式華美而只重內容篤實者，毀之曰「義華而聲悴」〔註 18〕。唯有健全之內容與完美之形式結合之作，方爲劉勰所稱許，嘗譽之曰「銜華佩實」〔註 19〕，「旨遠辭文」〔註 20〕，「義既極乎性情，辭亦匠於文理」〔註 21〕。虞夏文章因其「辭意溫雅」，所以「儀表萬代」〔註 22〕。商周之文，因其「義固爲經」，所以「文亦師矣」〔註 23〕。劉勰特推崇荀子「禮」、「智」諸賦爲「文質相稱」〔註 24〕；嘉許「羽獵」、「長楊」諸賦爲「理贍詞堅」〔註 25〕；宗經篇所強調之重點，如「情深」、「風清」、「事信」、「義直」、

〔註 17〕《文心雕龍・總術》:「凡精慮造文，各競新麗，各欲練辭，莫肯研術。落落之玉，或亂乎石，碌碌之石，時似乎玉。精者要約，匱者亦尠；博者該贍，蕪者亦繁；辯者昭晳，淺者亦露；奧者複隱，詭者亦典。或義華而聲悴，或理拙而文澤。」

〔註 18〕同註 17。

〔註 19〕《文心雕龍・徵聖》:「故知正言所以立辯，體要所以成辭，辭成無好異之尤，辯立有斷辭之義，雖精義曲隱，無傷其正言，微辭婉晦，不害其體要，體要與微辭偕通，正言共精義亦用，聖人之文章，亦可見也。顏闔以爲仲尼飾羽而畫，徒事華辭，雖欲訾聖，弗可得已。然則聖文之雅麗，固銜華而佩實者也。」

〔註 20〕《文心雕龍・宗經》:「夫易惟談天，入神致用。故繫稱旨遠辭文，言中事隱，韋編三絕，固哲人之驪淵也。」

〔註 21〕《文心雕龍・宗經》:「皇世三墳，帝代五典，重以八索，申以九邱，歲曆綿曖，條流紛糅，自夫子刪述，而大寶咸耀。於是易張十翼，書標七觀，詩列四始，禮正五經，春秋五例，義既極乎性情，辭亦匠於文理，故能開學養正，昭明有融。」

〔註 22〕《文心雕龍・才略》:「虞夏文章，則有皋陶六德，夔序八音，益則有贊，五子作歌，辭義溫雅、萬代之儀表也。」

〔註 23〕《文心雕龍・才略》:「商周之世，則仲虺垂誥，伊尹敷訓，吉甫之徒，並述詩頌，義固爲經，文亦師矣。」

〔註 24〕《文心雕龍・才略》:「荀況學宗，而象物名賦，文質相稱，因巨儒之情也。」

〔註 25〕《文心雕龍・才略》:「子雲屬意，辭人最深，觀其涯度幽遠，搜選詭麗，而

「體約」、「文麗」，實乃兼顧內容與形式之合一。

其他服膺此論之批評家。如蘇軾：「務令文字華實相副」〔註26〕，亦是求「內容」與「形式」之貼切。晚明曲律大都注重形式精求格律，如王驥德於形式上注重戲劇結構，貴剪裁、貴鍛鍊、貴突出重點、抓住頭腦、重聲樂、重賓白，然於內容之教育意義亦不曾偏廢，特以《琵琶記》為範例，而目拜月為宣淫〔註27〕。金聖歎於小說批評者重白描手法之工妙，然於人物個性、字法句法、小說結構、文字節奏、敘事觀點亦頗講究〔註28〕。袁枚以「性靈」評詩，《隨園詩話》每多精義，謂「幹」、「華」、「骨」、「聲」、「韻」、「趣」皆為詩作所不可缺者〔註29〕。《續詩品》原理論中主「崇意」、「尚識」、「知難」、「葆真」、「拔萃」；方法論中重「精思」、「博習」、「相題」、「選材」、「用筆」、「理氣」、「布格」、「擇韻」、「振采」、「結響」、「取徑」、「安雅」、「空行」、「固存」、「澄滓」、「齋心」、「矜嚴」、「藏拙」、「神悟」、「即景」、「勇往」、「著我」、「戒備」、「割忍」、「求友」、「滅迹」。曾國藩論文，提出「讀古文當先認其貌，後觀其神」之說。所謂貌也者，體裁、法式、用字是也；神也者即指主題、風格、結構是也。其內容、精神、形式、技巧並重之文學觀、實已超過桐城派之格局〔註30〕。又如葉燮，以在我之「才膽識力」，衡在物之「理事情」之批評觀，其美學一以求「形式內容合一」為目的〔註31〕。底下自第四章起即按詩文、詞曲、小說之順序，將美學批評法之批評理論詳述於後。

竭才以鑽思，故能理贍而辭堅矣。」

〔註26〕蘇軾〈與元老姪孫〉：「務令文字華實相副，期於適用乃佳。」

〔註27〕見《中國歷代文論選》中冊，木鐸出版社，頁382。

〔註28〕張健先生，《明清文學批評》，國家出版社，頁112。

〔註29〕袁枚，《隨園詩話》：「詩有幹無華，是枯木也；有肉無骨，是夏蟲也；有人無我，是傀儡也；有聲無韻，是瓦缶也；有直無曲，是漏尾也；有格無趣，是土牛也。」

〔註30〕張健先生，《明清文學批評》，國家出版社，頁267～268。

〔註31〕見葉燮，《原詩》。

第四章　詩文之美學批評

第一節　蘇軾之美學批評（詩評之一）

蘇軾（公元 1036～1101），字子瞻，一字和仲，號東坡居士，宋四川眉山人。與弟轍，同以父洵爲師。由於不凡之天份，豐富之經驗、積極之人生、益友之切磋、有恒之創作，故爲宋代文學史上，能文、能詩、能詞、能騷、能賦、能銘、能贊、能書、能畫之全才，且文學批評亦能獨樹一幟，不愧爲天才文人。不僅在兩宋文學史上無出其右者，即在全中國文學史上亦罕與之匹敵者。〔註 1〕

古文方面，是唐宋八大家之一。好賈誼、陸贄書，既而讀莊子，故其爲文以涵渾奔放、汪洋縱恣著稱，近人譽之：飄忽變化處似莊子，雄峻明快處似賈誼，圓轉周到處似陸贄〔註 2〕。宋朝之人極推崇蘇文，陸游《老學庵筆記云》:「蘇文熟，秀才足」。朱熹評之:「文字明快」、「馳騁忒巧」、「文辭偉麗」、「善議論，筆力過人」〔註 3〕嘗自謂:「作文如行雲流水，初無定質；但常行於所當行，止於所不可不止，雖嬉笑怒罵之辭，皆可書而誦之。」〔註 4〕集中佳作如林，如〈范增論〉、〈喜雨亭〉、前後〈赤壁賦〉等篇，皆能渾涵光芒，雄視百代，爲人傳誦不絕。詩方面，爲歐陽修後之詩壇盟主。其詩不論寫景抒情、記事狀物，可謂無所不有，無所不工。葉燮《原詩》云:「如蘇軾

〔註 1〕游信利，《蘇東坡的文學理論》，學生書局，頁 1。
〔註 2〕葉慶炳，《中國文學史》下冊，弘道文化事業有限公司，頁 534。
〔註 3〕張健先生，《宋金四家文學批評》，聯經出版事業公司，頁 4。
〔註 4〕見《東坡集》，〈答謝民師書〉。

之詩，其境界皆開闢古今之所未有。天地萬物，嬉笑怒罵，無不鼓舞於筆端，而適如其意之所欲出。」沈德潛云：「蘇子瞻胸有洪爐，金銀鉛錫，皆歸鎔鑄。其筆之超曠，等於天馬脫羈，飛躔遊躍，窮極變化，而適如意中所欲出。」氣象宏闊、意趣超妙、取材選辭不分雅俗是其特色。詞方面，打破以協律爲標準，以婉約爲寓意之詞之傳統。不重協律，爲文學而作詞，氣勢奔放，詞境開展。胡寅〈酒邊詞序〉評曰：「詞至東坡，一洗綺羅薌澤之態，擺脫綢繆宛轉之度，使人登高望遠，舉首高歌，逸懷浩氣，超乎塵垢之外。」文學批評方面，就業績而論，雖只能算是二流批評家〔註 5〕，然因遠紹莊子、中法劉勰、近承歐陽修、蘇洵、下啓黃庭堅、陳師道、朱熹、嚴羽，故其地位不容抹煞。其批評理論能自成系統，就創作論而言標樹「自然成文（詩）」、「詩窮而後工」之後，有守成之功。「文學功能論」特舉「辭以達意」、「文以貫道」之說，有發明之效。至若文學風格論之「自得天道」、「平淡簡潔」，批評論之講究方法，確定標準，皆足供今日批評範式。尤其難得者，蘇軾之「書」、「畫」亦與其詩、文、詞等齊名，故能將書畫理論用之於批評，提昇文學批評之層次。

一、詩主自然天眞反對務奇求新

詩主自然天眞，宋人皆然，東坡亦不例外。其〈文說〉嘗自述創作經驗云：

> 吾文如萬斛泉湍，不擇地而出，在平地滔滔汩汩，雖一日千里無難，及其與山石曲折，隨物賦形而不可知也；所可知者，常行於所當行，止於不可不止，如是而已。其他，雖吾亦不能知也。〔註 6〕

東坡之前，如揚雄「不雕刻」〔註 7〕，韓愈「天巧」〔註 8〕，文心「感物吟志，莫非自然」〔註 9〕，司空圖詩品：「眞與不奪，強得易貧」，皆主自然天眞。東坡「常行於所當行，止於不可不止」，即肯定藝術創作之心路歷程爲「自然而然」、「天全寫眞」。詩興一至，不待思慮而工，不待雕琢而麗，有滿心而發，肆口而成之暢！其畫論「成竹在胸」、「胸有丘壑」即此說之所本。〈文與可畫

〔註 5〕張健先生，《中國文學批評論集》，天華出版事業公司，頁 6。
〔註 6〕《經進東坡文集事略》卷五十七。
〔註 7〕見揚雄法言〈問道篇〉。
〔註 8〕韓愈贈東野〈文字規天巧〉。
〔註 9〕見《文心雕龍・明詩》。

篔簹谷偃竹記〉云：

> 畫竹必先得成竹於胸中，執筆熟視，乃見其所欲畫者，急起從之，振筆直遂，以追其所見，如兔起鶻落，少縱即逝矣。與可之教予如此，予不能然也，而心識其所以然。夫既心識其所以然，而不能然者，內外不一，心手不相應，不學之過也。故凡有見於中，而操之不熟者，平居自視了然，而臨事忽焉喪之，豈獨竹哉？〔註 10〕

蘇軾之「自然天眞」，實針對詩壇炫奇立異之表現而發，故極力反對務「奇」求「新」。務「奇」求「新」者，「辭達而已矣」之敵也。東坡評詩，每推崇陶淵明、王孟韋一派，以其自然天眞不事雕多篆刻之舉也。若山川之有雲霧，草木之有華貴，勃鬱於中，而英華外現也。

二、詩主自得蕭散簡遠意在言外

詩人之中，具自得之風，有獨特之韻味者，亦每爲東坡所雅好。如：蘇、李、曹、劉、陶、謝、李、杜、韋、柳及司空圖等人。獨特之韻味，乃求於文字之表，超然天成，意在言外，有蕭散簡遠之妙。東坡云：

> 予嘗論書，以謂鍾王之迹，蕭散簡遠，妙在筆墨之外，至唐顏柳始集古今筆法而盡發之，極書之變，天下翕然以爲宗師，而鍾王之法益微。至於詩亦然。蘇李之天成，曹劉之自得，陶謝之超然，蓋亦至矣，而李太白、杜子美以英瑋絕世之姿，凌跨百代，古今詩人盡廢，然魏晉以來高風絕塵，亦少衰矣。李杜之後，詩人繼作，雖間有遠韻，而才不逮意，獨韋應物柳宗元，發纖穠於簡古，寄至味於澹泊，非餘子所及也。唐末司空圖崎嶇兵亂之間，而詩文高雅，猶有承平之遺風，其論詩曰：「梅止於酸，鹽止於鹹，飲食不可無鹽梅，而美常在鹹酸之外。」蓋自列其詩之有得於文字之表者二十四韻，恨當時不識其妙，予三復其言而悲之。〔註 11〕

蘇軾之時，學古風氣漫行，見古人不矜才、不使氣、不賣弄學問之高格，乃覺魏晉以降「高風絕塵」之境實難企及，故肯定蘇李之天成、曹劉之自得、陶謝之超然。此論，實同於梅聖俞：「狀難寫之景如在目前，含不盡之意見於言外」至矣之境。

〔註 10〕見《東坡文集》卷二。

〔註 11〕《東坡集》，〈書黃子思詩集後〉。

三、外枯而中膏似澹而實美

「質而實綺，癯而實腴」、「外枯而中膏，似澹而實美」亦即蘊而不露、淡泊平和之風格。東坡大事推崇淡泊平易之風，乃秉諸司空圖、歐陽修、梅堯臣之境而衍發。《東坡詩話》云：

> 柳子厚詩在淵明下、韋蘇州上，退之豪放奇險則過之，而溫麗精深不及也。所貴乎枯澹者，謂其外枯而中膏，似澹而實美，淵明子厚之流是也。若中邊皆枯澹，亦何足道？佛云，如人食蜜，中邊皆甜。人食五味，知其甘苦者皆是，能分別其中邊者百無一二也。〔註12〕

又云：

> 吾於詩人無所甚好，獨好淵明之詩。淵明作詩不多，然其詩質而實綺、癯而實腴，自曹、劉、鮑、謝、李、杜諸人，皆莫及也。吾前後和其詩凡一百有九篇，至其得志，自謂不甚愧淵明。〔註13〕

宋代詩壇，極力推崇此說，強調詩質詩境脫落鉛華，有惠風吹衣、鶴飛素處之妙。有別於平凡、有別於淺俗、有異於枯窘。詩中或有清辭麗句，但無礙文字之平和純古，初則閒肆淡漠，久則涵泳深遠之味。東坡與姪書，嘗將此論析闡甚詳，即：「大凡爲文當使氣象崢嶸，五色絢爛；漸老漸熟，乃造平淡」之意也。

四、新詩要淘鍊乃得鉛中銀

詩垂鍛鍊，方能由工入醇。黃季剛先生曾云：「凡爲文辭，未有不辨章句而能工者也。」又云：「若夫文章之事，固非一僚章句即能工巧，然而捨棄章句，亦更無趨于工巧之途，規矩以馭方員，雖刻雕象形，未有遁于規矩之外者也。」〔註14〕可見詩之神理情韻，亦在鍛句鍊字中見工夫。鍛句鍊字之艱辛，文學家體味備嘗，前人云：「二句三年得。」「新詩改罷自長吟。」「善爲文者，富於萬篇，貧於一字。」「詩賦以一字見工拙。」〔註15〕足見綴字屬篇，百般揀擇之功。東坡亦重鍛鍊，嘗云：

> 新詩要淘鍊，乃得鉛中銀。

「鉛中銀」，工切渾然之境也。如杜甫〈登高〉：「無邊落木蕭蕭下，不盡長江

〔註12〕《東坡題跋》上卷，〈評韓柳詩〉。

〔註13〕《續文集》卷三：追和陶淵明詩引。

〔註14〕見黃季剛，《文心雕龍札記》。

〔註15〕見黃永武，《字句鍛鍊法》，臺灣商務印書館，頁2、82。

滾滾來。」沈德潛《唐詩別裁》云：「好在無邊、不盡」。蓋「落木蕭蕭下，長江滾滾來」雖寫出景物實狀，但一增四字，風物愈見淒迷，在浩浩無垠之中，愈見神馳飛越。東坡亦嘗舉例，以見其淘鍊之功。如《蘇誠記事》卷上：

> 徐信言，東坡北歸時，遇其書齋，書一帖云：嘗見王平甫，自負甘露寺詩：平地風煙飛白鳥，半山雲木卷蒼藤。余應之曰：精神全在卷字上，但恨飛字不稱耳。平甫請余易，余遂應以「横」字。

五、詩畫本一律天工與清新

中國詩畫同源。東坡論畫之理論亦可用之於評詩。〈書鄢陵王主簿所畫折枝〉詩：

> 論畫以形似，見與兒童鄰。賦詩必此詩，定非知詩人。詩畫本一律，天工與清新。邊鸞雀寫生，趙昌花傳神。何如此兩幅，疏澹含精勻。雖言一點紅，解寄無邊春。

本「天工與清新」評畫，亦本「天工與清新」評詩。東坡以畫喻詩不乏其例。如稱譽孤山思聰聞復師「作詩清遠如畫」〔註16〕，慕賞王維云：「味摩詰之詩，詩中有畫，觀摩詰之畫，畫中有詩。」〔註17〕如上所云「寫生」、「傳神」，即「意在言外」詩之境界。東坡深通畫理，以爲藝術乃人格表現，詩亦爲人格呈示，故每爲畫理而通爲詩理。〈淨因院畫記〉：

> 余嘗論畫，以爲人禽宮室器用，皆有常形。至於山石竹木，水波煙雲，雖無常形而有常理。常形之失，人皆知之。常理之不當，雖曉畫者有不知；故凡可以欺世而取名者，必託於無常形者也。雖然常形之失，止於所失，而不能病其全。若常理之不當，則舉廢之矣。以其形之無常，是以理不可不謹也。世之工人，或能曲盡其形，而至於其理，高人逸士不能辨。與可之於竹石枯木，眞可謂得其理者矣。如是而生，如是而死，如是而攣拳瘠蹙，如是而條達遂茂，根莖節葉，牙角脈絡，千變萬化，未始相襲，而各當其處，合於天造，厭於人意，蓋達士之所寓也歟？

詩畫同質，其中亦有離合異同。約言之，畫寫物外形，要物形不改；詩傳畫外意，貴有畫中態。畫外之意，待詩來傳，方能圓滿；詩中具有畫所寫之

〔註16〕見《東坡詩話補遺》。

〔註17〕見《蘇詩紀事》卷中引，《詩人玉屑》卷十五亦有此條。

態，方能形象化、具體化，方不致於太抽象。不管詩或畫，二者皆為模仿藝術，故「天工」、「清新」為品評標準之一。

六、以俗為雅俗不傷雅

清末「詩界革命」，一代巨子黃遵憲創造新詩派。大膽運用新名詞，譯音名詞以及流俗語入詩。當時號為驚天動地之舉，〈雜感〉一詩，提出古今語言變遷與詩歌發展觀點，且正面提出「我手寫我口」之主張。要求詩人建立自我獨特風格，抒發一己眞實感情。其詩云：

> 俗儒好尊古，日月故紙研，六經字所無，不敢入詩篇。古人棄糟粕，見之口流涎；沿習甘剽盜，妄造叢罪愆。黄土同摶人，今古何愚賢？即今忽已古，斷自何代前？明窗敞流離，高爐熱血煙；左陳端溪硯，右列薛濤箋，我手寫我口；古豈能拘牽？即今流俗語，我若登簡編；五千年後人，驚為古斕斑。

公度於陳詞濫調之中加添新詩料，注進新血液，號為創舉。殊不知東坡早於宋代即有此論。〈東坡詩話補遺〉:「詩須要有為而後作。當以故為新，以俗為雅。」兼重傳統與創造，俗不傷雅，有點鐵成金之妙。〈蘇詩記事〉記東坡將油果名「甚酥」寫入詩句：

> 野飲花前百事無，腰間唯繫一葫蘆。
> 已傾潘郎錯煮水，更覓君家為甚酥。〔註18〕

又如：「但尋牛矢覓歸路，家在牛欄西後西」，「牛矢」即「牛屎」，用得自然妥貼，增加詩作效果。東坡以俗為雅，擴大詩作所表現之生活領域，提高詩歌之表現力，不必求奇而自奇，但絕非牛鬼蛇神之奇；未嘗立異而自異，故非佶屈聱牙之異。要求作者能獨闢境界，表達豐富之生活內容。然若用之不當則將流於粗率，反有畫虎不成反類犬之譏，故以俗為雅且須以「不傷雅」為準則。十九世紀九十年代由譚嗣同、夏曾佑等人所倡言之「詩界革命」——「突破舊形式，表現新的生活內容，新的思想感情，新的理想和意境」之構想，實遠宗於東坡也。

七、出新意於法度之中寄妙理於豪放之外

東坡主張為詩應出新意，意境應求妙遠，但若求新而出於怪僻詭異，妙

〔註18〕見《東坡集續集》卷二：戲劉監倉求米粉餅。

遠而至於朦朧晦澀，絕非本意。故強調「出新意於法度之中，寄妙理於豪放之外」，〈書吳道子畫後〉，充分發揮此說：

> 畫至吳道子，而古今之變，天下之能事畢矣。道子畫人物，如以燈取影，逆來順往旁見側出，橫斜平直，各相乘除，得自然之數，不差毫末。出新意於法度之中，寄妙理於豪放之外，所謂遊刃餘地，運斤成風，蓋古今一人而已。

吳道子之畫風，東坡譬之曰「遊刃餘地」、「運斤成風」，即「自然」者也。得自然之數，其基本眞髓乃寓於「出新意於法度之中，寓妙理於豪放之外」。「新意」、「妙理」與「法度」、「豪放」有所牽涉亦有所超脫，則詩作之風亦高矣。時人以怪取名，浮巧輕媚，荒誕無根，無所本於中而故意標新立異者，皆爲東坡所不齒。清人李重華《貞一齋詩話》謂孟郊、李賀、李商隱「好奇而不詭於正」，即此論之發揮也。

八、不得意不可以用事

東坡秉承孔子「辭達而已矣」之精髓，於文論方面，特提出「辭以達意」之說，視意爲文章靈魂。由解意、攝事至達意爲文之醞釀過程，特推崇先秦文章，且歌頌賈誼、陸贄之學，其論云：

> 前後所云著述文字，皆有古作者風力，大略能道意所欲言者。孔子曰：辭達而已矣。辭至於達止矣，不可以有加矣。經說一篇，誠哉是言也。西漢以來，以文設科而文始衰，自賈誼、司馬遷，其文已不逮先秦古書，況其下者。文章猶爾，況其所謂道德者乎？……儒者之病，多空文而少實用，賈誼、陸贄之學，殆不傳於世。〔註19〕

「達意」、「辭達」爲東坡論文之最高標準，亦評詩之準則也。《韻語陽秋》卷三引：「不得意不可以用事，此作文之要也。」故評詩之先首看作者之是否達意。然詩具多意性，故品詩之時，不可不察。〈既醉備五福論〉云：

> 夫詩者不可以言語求而得，必將深觀其意焉。故其譏刺是人也，不言其所爲之惡，而言其爵位之卑，車服之美，而民疾之，以見其不堪也。君子偕老，副笄六珈，赫赫師尹，民具爾瞻是也。其頌美是人也，不言其所爲之善，而言其冠佩之華，容貌之盛，而民安之，以見服無媿也。緇衣之宜兮，敝予又改爲兮，服其命服，朱紱斯皇

〔註19〕見《東坡集》，〈答王痒書〉。

是也。故既醉者，非徒亨是五福而已，必將有以致之，不然，民將盼盼焉，疾視而不能平，又安能獨樂乎！是以孟子言王道不言其他，而獨言民之聞其作樂，見其田獵而欣欣者，此謂知本矣。

東坡雅好陶淵明詩：「采菊東籬下，悠然見南山。」由「意」溯「境」，知有會合之，故允爲上評。表意之法不一，有「直言」與「曲說」之異，東坡「不得意，不可以用事」，則是了悟作詩者之「曲說」，以徹通作者之深微意志。

第二節　葉燮之美學批評（詩評之二）

葉燮（公元 1627～1703），字星期，號已畦，生於明熹宗天啓六年，卒於清聖祖康熙四十二年，學者稱横山先生，吳江（今江蘇）人。康熙九年進士，曾任知縣，主要著作有《已畦詩集》十卷附殘餘一卷、《原詩》四卷、《已畦文集》二十二卷、《已畦瑣語》、《汪文摘謬》等〔註 20〕。其中以《原詩》一書奠定其文學批評地位。

《原詩》有內篇、外篇，對於藝術創作主客體之相互關係予以完整評述，對於近代、現代之美學觀點給予深刻評論，立論兼有古典主義與浪漫主義之長〔註 21〕。全書之體例，內篇採「問答體」之方式，闡明學詩方法，以理、事、情概括被表現之客觀事物，以才、識、膽、力說明詩人之主觀活動，並討論二者在詩中之作用，且用歷史觀點分析探究詩之淵源流變。外篇雜論詩歌創作諸問題，如格調、聲律、修辭，並按時代先後予以實際批評。近人對葉燮文學批評皆甚推崇，如張健先生云：「葉燮能兼得格調、神韻、性靈三派之長處、運用自如，其批評業績可高踞中國十大批評家之一。」〔註 22〕吳宏一先生云：「葉燮的原詩，就理論而言，是歷代詩話裏最有系統的一部。它的好處不僅是說理周詳，內容充實，最值得重視的是他於自己的理論，有『一一剖析而縷分之，兼綜而條貫之』的精神，這與信手雜書的方式是截然不同的。」〔註 23〕如《中國美學史資料彙編》編者云：「葉燮的美學，標誌著我國古典美學發展到了一個新的階段。」〔註 24〕其詩論，予中國詩學開拓更廣鎮

〔註 20〕葉氏主要著作皆見於中研究傅斯年圖書館所藏之《已畦全集》。
〔註 21〕張健先生，《明清文學批評》，國家出版社，頁 145。
〔註 22〕同註 21。
〔註 23〕吳宏一，《清代詩學初探》，牧童出版社，頁 168。
〔註 24〕《中國美學史資料彙編》（下），明文書局，頁 329。

域，直接影響沈德潛、薛雪、李重華等人。葉燮詩學自覺性、探析性、主觀性特強，與西方美學理論有異曲同功之妙，其詩學批評洋溢表現與浪漫之情調。〔註25〕

一、物我合一之藝術本源論

横山以爲藝術之本源爲客觀之「理」、「事」、「情」。以在我之四（才、膽、識、力），衡在物之三（理、事、情），合而爲作者之文章。在我者乃藝術創作之主觀條件，在物者則爲客觀條件。横山先生云：

> 曰理、曰事、曰情，此三言者足以窮盡萬有之變態。凡形形色色，音聲狀貌，舉不能越乎此。此舉在物者而言，而無一物之或能去此者也。曰才、曰膽、曰識、曰力，此四言者所以窮盡此心之神明。凡形形色色，音聲狀貌，無不待于此而爲之發宣昭著。此舉在我者而言，而無一不如此心以出之者也。以在我之四，衡在物之三，合而爲作者之文章。大之經緯天地，細而一動一植，咏嘆謳吟，俱不能離是而爲言者矣。〔註26〕

詩離理、事、情而爲言，則爲摹擬、爲剽竊，人離才膽識力而爲詩，則亦拾人牙慧而已矣。横山詩教以此爲本；美學體系，亦以此爲基石。不言法，而言理事情三者，其理何在？葉氏云：

> 自開闢以來，天地之大，古今之變，萬匯之賾，日星河岳，賦物象形，兵刑禮樂，飲食男女，于以發爲文章，形爲詩賦，其道萬千，余得以三語蔽之：曰理、曰事、曰情，不出乎此而已。然則詩文一首豈有定法哉！先揆乎其理，揆之于理而不謬，則理得；次征諸事，征之于事而不悖，則事得；終詰諸情，詰之于情而可通，則情得：三者得而不可易，則自然之法立。故法者，當乎理，確乎事，酌乎情，爲三者之平準，而無所自爲法也。〔註27〕

理事情雖爲詩之恒言，葉燮卻未作明確定義，僅《原詩》曰：「譬之一木一草，其能發生者，理也；其既發生，則事也；既發生之後，夭喬滋植，情狀萬千，咸有自得之趣，則情也。」三者之外，又有一總而持之，條而貫之者，抽象言之，横山名之曰「氣」，具體言之，則爲辭。故曰：「得是三者而氣鼓行於

〔註25〕丁履譔，《葉燮的人格與風格》，成文出版社，頁125。
〔註26〕見葉燮，《原詩》內篇。
〔註27〕同註26。

其間，絪縕磅礴，隨其自然，所至即爲法，此即天地之至文也。」〔註 28〕故曰：三者得，則胸中通達無阻，出而敷爲辭，則夫子所云「辭達」。「達」者，通也，通乎理、通乎事、通乎情之謂。

三者之外，橫山又舉才膽識力四者，以爲創作之主觀條件，亦即詩人自我擁有之一切人格，如：教養、性情、天賦、資質、嗜好、趣味。蓋人無才則心思不出，無膽則筆墨畏懼，無識則不能取捨，無力則不能自成一家。故《原詩・內篇》云：

> 大約才、識、膽、力，四者交相爲濟，苟一有所歉，則不可登作者之壇。四者無緩急，而要在先之以識，使無識，則三者俱無所托。無識而有膽，則爲妄，爲魯莽，爲無知，其言背理叛道，蔑如也。無識而有才，雖議論縱橫，思致揮霍，而是非淆亂，黑白顚倒，才反爲累矣。無識而有力，則堅僻妄誕之辭，足以誤人而惑世，爲害甚烈。若在騷壇，均爲風雅之罪人。惟有識則能知所從，知所奮、知所決，而後才與膽力，皆確然有以自信，舉世非之，舉世譽之，而不爲其所搖。安有隨人之是非以爲是非者哉！其胸中之愉快自足，寧獨在詩文一道已也。

四者之中，以「識」爲先。橫山以爲：「識明則膽張」、「惟膽能生才」、「惟力大而才能堅」，故以先後順序言則爲識－膽－才－力。以性質言，則識爲體，而才爲用。何以「識」居才之先，《原詩》云：

> 人惟中藏無識，則理、事、情錯陳于前，而渾然茫茫，是非可否，妍媸黑白，悉眩惑而不能辨。

無「識」，則不能得詩之本，古來作者，何由興感觸發，所謂體裁、格力、聲調、興會之論，不過含糊於心，影響於耳，附會於口，面對歷代之詩，當無所抉擇，無所適從，倘能有「識」，則我之命意發言，一一皆從識見中流布，故橫山又云：

> 惟有識則是非明，是非明則取捨定，不但不隨世人腳跟，並亦不隨古人腳跟。非薄古人爲不足學也；蓋天地有自然之文章，隨我之所觸而發宣之，必有克肖其自然者，爲至文以立極；我之命意發言，自當求其至極者。昔人有言：「不恨我不見古人，恨古人不見我」。又云：「不恨臣無二王法，但恨二王無臣法」。斯言特論書法耳，而

〔註 28〕同註 26。

其人自命如此；等而上之，可以推矣。譬之學射者，盡其目力臂力，審而復發，苟能百發百中，即不必學古人，而古有后羿、養由基其人者，自然來合我矣。我能是，古人先我而能是，未知我合古人歟？古人合我歟？高適有云：「乃知古時人，亦有如我者。」豈不然哉！故我之著作與古人同，所謂其揆之一；即有與古人異，乃補古人之所未足，亦可言古人補我之所未足，而後我與古人交為知己也。

識明進則膽張，文章本千古美事，苟無膽，何以能千古乎？且昔賢嘗言，成事在膽，故橫山以為，無膽則筆墨畏縮。強者但因古人某某之作如是，非我則不得其法也，弱者亦因古人某某之作如是，今之聞人某某傳其法如是，而我亦如是也。《原詩》云：

識明則膽張，任其發宣而無所怯，橫説竪説，左宜而右有，直造化在手，無有一之不肖乎物也。

有膽斯有才，膽既詘，才何由伸，故膽與才亦息息相關。《原詩》曰：「膽既詘矣，才何由而得伸乎？惟膽能生才，但知才受于天，而抑知必待擴充于膽邪？」。然則「才」究為何物，何以橫山駁斥所謂「斂才就法」之論，且只以理事情三者為準，而無所謂法？蓋橫山以為，才者本諸法之蘊隆發現處也。若有所斂而為就，則未斂未就以前之才，尚未有法。其所為才，倘不從理、事、情而得，為拂道悖德之言，與才之義相背而馳者，皆不得謂之才。何種情況，謂之有才？《原詩》云：

夫于人之所不能知，而惟我有才能知之；于人之所不能言，而惟我有才能言之，縱其心思之氳氤磅礴，上下縱橫，凡六合以內外，皆不得而囿之。以是措而為文辭，而至理存焉，萬事準焉，深情托焉，是之謂有才。

有才者，創作之時，其心神明變化，縱其才所知，掉臂游行於法之中而自合於法，且文章家止有以才御法而驅使之，決無就法而為法所役，故橫山只言心思，不言法。《原詩》云：

吾故曰：無才則心思不出。亦可曰：無心思則才不出。而所謂規矩者，即心思之肆應各當之所為也。蓋言心思，則主乎內以言才；言法，則主乎外以言才。主乎內，心思無處不可通，吐而為辭，無物不可通也。夫孰得而範圍其心，又孰得而範圍其言乎！主乎外，則

> 囿于物而反有所不得于我心，心思不靈，而才銷鑠矣。

時人以摹擬剽竊爲能事，橫山以其不肯自奮其力，故云：「立言者無力，則不能自成一家。」古之才人，所以前有所承，有境能造，乃因「力」耳！且力之分量，一句一言，植之不可仆，橫之不可斷，行則不可遏，住則不可遷。《原詩》篇又云：

> 吾嘗觀古之才人，合詩與文而論之，如左丘明、司馬遷、賈誼、李白、杜甫、韓愈、蘇軾之徒，天地萬物皆遞開闢于其筆端，無有不可舉，無有不能勝，前不必有所承，後不必有所繼，而各有其愉快。如是之才，必有其力以載之；惟力大而才能堅，故至堅而不可摧也。歷千百代而不朽者以此。昔人有云：「擲地須作金石聲」六朝人非能知此義者，而言金石，喻其堅也。此可以見文家之力。

二、幽渺以爲理想象以爲事惝惚以爲情

先生論詩，不言法而言理事情。然時人不明理事之眞諦，以爲所謂「理」、「事」也者乃拘於議論之理、用典之事。倘一切以此二者繩之，無以盡含蓄無垠，思致微渺之境，有達風人之旨，故橫山設爲此問而解之曰：

> 子之言誠是也。子所以稱詩者，深有得乎詩之旨者也。然子但知可言、可執之理之爲理，而抑知名言所絕之理之爲至理乎？子但知有是事之爲事，而抑知無是事之爲凡事之所出乎？可言之理，人人能言之，又安在詩人之言之！可述之事，人人能述之，又安在詩人之述之！必有不可言之理，不可述之事，遇之于默會意象之表，而理與事無不燦然于前者也。〔註29〕

詩人之能事，不只是實寫可言之理、可述之事，與可達之情，必也言人之不能言，述人之所不能述，達人之所不能達，方爲上品。故《原詩》歷舉杜甫之詩以名之，如：〈玄元皇帝廟作〉「碧瓦初寒外」句，於理於事解之，雖稷下談天之辨，恐至此亦窮，然設身而處當時之境，恍若天造地設、呈于象、感于目、會于心。又如〈宿左省作〉「月傍九霄多」句，從來言月者，泰半言圓缺、言明暗、言升沈、言高下，未有言多少者，今言多，於理似不可通，然試想當時情景，此「多」字盡括此夜宮殿當前景象。此外如〈夔州雨濕不得上岸作〉「晨鐘雲外濕」句，〈摩訶池泛舟作〉「高城秋自落」句，皆然。故

〔註29〕同註26。

橫山特以「幽渺以爲理、想象以爲事，惝恍以爲情」爲理、事、情之最高標準。其論曰：

> 夫情必依乎理，情得然後理眞，情理交至，事尚不得耶？要之作詩者，實寫理、事、情，可以言言，可以解解，即爲俗儒之作。惟不可名言之理，不可施見之事，不可徑達之情，則幽渺以爲理，想象以爲事，惝恍以爲情，方爲理至、事至、情至之語。〔註30〕

三、陳熟與生新二者相濟

陳熟與生新二者相濟，於陳中見新，生中帶熟，乃橫山理想詩境。明代七子，學五古必漢魏，學七古及諸體必盛唐，懸一成規以繩詩。公安竟陵，抹倒一切體裁聲調氣象格律之說，獨闢蹊徑，而入於瑣屑險怪之境。斯二者皆爲橫山所詬病，一病陳熟，一病生新。皆因其不識文學流變，有以致之也。故橫山以爲「陳中見新」、「生中見熟」，方全其美。《原詩》外篇云：

> 陳熟、生新，二者于義爲對待。對待之義，自太極生兩儀以後，無事無物不然：日月、寒暑、晝夜，以及人事之萬有——生死、貴賤、貧富、高卑、上下、長短、遠近、新舊、大小、香臭、深淺、明暗，種種兩端，不可枚舉。大約對待之兩端，各有美有惡，非美非惡有所偏于一者也。其間惟生死、貴賤、貧富、香臭，人皆美生而惡死，美香而惡臭，美富貴而惡貧賤。然逢、比之盡忠，死何嘗不美？江總之白首，生何嘗不惡？幽蘭得糞而肥，臭以成美；海木生香則萎，香反爲惡。富貴有時而可惡，貧賤有時而見美，尤易以明。即莊生所云：「其成也毀，其毀也成」之義。對待之美惡，果有帶主乎？生熟、新舊二義，以凡事物參之；器用以商周爲寶，是舊勝新；美人以新知爲佳，是新勝舊；肉食以熟爲美者也，果實以生爲美者也。反是則兩惡。推之詩獨不然乎？舒寫胸襟，發揮景物，境皆獨得，竟自天成，能令人永言三歎，尋味不窮，忘其爲熟，轉益見新，無適而不可也。若五內空如，毫無寄托，以剿襲浮辭爲熟，搜尋險怪爲生，均爲風雅所擯。論文亦有順逆二義，並可與參觀發明矣。

好詩之能令人永言三歎、尋味不窮者，非其專爲陳熟或專爲生新。乃因詩人

〔註30〕同註26。

於詩之流變中切實掌握詩之「不變性」與「可變性」。故能於生命場景之平凡中尋求不平凡價值，且超越生命之共相，尋求自我之殊相，充分經營自我理性與悟性之意識覺醒〔註 31〕。於不變之中，化腐朽爲神奇；於演變之中，不離其宗，「舒寫胸襟，發揮景物，境皆獨得，意自天成」，陳中見新，生中見熟。否則「五內空如，毫無寄托」，不論其爲陳熟，生新皆不足觀。葉氏引李德裕之言云：「譬如日月，終古常現而光景常新」，郭紹虞氏以爲此言恰爲「陳熟生新」作最妥切之詮釋，郭氏云：

> 日月儘管光景常新，而日月之本質未變，所以能生中見熟。今天對著日月，雖覺其別有會心，帶有新奇的感覺；然而似曾相識，對於日月初不是陌生的事物。正因日月之本質未變，而光景常新，所以又能陳中見新，一生儘對著日月，而一生絕沒有對日月生厭的時期。〔註 32〕

本此而評詩，故橫山以爲平綺、濃淡、巧拙、清濁，無不可爲詩，無不可爲雅。評漢魏詩「工處乃在拙，其拙處乃見工」云云，即依此說。

四、質文合一

橫山論詩主質文合一。質者，性情、才調、胸懷、見解，流變中所謂「不變之本」，亦即詩中之意，今謂之「內容」也。文者，體格、聲調、蒼老、波瀾諸端，今謂之「形式」也。體格聲調，論詩者所爲總持門也；蒼老波瀾，評詩者所爲造詣境也。斯四者，橫山並不反對，以爲何嘗非詩家要言妙義，然須「質」在，而後詩之美感乃成也。其論體格聲調云：

> 言乎體何，譬之于造器，體是其制，格是其形也。將造是器，得般、倕運斤，公輸揮削，器成而肖形合制，無毫髮遺憾，體格則至美矣；乃按其質，則枯木朽株也，可以爲美乎？此必不然者矣。夫枯木朽之質，般、輸必具束手，而器亦烏能成？然則欲般、輸之得展其技，必先具有木蘭、文杏之材也，而器之體格，方有所托以見也。〔註 33〕

> 言乎聲調，聲則宮商叶韵，調則高下得宜，而中乎律呂，鏗鏘乎聽

〔註 31〕丁履譔，《葉燮的人格與風格》，成文出版社，頁 65～95。
〔註 32〕郭紹虞，《中國文學批評史》，粹文堂書局，頁 583。
〔註 33〕見葉燮，《原詩外篇》。

聞也。請以今時俗樂之度曲者譬之。曲度者之聲調，先研精于平仄陰陽；其吐音也。分脣鼻齒顎、開閉撮抵諸法，而曼以笙簫，嚴以鼙鼓，節以頭腰截板，所爭在渺忽之間，其于聲調可謂至矣。然必須其人之發于喉、吐于口之音以爲之質，然後其聲繞樑，其調遏雲，乃爲美也。使其發于喉音者啞然，出于口者颯然，高之則如蟬，抑之則如蚓，吞吐如振車之鐸，收納如鳴窖之牛；而按其律呂，則于平仄陰陽、脣鼻齒顎、開閉撮抵諸法，毫無一爽，曲終而無幾微愧色；其聲調是也，而聲調之所麗焉以爲傳者，則非也。則徒恃聲調以爲美，可乎？

「體格」爲詩之組織、文法、修辭等表現形式。「聲調」指詩之平仄、節奏、用韻等聲情態式〔註 34〕。徒有文情聲情兼美之傳達力，而無「美」與「眞」之象徵意義及藝術境界，詩不能發揮批評人生之本務。故橫山以爲體格聲調云云，只能相詩之皮，非所以相詩之骨，徒恃其體格聲調，難以爲美。其論蒼老、波瀾亦云：

以言乎蒼老，凡物必由稚而壯，漸至于蒼且老，各有其候，非一于蒼老也。且蒼老必因乎其質，非凡物可以蒼老概也。即如植物，必松柏而後可言蒼老。松柏爲之物，不必盡干霄百尺，即尋丈楹檻間，其鱗鬣夭矯，具有凌雲磐石之姿。此蒼老所由然也。苟無松柏之勁質，而百卉凡材，彼蒼老何所憑藉以見乎？必不然矣。

又如波瀾之義，風與水相遭成文而見者也；大之則江湖，小之則池沼，微風鼓動而爲波爲瀾，此天地間自然之文也。然必水之質空虛明淨，坎止流行，而後波瀾生焉，方美觀耳。若污萊之瀦，混廁之溝瀆，遇風而動，其波瀾亦猶是也，但揚其穢，曾是云美乎？然則波濤非能自爲美也，有江湖池沼之水以爲之地，而後波瀾爲美也。

詩爲獨立自存之有機結構，其獨立自存乃因「質」性使然。如松柏之蒼老，質勁非其姿妙也；如江湖之波瀾，其質空虛明淨，方美觀耳。若詩之蒼老、波瀾、只是徒具風格之成熟、章法之變化，不待於「質」，則詩爲何物，可知也，然則，「質文」該如何合一，《原詩・外篇》云：

〔註 34〕見陳惠豐，〈葉燮詩論研究〉，臺灣師大碩士論文，民國 66 年。

由是言之，之數者皆必有質焉以爲之先者也。彼詩家之體格、聲調、蒼老、波瀾，爲規則，爲能事，固然矣。然必其人具有詩之性情，詩之才調，詩之胸懷，詩之見解，以爲其質，如賦形之有骨焉，而以諸法傳而出之，猶素之受繪，有所受之地，而後可一一增加焉。故體格、聲調、蒼老、波瀾，不可謂爲文也，有待于質焉，則不得不謂之文也。不可謂爲皮之相也，有待于骨焉，則不得不謂之皮相也。〔註35〕

故橫山以爲，善學詩者，必先從事于「格物」，而以「識」充其「才」，則質具而骨立。蓋體格聲調蒼老波瀾，不能外於才力膽識四者，必得質具有而後骨立，方爲眞美。

五、創作宜詩品人品統一批評則宜分開

橫山謂創作前之基礎，其人之「胸襟」是也。有胸襟，然後能載其性情智慧、聰明才辨以出，隨遇發生，隨生即盛。故觀其詩即可知其人，觀其人亦可知其詩也！蓋詩文一道，根乎性而發爲言，本諸內者表乎外，如觀杜甫之詩，無處不可見其憂國憂君、憫時傷亂，遭顚沛而不苟，處窮約而不濫，崎嶇兵戈盜賊之地，而以山川景物、友朋杯酒抒憤陶情之貌。觀韓愈之詩，無處不可見其骨相稜嶒、俯視一切，進則不能容于朝，退又不肯獨善于野，疾惡甚嚴，愛才若渴之貌。其他巨著，如李青蓮、歐陽永叔、蘇子瞻諸文，無不文如其詩，詩如其文，詩與文如其人。故橫山主張創作宜詩品、人品統一，其論曰：

詩是心聲，不可違心而出，亦不能違心而出。功名之士，決不能爲泉石淡泊之音；輕浮之子，必不能爲敦龐大雅之響。故陶潛多素心之語，李白有遺世之句，杜甫興廣廈萬間之願，蘇軾師四海弟昆之言。凡如此類，皆應聲而出。其心如日月，其詩如日月之光，隨其光之所至，即日月見焉，故每詩以人見，人又以詩見。〔註36〕

然批評之時，卻宜將人品、詩品分開，蓋創作宜主觀、批評宜客觀，倘以人廢言，將影響吾人對作品作公正之判斷，故有此論。人品僅供參考，明其才識膽力，僅助批評之客觀。橫山云：

〔註35〕同註33。
〔註36〕同註33。

> 夫自周秦下逢蕭梁，操觚之家當以萬計，昭明不求諸人而求諸文，因文以見人而屈指數，後世亦未嘗議其不備也。……竊怪近今之選家則不然，名爲文選而實人選。……不以文衡，於是文章多棄人，天下多棄文矣。然則何以正之，正之以文之，而人之不一者自一，然後實乃不假乎名。〔註37〕

橫山評選文家以人爲準之不當，故主張批評之時，未可以詩文之工拙而定其人品，亦未可以其人品，而定其詩品之工拙也。〔註38〕

第三節　袁枚之美學批評（詩評之三）

袁枚（公元1716～1797），字子才，號簡齋，又號隨園。清浙江省錢塘縣人。乾隆四年與沈德潛同成進士，做過江寧等地知縣。辭官後定居江寧之小倉山，因築室其下，以著書吟咏自娛，時稱隨園先生。擅長駢文、詩、古文，著述頗豐，有《隨園文集》、《隨園隨筆》、《隨園尺牘》、《牘外餘言》、《隨園外集》（駢文）、《袁太史稿》（八股文）、《隨園詩集》、《隨園詩話》、《續詩品》、《隨園詩法叢話》及小說《子不語》、《隨園戲墨》、《隨園外史誌異》等傳世。與趙翼、蔣士銓同稱乾隆三大家，而袁枚聲氣最廣，又與紀昀（曉嵐）有「南袁北紀」之稱。

《隨園詩話》、《續詩品》是成就其文學批評之重要文獻。而後者較諸前者更有系統。袁枚論詩主性靈，力斥格調，尚才情而不廢學力，論工拙而不分時代〔註39〕。反對擬古，主張創新；反對局限于人倫日用之詩教，主張詩人無處不可寓其情，作品題材應自由選擇，作品風格應該多樣化〔註40〕。不但發揮前人主張，且自出新意，啓人深思，對古代正統而保守之文學觀，不啻爲一種衝擊、一種進境。弟子中繼其說者，計有楊芳燦、孫韶、張問陶、熊璉等〔註41〕。或日本德川末期（1800～1850）香川景樹排斥舊說，力主性靈、創作圓派，亦受袁枚等人之影響。〔註42〕

〔註37〕見《已畦集》，卷三〈選家說〉。
〔註38〕見《已畦集》，卷八〈南遊集序〉。
〔註39〕吳宏一，《清代詩學初探》，牡童出版社，頁237～242。
〔註40〕見《中國美學史資料彙編》（下），明文書局，頁379。
〔註41〕吳宏一，《清代詩學初探》，牧童出版社，頁248。
〔註42〕張健先生，《明清文學批評》，國家出版社，頁226。

一、以性靈爲批評原理

袁枚評詩，標舉「性靈」爲其批評原理。主張性情乃詩之源，作品宜表現個人之性情遭遇，抒寫個人之靈感塊壘。《隨園詩話》云：「任性情之流露，自由敘述，不受一切形式法則束縛，不嘗古人糟粕，以清新機巧行之，是爲眞詩。」只要作者性靈所到，性靈所欲說之話，無論所云爲何，皆可爲好詩。故名之曰：「性靈說」。

其說主要受兩人影響。其一爲楊萬里。《隨園詩話》卷一云：「楊誠齋曰：『從來天分低拙之人，好談格調，而不解風趣。何也？格調是空架子，有腔口易描；風趣專寫性靈，非天才不辨。』余深愛其言，須知有性情，便有格律，格律不在性情外。」誠齋主張以風趣專寫性靈，袁枚受其啓示，亦主張詩寫性靈，性貴自然，詩要通俗，詩貴有趣；尤其對於晚唐詩之認識及「詩貴翻案」之觀點，袁枚乃本之於楊萬里〔註 43〕。其二則爲袁宏道。袁宏道幾個重要詩論，如：「詩文當從自己胸臆中流出」、「詩文當信腕直書，始可臻於淡境」、「詩文當富有趣味」、「反對復古派之模擬與抄襲」〔註 44〕，皆與袁枚相似。

性靈之論，略採「神韻」之美，而力斥「格調」、「神韻」、「溫和之格調」、「典故」、「聲調」諸派之非。神韻爲王士禎論詩主旨，士禎論詩每每以「性情」說之，如自然、平澹、超詣、蘊藉、神悟，亦皆與袁枚性靈時相錯雜。故袁枚對於王士禎則採取「不相菲薄不相師」之態，《隨園詩話》云：「阮亭先生自是一代名家，惜稱之者既過其實，而毀之者亦損其眞。須知先生才本清雅，氣本排奡，爲王孟韋柳則有餘，爲李杜韓蘇則不足也。余學遺山詩論一絕云『清才未合長依傍，雅調如何可詆諆？我奉漁洋如貌執，不相菲薄不相師』。」雖然如此，對於漁洋「主修飾，不主性情」、「才本清薄，氣少排奡」〔註 45〕，「于氣魄，性情俱有所短。」〔註 46〕仍是有所訴病。

對於束縛思想感情之其他各派，袁枚曾作一網打盡之尖銳批評。如《詩話》卷五：「抱韓杜以淩人而粗手笨腳者，謂之權門託足。仿王孟以矜高而半吞半吐者，謂之貧賤驕人。開口言盛唐，及好用古人韻者，謂之木偶演戲。

〔註 43〕吳宏一，《清代詩學初探》，牧童出版社，頁 236。
〔註 44〕王紘久，〈袁枚詩論〉，政大碩士論文，民國 62 年，頁 46。
〔註 45〕見《隨園詩話》卷二及卷三。
〔註 46〕見《隨園詩話》卷四。

故意走宋人冷徑者，謂之乞兒搬家。好疊韻次韻，剌剌不休者謂之村婆絮談。一字一句，自註來歷者，謂之古董開店。」反對明七子之拘泥時代，反對王士禎之照譜填排，反對沈德潛之溫柔熟厚，反對浙派詩人之好用僻典，反對考據派之瑣碎糟粕，故主張「詩主性情而抑格調」、「詩論工拙而不分時代」、「詩要眞」、「詩有自我」、「詩尙才情而不廢學力」。〔註47〕

「性靈」一詞，議論紛紜。或謂「內性的靈感」、「內性的感情和感覺的綜合」〔註48〕，或謂「韻與趣的綜合」〔註49〕，或謂「性情靈妙的活用」〔註50〕，或謂「性靈即性情」〔註51〕，或謂「模仿自然之藝術論」〔註52〕，或謂「才情，且才情中含有求眞、自然、有我、坦易、活潑之旨趣。」〔註53〕或謂「自然與感情靈妙之活用」〔註54〕諸家所論雖取執一偏，但對「性靈」二字之精義，實剖析精闢。其中吾獨忻服吳宏一先生之解。吳先生以爲：「就表情內容言，性靈即性情。就表現形式言，性靈指靈妙的寫作技巧。」確屬高論。〔註55〕

二、以工拙爲評詩標準

前人評詩，每拘限於門戶之見。宋代葉水心、嚴羽首劃唐宋界域〔註56〕，明人前後七子「文必秦漢，詩必盛唐」，袁宏道「尊宋黜唐」門戶之見愈形對立。及至清初吳偉業宗唐，錢謙益尊宋；若王士禎則標舉神韻，兼取唐宋，暫遏門戶之爭，然自神韻消沉之後，唐熙乾隆名家，沈德潛舉唐詩爲指歸，厲樹樹宋詩爲標準，門戶愈形堅壁。袁枚有鑑於此，乃倡「詩有工拙，但無古今」之說，以爲品評標的。袁枚云：

> 嘗謂詩有工拙，而無今古。自葛天氏之歌至今日，皆有工有拙，未

〔註47〕同註39。

〔註48〕郭紹虞，《中國文學批評史》下卷，第五篇第四章〈性靈記〉，粹文堂書局。

〔註49〕同註48。

〔註50〕鈴木虎雄，《中國詩論史》，洪順隆譯本，第三篇第五章〈論性靈說〉，臺灣商務印書館。

〔註51〕青木正兒，《清代文學評論史》，陳淑女譯本，第六章第二節〈袁枚的性靈說〉，臺灣開明書店。

〔註52〕王夢鷗，《文學概論》第二十二章，帕米爾書店。

〔註53〕張健先生，《明清文學批評》，國家出版社，頁209。

〔註54〕王紘久，〈袁枚詩詞〉，政大碩士論文，民國62年，頁61。

〔註55〕吳宏一，《清代詩學初探》，牧童出版社，頁235。

〔註56〕王紘久，〈袁枚詩論〉，政大碩士論文，民國62年，頁74。

必古人皆工，今人皆拙。即三百篇中，頗有未工不必學者，不徒漢、晉、唐、宋也。今人詩有極工極宜學者，亦不徒漢、晉、唐、宋也。然格律莫備於古，學者宗師，自有淵源。至於性情遭際，人人有我在焉，不可貌古人而襲之，畏古人而拘之也。今之鶯花，豈古之鶯花乎？然而不得謂今無鶯花也。今之絲竹，豈古之絲竹乎？然而不得謂今無絲竹也。天籟一日不斷，則人籟一日不絕。孟子曰：『今之樂猶古之樂。』樂即詩也。唐人學漢、魏變漢、魏，宋學唐變唐，其變也，非有心於變也，乃不得不變也。使不變，則不足以爲唐，不足以爲宋也。子孫之貌，莫不本於祖父，然變而美者有之，變而醜者有之，若必禁其不變，則雖造物有所不能。先生許唐人之變漢、魏，而獨不許宋人之變唐，惑也。且先生亦知唐人之自變其詩，與宋人無與乎？初、盛一變，中、晚再變，至皮、陸二家已浸淫乎宋氏云。風會所趨，聰明所極，有不期其然而然者。故枚嘗謂變堯、舜者，湯、武也；然學堯、舜者，莫善於湯、武，莫不善於燕噲。變唐詩者，宋、元也；然學唐詩者，莫善於宋、元，莫不善於明七子。何也？當變而變，其相傳者心也；當變而不變，其拘守者迹也。鸚鵡能言而不能得其所以言，夫非以迹乎哉！〔註 57〕

袁枚以爲，唐宋者帝王之國號，而詩者人之性情，人之性情豈有因國號而轉移之理？抨擊尊唐尚宋之人「胸中有已亡之國號而無自得之性情。」〔註 58〕詩之形式及其藝術技巧，雖有其傳承關係，「性情遭遇，人人有我在焉」，不必也不可能同於古人。《續詩品》云：「不學古人，法無一可，競似古人，何處著我？」正因詩中有我，故詩有不得不變之事實，「變」乃發展之自然現象，不必拘守形跡，況古人不一定皆工，今人亦不一定皆拙，時異，詩亦隨之而異，評詩應以工拙爲標準，不以古今爲標準。故袁氏教人學詩，嘗謂古風須學李杜韓蘇四大家，近體須學中晚宋元諸名家，各有所長，各有所短，取長補短，以成自我面目，不必執著牽就於唐宋之爭。

三、重視詩歌內容之要求

袁枚詩評，內容方面要求，有諸端：其一、詩歌內容宜像生活一般豐富，

〔註 57〕《小倉山房文集》，卷十七〈答沈大宗伯論詩書〉。
〔註 58〕《小倉山房文集》，卷十七〈答施蘭・論詩書〉。

此即性情之正，亦即所以見性情之真。認爲詩歌題材，可以上窮碧落下黃泉，無遠而弗屆，光侷囿在某一題材，是自限之庸才。袁氏云：

> 聞「別裁」中獨不選王次回詩，以爲艷體不足垂教，僕又疑焉。夫〈關雎〉即艷詩也。以求淑女之故，至於展轉反側，使文王生於今遇先生，危矣哉！《易》曰：「一陰一陽之謂道。」又曰：「有夫婦然後有父子」，陰陽夫婦。傅鶉觚善言兒女之情，而臺閣生風，其人，君子也。沈約事兩朝佞佛有綺語之懺，其人，小人也。次回才藻艷絕，阮亮集中時時竊之。先生最尊阮亭，不容都不考也。選詩之道，與作史同，一代人才，其應傳者，皆宜列傳，無庸拘見而狹取之。宋人謂蔡琰失節，范史不當置列女中，此陋說也。夫列女者，猶云女之列傳云爾，非必貞烈之謂，或賢或才，或關係國家，皆可列傳，猶之傳公卿不必盡死難也。時之奇平艷樸，皆可采取，亦不必盡莊語也。杜少陵，聖於詩者也，豈屑爲王、楊、盧、駱哉！然尊四子以爲萬古江河矣。黃山谷，奧於詩者也，豈屑爲楊劉哉，然尊西昆以爲一朝郛郭矣。宣尼至聖，而亦取滄浪童子之詩。所以然者，非古人心虛，往往舍己從人；亦非古人愛博，故意濫收之；蓋實見夫詩之道大而遠，如地之有八音，天之有萬竅，擇其善鳴者而賞其鳴足矣，不必尊宮商而賤角羽，連金石而棄絃匏也。且夫古人成名，各就其詣之所極，原不必兼眾體，而論詩者則不可不兼收之，以相題之所宜。即以唐論，廟堂典重，沈、宋所宜也；使郊、島爲之，則陋矣。山水閒適，王、孟所宜也；使溫、李爲之，則靡矣。邊風塞雲，名山古跡，李、杜所宜也；使王、孟爲之，則薄矣。撞萬石之鐘，鬥百韻之險，韓、孟所宜也；使韋、柳爲之，則弱矣。傷往悼閑，感時記事，張、王、元、白所宜也；使錢、劉爲之，則仄矣。題香襟，當舞所，絃工吹師，低徊容與，溫、李、冬郎所宜也；使韓、孟爲之，則亢矣。天地間不能一日無諸題，則古今來不可一日無諸詩。人學焉而各得其性之所近，要在用其所長而藏己之所短則可，護其所短而毀人之所長則不可。艷詩宮體，自是詩家一格，孔子不刪鄭、衛之詩，而先生獨刪次回之詩，不已過乎？〔註59〕

沈歸愚選《唐詩別裁》及《國朝詩別裁》，立爲凡例云：「詩本立籍之一，王

〔註59〕《小倉山房文集》，卷十七〈再與沈大宗伯書〉。

者以觀民風，考得失，非爲艷情發也，雖三百以後，離騷與美人之詩，平子有定情之詞，然詞則託之男女，義實關乎君臣友朋。自子夜讀曲，專詠艷情，而唐末香奩體，抑又甚焉，去風人遠矣。集中所載間及夫婦男女之詞，要得好色不淫之旨，而淫哇私褻，概從闕如。」「詩必原本性情，關乎人倫日用，及古今成敗興壞之故者，方爲可存，所謂其言有物也。若一無關係，徒辦浮華，又或叫號撞唐以出之，非風人之旨矣。尤有甚者，動作溫柔鄉語，如王次回疑雨集之類，最足害人心術，一概不存。」有此凡例，將性情推進「人倫日用，及古今成敗」之死胡同，故袁枚以書質之，歷舉例證，以爲詩人無往而不可以寄其情，天地間具備各種題材，詩人大可任情而發，不必虛僞矯飾，雖艷體詩亦不當擯而不錄。《小倉山房文集》中〈答程蕺園論詩書〉更爲其主張艷詩之宣言，然則其書立論未當、是非雜出，然其本「詩由情生」之見解，主張詩歌內容宜豐富，詩歌題材宜寬廣之論調，則受到重視。〔註60〕

其二，主張詩以意爲主，且用意宜精深。《詩話》卷六：「吳西林云：『詩以意爲主，以辭彩爲奴婢。苟無意思作主，則主弱奴強，雖僮指千人，喚之不動』古人所謂：『詩言志，情生文，文生韻。』此一定之理。」《續詩品》〈崇意〉亦云：「虞舜教夔，曰『詩言志』古今之人，多辭寡意？意似主人，辭如奴婢，主弱奴強，呼之不至。穿貫無繩，散錢委地，開千枝花，一本所繫。」《詩話》卷八又云：「漫齋語錄曰：『詩用意要精深，下語要平淡。』余愛其言。每作一詩，往往改至三五日，或過時而又改，何也，求其精深是一半工夫，求其平淡又是一半工夫，非精深不能超超獨先，非平淡，不能人人領解。朱子曰：『梅聖俞詩，不是平淡，乃是枯槁。』何也？欠精深故也。」——意者，詩中思想感情是也。詩言志之文學傳統，本有重意傾向，袁枚性靈說，尤主張意之自然流露，然意到筆隨任其充溢，便無有優越之處，故企求詩之上品境界，除臻平淡使人人可解之外，宜當用意精深，方能超邁他人！

其三，詩重個性，重情感，重獨創。性靈之說，主張「詩本性情」，故不僅重視詩要有我，詩要有眞，且十分強調藝術上新鮮活潑之靈感作用。袁枚以爲有此新鮮活潑之靈感作用，方能各抒襟袍，推陳出新，見性情之眞，顯創造之無窮。《續詩品》〈著我〉云：「不學古人，法無一可；意似古人，何處著我。字字古有，言言古無，吐故吸新，其庶幾乎！孟學孔子，孔學周公，

〔註60〕朱東潤等著，《中國文學批評家與文學批評》，學生書局，頁94～95。

三人文章，頗不相同。」《續詩品》〈葆眞〉又云：「貌有不足，敷粉施朱，才有不足，征典求書。古人文章，俱非得已，僞笑佯哀，吾其憂矣。書美無寵，繪蘭無香，揆厥所由，君形者亡。」《隨園詩話》云：「熊掌豹胎，食之至珍貴者也，生呑活剝，不如一蔬一筍矣；牡丹芍藥，花之至富麗者也。剪裁爲之，不如野蓼葵矣。味欲其鮮，趣欲其眞，人必如此，而後可與論詩。」袁枚發揮性靈說以爲文章當自成一家風骨，各有身分，各有心胸，不可成寄人籬下之傀儡。且依郭紹虞先生之見，性靈既爲「才」、「情」、「韻」、「趣」之表現，故情與韻之表現則重「眞」，才與趣之表現則重「活」重「新」〔註61〕。詩重個性、重情感、重獨特，方爲性靈說之眞諦所在。

四、重視詩歌形式之要求

（一）用　典

袁枚主張詩歌用典，亦承其性靈說而來。蓋詩重性情，以不塗澤爲貴。袁枚每作詠物詩，必將此題之書籍無所不搜，可見獺祭工夫，亦未嘗輕廢。明窗淨几，了然無一物，固爲文立之佳品，然用典亦如古玩陳設，運用得當，將使滿室生香。唯其關鍵乃在用典無斧鑿痕，用典無塡砌痕，謹求題材與用典恰當調和。《續詩品》〈選材〉一首有云：「用一僻典，如請生客。如何選材，而可不擇？古香時艷，各有攸宜。所宜之中，且爭毫釐。錦非不佳，不可爲帽。金貂滿屋，狗來必笑。」《詩話》卷七又云：「用典如於水中著鹽，但知鹽味，不見鹽質。」時人雅好堆砌，凡塡書塞典，滿紙死氣，自矜淹博，茫然不知作意何屬之流，每爲袁枚所不齒，用典不讓人覺其用典之作，如韓文、杜詩等方爲高明。

（二）藻　飾

傳巧不傳拙，乃千古詩文流傳之理。琢句鍊字，必也新而妥，奇而確，略加藻飾，方能爲美。故袁枚於標榜自然坦易之時，仍不忘雕飾巧曲，以爲詩宜樸不宜巧，然所謂樸必須是大巧之樸；詩宜澹不宜濃，然所謂澹必須是濃後之澹。《續詩品》〈振采〉云：「明珠非白，精金非黃。美人當前，爛如朝陽。雖抱仙骨，亦由嚴妝。匪沐胡潔！非熏何香！西施蓬髮終究不臧。若爾華羽，曷別鳳凰！」〈拔萃〉又云：「同鏘玉佩，獨姣宋朝。同歌苕花，獨美

〔註61〕郭紹虞，《中國詩的神韻格調及性靈說》，莊嚴出版社，頁149～152。

孟姚。拔乎其萃，神理超超。布帛菽麥，終遜瓊瑤。折楊皇華，敢望鈞韶。請披采衣，飛入丹霄」，袁枚之意謂詩文之道總以出色爲主，譬如眉目口耳，人人皆有，何以男采宋玉，女稱西施，以其出色故也。《詩話》卷七，引韓昌黎、皇甫持正之語，以伸「色采貴華」之道：「昌黎答劉正夫云：『足下家中物，皆賴而用也，然其所珍愛者，必非常物。』皇甫持正云：「虎豹之文必炳，珠玉之光必耀。」故袁枚結論云：「聖如堯舜，有山龍藻火之章，淡如仙佛，有瓊樓玉宇之號，彼擊瓦缶，披短褐者，終非名家。」然若憑此一口咬定袁枚重藻飾則誤矣。蓋袁枚之藻飾仍以性靈說爲其根本，倘東拉西扯，左支右捂，不從性情流出之華侈作品，皆爲袁枚所不許。

（三）聲　韻

袁枚雖嘲笑趙執信古詩聲調之說以爲不足取〔註 62〕，事實上並不反對聲韻之講究，詩話中且以爲聲韻乃不可或缺之要素。如《詩話》卷五云：「宋曾致堯謂李虛己曰：『子詩雖工，而音韻猶啞。』愛日齋詩話曰：『歐公詩如閨中霜婦，終身不見華飾味』。味此二語，當知音韻風華固不可少。」《詩話補遺》一云：「同一著述，文曰作，詩曰吟。」《詩話》卷四：「詩有聲無韻，是瓦缶也。」《詩話》卷十三：「詩題潔、用韻響，便是半個詩人。」《續詩品》〈結響〉云：「金先于石，餘響較多，竹不如肉，爲其音和。詩本樂章，按節當歌，將斷必續，如往後過。簫來天籟，琴生海波，三日繞樑，我思韓娥。」其重視音節可見一斑。然用韻宜以響亮悅耳，動人心目始可，倘妨礙性靈，如木偶演戲：「講聲調而圈平點仄以爲譜者，戒蜂腰、鶴膝、疊韻、雙聲以爲嚴者。」〔註 63〕皆其聲韻批評之最大禁忌。

第四節　劉勰之美學批評（文評之一）

吾國文學批評，有文字可考者，遠自春秋時代即已產生。如《論語》中記載孔子論文云：「質勝文則野，文勝質則史；文質彬彬，然後君子」〔註 64〕「辭，達而已矣」〔註 65〕。評詩云：「詩，可以興，可以觀，可以群，可以

〔註 62〕見袁枚，《隨園詩話》卷四。
〔註 63〕見袁枚，《隨園詩話補遺》卷三。
〔註 64〕《論語》，〈雍也〉篇。
〔註 65〕《論語》，〈衛靈公〉篇。

怨。」〔註 66〕《左傳·襄公二十九年》有段吳季札在魯觀周樂之記載，描繪甚爲具體，寫季札依次聽取詩三百篇之每一部分所作之評價，從詩樂特點探討各國民情風俗與周政盛衰、表現「陳詩觀風」之特色乃孔子之前相當具體之文藝批評〔註 67〕。漢代詩大序更對《詩經》作全面評價，闡說詩歌性質、內容、體裁、表現手法和作用，是先秦儒家詩論之總結〔註 68〕司馬遷、班固、王逸皆對《離騷》作批評〔註 69〕，東漢王充之《論衡》且對當時華而不實之文風提出糾正〔註 70〕。魏晉之後，相關著述紛紛出現，有蓬勃發展之勢。如魏文帝《典論·論文》、曹植〈與楊德祖書〉、應瑒〈文質論〉、陸機〈文賦〉、摯虞〈文章流別論〉、李充〈翰林論〉、沈約〈謝靈運論〉，皆爲一時之作，文學批評之資料，可謂豐富。然大抵各照隅隙，鮮觀衢路，或貴古賤今，或崇己抑人，或信僞迷眞，並未能帶動文學批評之振葉尋根，觀瀾索源。及《文心雕龍》一出，中國之文學批評，乃一脫昔日「喜歡談自得」之印象式批評。而走向客觀批評與系統論述！

《文心雕龍》，乃吾國文學批評史上第一部名著。觀其成書，彌綸群言，深極骨髓，機杼獨運，時有勝解。歷代對文心常給予很高的評價。如沈約評曰：「深得文理，常陳諸几案」〔註 71〕，唐代劉知幾且作爲自己寫作《史通》之楷模，評之曰：「詞人屬文，其體非一，譬甘辛殊味，丹素異彩；後來祖述，識昧圓通，家有詆訶，人相掎摭，故劉勰文心生焉」。清章學誠云：「文心體大而思精」、「籠罩群言」〔註 72〕，四庫全書置之於詩文評類之首。其成就之傑羽、空前、舉世公認，值得吾人自豪。

作者劉勰，字彥和，東莞莒人（今江蘇省鎮江縣），其生平事蹟，除《梁書》、《南史有傳》外，近人范文瀾、楊明照、張嚴、王金凌、王師更生皆有考述〔註 73〕。其寫作背景，如時代環境、文壇風氣、寫作緣起，沈謙先生《文

〔註 66〕《論語》，〈陽貨〉篇。
〔註 67〕《中國美學史資料彙編》上冊，明文書局，頁 3～4。
〔註 68〕《中國歷代文論選》上冊，木鐸出版社，頁 50。
〔註 69〕《中國歷代文論選》上冊，木鐸出版社，頁 115～121。
〔註 70〕劉大杰等著，《中國文學批評史》上卷，頁 78～81。
〔註 71〕見《梁書》，〈劉勰傳〉。
〔註 72〕見《文史通義》，〈詩話篇〉。
〔註 73〕見范文瀾《文心雕龍注》序志篇注（六）、蒙傳銘《劉毓崧書文心雕龍後疏證》、張嚴《劉勰身世考索》、王金凌《劉勰年譜》、王更生《梁劉彥和先生年譜》。

心雕龍之文學理論與批評》，闡述甚詳，此處不贅。其論文學之本原曰「自然之道」，文學之立場曰「文質並重」，文學之演進曰「通古變今」，更為文學批評原理樹立不偏不倚之極則。其書品目極詳，不惟以沈思翰藻之文，示篇章繁變之理，且探討諸多文學批評理論中之重要問題，例如：文學與現實之關係、內容與形式之關係、文學作品之思想藝術標準、作品風格與作家個性及文體之關係、文學作品優良風格之建立、繼承與革新之關係、文學批評之態度與方法〔註 74〕。其中〈知音〉篇所標舉之六觀，明示批評家客觀評價作品之途徑，既包括作者思想藝術之全部，又予吾人以「沿波討源」注重作品內容與形式完整之方，復提出批評家培養「深識鑒奧」學養與耐心之道。是美學批評之典型。其論云：

將閱文情，先標六觀：一觀位體，二觀置辭，三觀通變，四觀奇正，五觀事義，六觀宮商。斯術既行，則優劣見矣。

欲收「平理若衡」、「照辭如鏡」之批評境界，必須通過六個角度來評價作品，完成批評任務。此「六觀」之內涵為何，茲綜輯全書，復參考諸家說法，分條撮述於後：

一、觀位體

「位」即是安排選擇；而「體」字，前人解說紛歧，或謂「文體」，或謂「體性」〔註 75〕，實則二者兼而有之。蓋衡文之術，首須察看作品是以何種體裁撰寫，是文、賦，亦或樂府、詩歌，而後再看作品之情志內容所顯露之風格，是否與其體裁形式配合相稱，〈定勢〉篇云：

夫情致異區，文變殊術，莫不因情立體，即體成勢。

蓋不同之情志內容，須有不同之文章體裁或文學類型予以反映或表現，但如主題相同，終因不同之文體或文學類型，亦將呈現不同風格。《文心雕龍．體性篇》云：「若總其歸途，則數窮八體：一曰典雅，二曰遠奧，三曰精約，四曰顯附，五曰繁縟，六曰壯麗，七曰新奇，八曰輕靡。」曹丕《典論．論文》曰：「夫奏議宜雅，書論宜理，銘誄尚實，詩賦欲麗。」陸機〈文賦〉曰：「詩緣情而綺靡，論精微而朗暢，奏平徹以閑雅，說煒曄而譎誑。」文章之佈局結構，合於體旨，而各依文類之常體，或雅鄭、剛柔、明隱、繁簡，如是，

〔註 74〕劉大杰等著，《中國文學批評史》上卷，頁 188。

〔註 75〕見田鳳台，〈劉勰知音篇之研究〉一文，收錄於王師更生編，《文心雕龍研究論文選粹》一書，育民出版社，頁 594。

則情理內容與文辭形式將有完美搭配。故創作或批評時，不可不三思而行。〈定勢〉篇亦云：

章表奏議，則準的乎典雅；賦、頌、歌詩，羽儀乎清麗；符檄書移，則楷式於明斷，典論序注，則師範於覈要；箴銘碑誄，則體制於弘深；連珠七辭，則從事於巧艷；此循體而成勢，隨變而立功者也。

夫章表奏議流於清靡；符檄書移，流於繁縟，失體成怪，創作成效必然盡失，故曰：位體得當，情志方能依托得所。此種方式，由總體之主題思想到表現形式之全面觀照，實乃中國傳統文學批評特色之一，且與西方古典主義傾向有不謀而合之處〔註 76〕，宋人張戒亦嘗呼應此主張〔註 77〕。鑒評文學作品，觀其「位體」所在，倘體旨明確，體裁恰當，體勢自然，斷評其爲佳作，誰曰不宜？

二、觀置辭

置辭即舖陳辭藻。觀置辭，即分析作家如何運用語言技巧，大而謀篇裁章，小至鍛句練字，皆須精確得當，平穩妥貼，即連詞采之繁富度與感染性，亦在品評之例。其品評之步驟具體言之，如下：

其一，視其謀篇裁章是否脈絡分明、網舉目張。〈附會〉篇云：「凡大體文章，類多枝派，整派者依源；理枝者循幹。是以附辭會義，務總綱領，驅萬塗於同歸，貞百慮於一致，使眾理雖繁，而無倒置之乖，群言雖多，而無棼絲之亂；扶陽而出條，順陰而藏跡，首尾周密，表裏一體，此附會之術也。」藝術作品之成形，全賴綱提領挈，倘散漫無主，則不成篇章矣。曾國藩亦云：「一篇之內，端緒不宜繁多，譬之萬山旁薄，必有主峰；龍袞九章，但挈一領。否則首尾衡決，陳意蕪雜，茲足戒也。」〔註 78〕然光是講究篇章結構，易與形式主義混同，故〈附會〉篇亦云：「必以情志爲神明，事義爲骨髓，辭采爲肌膚；宮商爲聲氣。然後品藻玄黃，摛振金玉。獻可替否，以裁厥中。」此論蓋有別於八股文家之形式架構。

其二，視其鍛句鍊字，是否順正恰當，精確有力。〈章句〉篇云：「若夫章句無常，而字有條數，四字密而不促，六字格而非緩，或變之以三五，蓋應機之權節也，至於詩頌大體，以四言爲正，唯祈父肇禋，以二言爲句。尋

〔註 76〕張健，《中國文學批評論集》，天華出版事業公司，頁 3。
〔註 77〕張戒《歲寒堂詩話》：「先體製而後工拙。」
〔註 78〕見〈復陳右銘書〉。

二言肇於黃世，竹彈之謠是也。三言興於虞時，元音之詩是也；四言廣於夏年，洛汭之歌是也；五言見於周代，行露之章是也。六言七言，雜出詩騷，而體之篇，成於兩漢，情數運周，隨時代用矣。」章句與思想內容之關係千變萬化，未有一成不變之處理方法，然統一之要求乃在於詞句搭配得當。使內在思想感情如血脈貫注，與文章首尾連成一體最爲重要。至於用多少字一句，各個時代風氣不同；換不換韻，作家志趣各異，猶爲餘事。〈練字〉篇云：「是以綴字屬篇，必須練擇：一避詭異，二省聯邊，三權重出，四調單複。」詭異者，字體瓌怪者也；聯邊者，半字同文者也；重出者、同字相犯者也；單複者、字形肥瘠者也。劉勰以爲用字當求簡易，以使世人皆識爲準，倘一字詭異，則群言震驚，三人弗識，則非精品！〈麗辭〉篇云：「是以言對爲美，貴在精巧；事對所先，務在允當。若兩事相配，而優劣不均，是驥在左驂，駑爲右服也。若夫事或孤立，莫與相偶，是夔之一足，踔踔而行也。若氣無奇類，文乏異采，碌碌麗辭，則昏睡耳目；必使理圓事密，聯璧其章，迭用奇偶，節以雜佩，乃其貴耳。類此而思，理自見也。」對仗運用巧妙，篇章組織與文字音韻，方能臻於完美，《文心雕龍》於〈練字〉篇言綴字屬篇之法，於《章句》篇言遣詞造句分章謀篇之關係，於〈麗辭〉篇分析奇偶迭用之道，是皆爲臨文之準則，又乃衡文之所憑借也。

三、觀通變

居於文學作品追求「創新」之立場，本條所探討之內涵，乃「因與創」之問題；即觀察作者行文之時是否能通古變今，推陳出新。所因者，爲傳統之潤澤與根基；所創者即風格之獨特性與創造之多樣性。——惟其如此，作家方能騁無窮之路，飲不竭之源。彥和之時，模擬之風鼎盛，彥和此論，爲針對時弊而發。〈通變〉篇云：

> 今才穎之士，刻意學文，多略漢篇，師範宋集；雖古今備閱，然近附而遠疏矣。夫青生於藍，絳生於蒨，雖踰本色，不能復化。桓君山云：予見新進麗文，美而無採；及見劉楊言辭，常輒有得。此其驗也。故練青濯絳，必歸藍蒨，矯訛翻淺，還宗經誥。斯斟酌乎質文之間，而檃括乎雅俗之際，可與言通變矣。

當時之作，或陳陳相因，事事抄襲，或標新立異，驚世駭俗，於「守舊」、「創新」之間，無法融古鑄今，以求適合時代潮流，故強調於「質」、「文」、「雅」、

「俗」之斟酌檃括。然則文體之中，有「不可變」與「可變」者，其分際當如何把握，方能達到光景常新？〈通變〉篇又云：

> 夫設文之體有常，變文之數無方，何以明其然耶？凡詩賦書記，名理相因，此有常之體也；文辭氣力，通變則久，此無方之數也。名理有常，體必資於故實；通變無方，數必酌於新聲。故能騁無窮之路，飲不竭之源。然綆短者銜渴，足疲者輟塗，非文理之數盡，乃通變之術疎耳。故論文之方，譬諸草木，根幹麗土而同性，臭味晞陽而異品矣。

劉勰以為：可變者，文辭氣力是也；不可變者，有常之體者也。文章體裁之確立有其穩定性，然文章寫法，未有一成不變者，何以知其然？曰：所有詩、賦、書、記等之名稱及規格，皆有其繼承性，是文體有其穩固性者。寫法一有繼承創新，則文章之氣勢便能歷久不衰，是寫法有其不能一成不變者。名稱及規格既有一定之體製，因此論體裁，則須從固有作品取得借鑒。寫法要求繼承創新，未有一成不變之理，則論寫法則須根據後進之新作品加以斟酌。故「創」與「因」之抉擇至為重要。「創」固然要學習當代人之作，但絕非相互抄襲，競今疏古，求新得怪。亦即〈風骨〉篇所云：「昭體故意新而不亂，曉變故辭奇而不黷。」「因」易言之，即是繼承傳統，然所當繼承之傳統為何？〈情采〉篇指出，其一乃「為情而造文」、「要約而寫真」之風雅傳統（詩經），其二乃「為文而造情」、「淫麗而煩濫」之「辭賦」傳統（指後代以後之辭賦）。〔註 79〕

故觀通變之工夫，有二：（一）於文章之敷辭屬采，分析其是否能參伍因革，自鑄偉辭；（二）於作者才略之庸儁，辭理風趣之清濁，品鑑其是否風清骨峻，篇體光華〔註 80〕。「繼承」與「吸收」；「創新」與「提供」之具體成果為何？是本條於考量作家在文學史上之歷程，如何「騁無窮之路，飲不竭之源」之重點！

四、觀奇正

奇正者表現方法之平實與奇巧也。觀奇正，亦即分析表現手法，能否

〔註 79〕楊明照、吳聖昔論文，趙仲邑、陸侃如譯解《文心雕龍研究、解譯》，木鐸出版社，頁 25～33。

〔註 80〕廖蔚卿，《六朝文論研究》，第四章〈通變論〉、第七章〈風骨論〉、第十一章〈批評論〉，聯經出版事業公司。

「執正以馭奇」、「逐奇而不失正。」〔註 81〕文心每以「六經」爲衡量文學之基準，凡遵循六經之文章則爲「正」，否則即爲「奇」。如宗經載道爲正，參騷酌緯爲奇。齊梁人士，往往「競一句之奇，爭一字之巧」、「厭黷舊式，穿鑿取新」，酌奇失正之謬，劉勰提出此論，實亦匡正世風之砭石，〈定勢〉篇云：

> 自近代辭人，率好詭巧，原其爲體，訛勢所變，厭黷舊式，故穿鑿取新。察其訛意，似難而實無他術也，反正而已。故文反正爲乏，辭反正爲奇。效奇之法必顛倒文句，上字而抑下，中辭而出外，回互不常，則新色耳。

「奇」、「正」或謂文章之結構。蓋文章之寫成，可以正敘、倒敘、側敘、旁擊。譬之以兵家，「正」乃用堂堂之陣，行正面攻擊，奇則是乘人不備，以偏師取勝〔註 82〕。二者或爲完全相反之體勢，然只要「兼解以俱通」、「隨時而適用」，定能相通相融，收矛盾中之統一。〈定勢〉篇云：

> 然淵乎文者，並總群勢，奇正相反，必兼解以俱通；剛柔雖殊，必隨時而適用。若愛典而惡華，則兼通之理偏，似夏人爭弓天，執一不可以獨射也。若雅鄭而共篇，則總一之勢離，楚人鬻矛楯，兩難得而俱信也。

此一批評原則，劉彥和以用於〈辨騷〉篇最爲顯明。〈辨騷〉篇中指出《楚辭》在思想內容、藝術形式與儒家經典之異同，並給予崇高之評價。且提出「酌奇而不失其眞，玩華而不墜其實」之美學觀，要人奇正兼顧，華實並包，牽連到積極浪漫思想和現實形式相結合之實際問題。〈辨騷〉篇云：

> 固知楚辭者，體慢於三代，而風雅於戰國，乃雅頌之博徒，而詞賦之英傑也。觀其骨鯁所樹，肌膚所附，雖取鎔經意，亦自鑄偉辭。故騷經九章，朗麗以哀志，九歌九辯，綺靡以傷情；遠遊天問，瓌詭而惠巧；招魂招隱，耀艷而深華；卜居標放言之致，漁父寄獨往之才。故能氣往轢古，辭來切今，驚采絕艷，難與並能矣。自九懷以下，遽躡其跡，而屈宋逸步，莫之能追。故其敘情怨，則鬱伊而易感；述離居，則愴怏而難懷；論山水，則循聲而得貌；言節候，則披文而見時，是以枚賈追風以入麗，馬揚沿波而得奇，其衣被詞

〔註 81〕見《文心雕龍・定勢》。
〔註 82〕同註 74。

人，非一代也。才高者菀其鴻裁，中巧者獵其艷辭，吟諷者銜其山川，童蒙者拾其香草。若能憑軾以倚雅頌，懸轡以馭楚篇，酌奇而不失其眞，翫華而不墜其實；則顧盼可以驅辭力，欬唾可以窮文致，亦不復乞靈於長卿，假寵於子淵矣。

吾人在文學之領域上驅車馳騁，倘能向《楚辭》借鑑，酌取其奇妙之想像，而不離開純正之思想；玩味其華美之詞藻，又不拋棄其眞實之感情。則指顧之間便可發揮語言力量，不需花費吹灰之力即可掌握文章所要表達之意趣。彥和列「觀奇正」爲批評標準之一，其美學目的，既不同於窮力追新者之浮詭偏激，亦有別於抱殘守缺者之食古不化。〔註83〕

五、觀事義

事義即據事以類比義理，援古以證驗今事者也。觀事義，亦即衡文之際，分析作品之立意是否純正，取材用典是否妥當，作家如何以高明技巧融合書本上之學問，供自己驅使，眞正做到「舉人事以徵意」、「引成辭以明理」。〈事類〉篇云：

事類者，蓋文章之外，據事以類義，援古以證今者也。昔文王繇易，剖判爻位：既濟九三，遠引高宗之伐；明夷六五，近書箕子之貞；斯略舉人事以徵義者也。至若胤征羲和，陳政典之訓；盤庚誥民，敘遲任之言，此全引成辭以明理者也。

作品之優劣，在乎立意是否純正。立意是否純正，在乎內容是否眞善。眞善之作品，依劉勰之意，不脫原道、徵聖、宗經之範圍，然表達至善之道、至聖之言，不靠取事用典終將難以爲功。故，爲明理而全引成語，爲喻意而略舉人事，乃聖賢爲文構思之主要企圖，經籍文字表達之通常規矩。劉勰於〈鎔裁〉篇提出「三準」之說，其中「舉正於中，則酌事以取類」，分明強調善於引證事類即典故成語來表達內容，對作品之優劣，有決定性之影響。〈附會〉篇提到作文所應注意之幾個方面：「必以情志爲神明，事義爲骨髓、辭采爲肌膚、宮商爲聲氣。」以「事義」與情志、辭采、宮商並列，對「事義」之重視，不待證而自明。然則用典之品評標準何在？曰，一在得要，一在合機。〈事類〉篇云：

〔註83〕王師更生，《文心雕龍研究》，第十章〈文心雕龍文評論〉，文史哲出版社，頁426～427。

故事得其要，雖小成績，譬寸轄制輪，尺樞運關也。或微言美事，置於閑散，是綴金翠於足脛，靚紛黛於胸臆也。凡用舊合機，不啻自其口出；引事乖謬，雖千載而爲瑕。陳思群才之英也，報孔璋書云，葛天氏之樂，千人唱，萬人和，聽者因以蔑韶夏矣。此引事之實謬也。按葛天之歌，唱和三人而已。相如上林云，奏唐陶之舞，聽葛天之歌，千人唱，萬人和，唱和千萬人，乃相如接人；然而濫侈葛天，推三成萬者，信賦妄書，致斯謬也。陸機〈園葵〉詩云：「庇足同一智，生理合異端。」夫葵能衛足，事譏鮑莊；葛藟庇根，辭自樂豫；若譬葛爲葵，則引事爲謬；若謂庇勝勝，則改事失眞；斯又不精之患。

意謂用典得要，即使份量很少，有點鐵成金之神妙，也是成就。常人以爲精到古語、美妙典故，可無往不利，然只要應用到無關緊要之所，無異於裝金玉翡翠於腳、腿，擦胭脂水粉在胸脯。用舊合機，有妙造自然之情趣，倘引用典故，雖年代久遠，終將爲人所詬病。英明練達如曹子健，沈實綿密如陸士衡，皆未能免除用典失實之謬，常人能不審愼乎？

六、觀宮商

宮商即文章之聲律，包括平仄、用韻，亦即作品之韻律節奏。觀宮商者，亦即分析作品之音韻是否協調。分析過程，著重於作者如何把握語言文字之音韻，在字句章節之排列中，是否能順乎情思之發展，作抑揚頓挫之處理。蓋文章之爲美，不惟以內容充實勝人，尤貴以聲音韻律感人。鮮明之節奏、鏗鏘之韻律，定能使文學之音樂性與感染力增強，不只使人於諷誦之間琅琅上口，且易於記憶。故千古以來，立文之道，其理有三「聲文」一項，爲不可忽視之重要環節〔註 84〕。無論其著爲辭賦、樂府、詩歌、詞曲、文章，莫不借助音聲之運用，聲律之調和，以表現情感、描寫意象、引起聯想、美化文勢。〈聲律〉篇云：

夫音律所始，本於人聲音也。聲含宮商，肇自血氣，先王因之以制樂歌；故知器寫人聲，聲非學器者也。故言語者，文章神明，樞機吐納，律呂脣吻而已。

蓋聲發則文生。人聲中之宮商，是文章構成之關鍵，是情志表達之樞紐。宮

〔註 84〕見《文心雕龍・情采》。

商通利，則吟詠之間必能吐納珠玉之聲。《文心雕龍》備言「吃文」之患，文章中有口吃之病，乃喜歡怪典所起。作家追逐新奇，競趨詭異，無怪乎文章唸起來佶屈聱牙矣。〈聲律〉篇云：

> 凡聲有飛沈，響有雙疊。雙聲隔字而每舛，疊韻雜句而必睽，沈則響發而斷；飛則聲颺不還；並轆轤交往，逆鱗相比；迂其際會，則往蹇來連，其爲疾病，亦文家之吃也。夫吃文爲患，生於好詭，逐新趣異；故喉脣糾紛，將欲解結，務在剛斷。左礙而尋右，末滯而討前，則聲轉於吻，玲玲如振玉；辭靡於耳，纍纍如貫珠矣。

細繹彥和此論之品評標準，重點有二：其一，音律重視天籟之自然。唯有聲律自然，方能使讀者「聲轉於吻，玲玲如振玉；辭靡於耳，纍纍如貫珠。」其二，人爲之音律重視和韻。〈聲律〉篇云：

> 聲畫妍蚩，寄在吟詠，吟詠滋味，流於字句。氣力窮於和韻。異音相從謂之和，同聲相應謂之韻。韻氣一定，故餘聲易遣；和體抑揚，故遺響難契；屬筆易巧，選和至難；綴文難精，而作韻甚易。雖纖意曲變，非可縷言，然振其大綱，不出茲論。

「和」，即文辭之節奏，句中用字，但求平仄順適，合乎脣吻。「韵」即句末之協音。每句之末，以共同音紐，相叶相應，使其節奏和諧悅耳謂之「和韻」、何以發明用和韻以調宮商？黃侃札記以爲彥和之意，謂一句內如雜用兩聲之字，或用二同韻之字，則讀時不便；一句純用仄濁，或一句純正用清平，則讀時亦不便，必致聲勢不順，故特以「和韻」解之〔註 85〕。平仄協調，固然得通過吟詠之檢驗，即連同韻，亦須注意掌握標準音，不可雜用方言，且換韻之時，應順乎自然語勢。此論用於批評，將使文學音樂性得到極大之強調與重視。

第五節　朱熹之美學批評（文評之二）

朱熹，字元晦，號晦庵，學者稱紫陽先生，亦稱考亭先生，先世爲徽州婺源（今安徽婺源）人。父松，字喬年，號韋齋，嘗爲閩南劍州尤溪縣尉，著有《韋齋集》。宋高宗建炎四年（西元 1130 年），熹生於南劍州尤溪（今福建尤溪縣）家中，寧宗慶元六年（西元 1200 年）卒，年七十一。幼穎悟，其

〔註 85〕見黃侃，《文心雕龍札記》。

父以忤秦檜，罷官，隱居教子。五歲讀孝經，即題曰：「不若是，非人也。」年十四，韋齋公病歿。年十八，登進士第、歷同安主簿、知南康軍、提舉浙東常平茶鹽，知漳州、潭州，凡五任，爲時甚暫，而所至有聲。寧宗即位，除煥章閣侍講，才四十餘日，直言極諫，遂落職歸。〔註 86〕

朱子生當北宋、南宋之交，其時學術風氣紛雜盛蔚，承先啓後，遂造就中國學術思想史、文學批評史、文化史之崇高地位。歸納其一生之主要成就有諸方面：

1. 講學之功深、著述之富、從遊之盛、爲自昔儒者所不及。熹登第五十年，居官日短僅九載，閒居講學者達四十餘年。門人可考者，五百三十餘人，皆親炙而非私淑。著書頗豐計有《易本義》、《啓蒙》、《詩集傳》、《四書章句集注》、《楚辭集注》等。詩文集有《朱子大全集》一百卷、續集十一卷、別集十卷，皆行於世。
2. 集大成之學術地位。郭紹虞云：「有宋道學至朱子而集其大成，有宋道學家之文學批評，也至朱子而集其大成」〔註 87〕朱子在文學理論上承襲周、邵、張、二程等之性理學，及歐、蘇、曾、王、黃等之古文學、造就圓融之文學批評理論，倡「文由道流」之本原論，主內容與形式之合一，即朱熹所謂「天生成腔子」。至其哲學思想，更集周邵張程之大成，作理學一派之完成〔註 88〕，博大精徑，氣象儼然。
3. 文學理論影響後世深切。其弟子眞德秀闡揚「文學窮理而致用」，王柏主張「文章從胸中流出」，魏了翁倡「辭根於氣，氣命於志，氣立於學」〔註 89〕，全爲發揮朱子之文意。此外嚴羽之「參詩說」、「熟讀法古」、「法李杜」之方法論，宋濂「載道說」、「自然流露」，黃宗羲「文與道合」，魏禧「積理養氣說」、袁枚「性靈說」等，皆暗合朱子文論之旨。〔註 90〕

朱子之文學批評成就確不容忽視，其論文之主張，尤稱完備，乃宋代文評之典型，今試析其詳於後。

〔註 86〕見《宋史》卷四二九。
〔註 87〕郭紹虞，〈朱子之文學批評〉，收錄於《中國文學批評家與文學批評》（二），學生書局。
〔註 88〕馮友蘭，《中國哲學史》，第二篇〈經學時代〉第十三章〈朱子〉，頁 895。
〔註 89〕李美珠，〈朱子文學理論初探〉，臺灣師大碩士論文，民國 70 年。
〔註 90〕張健，《朱熹的文學批評研究》，臺灣商務印書館，頁 116～125。

一、由文字是否達意得理明白平易評之

宋代道學家，每以「文」、「道」爲文學創作之基本原理。朱子「文由道流」說，從性質言之，「道者文之根本，文者道之枝葉」，從表現言之「文是從道中流出」，視文爲「貫道之器」〔註91〕。因之，學問以明理，自然發爲佳文，作文但須達意得理，不必刻意於華采之研鑽。朱子云：

> 文字之設，要以達吾之意而已。政使極其高妙而于理無得焉，則亦何所益于吾身，而何所用于斯世。鄉來前輩，蓋其天資超異，偶自能之，未必專以是爲務也。故公家舍人公謂王荊公曰：文字不必造語及摹擬前人。孟韓文雖高，不必似之也。況又聖賢道統正傳見于經傳者，初無一言之及此乎。〔註92〕

道之文皆以闡揚義理爲主，倘文字之設，不能達到「達意得理」之求，將無益于己身，遑論用世。故朱子極力強調文字須是靠實說理爲乃可，避免架空細巧。架空細巧之作，或惑人耳目，至說義理處，往往語焉不詳，未能分曉；以其執筆研鑽華采之文，故往往見理不精；見理不精，文章當然不能典實明白。故品評文章之時，首視其文字是否達意得理。因達意得理之文章，乃說出者，而非做出者。文字與道理相互依傍，於關鍵緊要處，自能水到渠成。朱子云：

> 字義從來曉不得，但以意看可見。如「突梯滑稽」，只是軟熟迯迎，隨人倒，隨人起底意思。如這般文字，更無些小窒礙，想只是信口恁地說，皆自成文。林艾軒嘗云：「班固揚雄以下皆是做文字，已前如司馬遷司馬相如等只是恁地說出。」今看來是如此。古人有取於「登高能賦」，這也須是敏，須是會說得通暢。如古者或以言揚，說得也是一件事，後世只就紙上做。如就紙上做，則班揚使已不如以前文字。當時如蘇秦張儀都是會說，史記所載，想皆是當時說出。〔註93〕

明理而出文，是說出，故意自長；後人文章，是做出，務意多而酸澀，雖恁地著力做，然因炫巧標奇，文反倒不妥貼。故文既須達意得理，且須明白平易。如《語類》中有云：「聖人之言坦易明白」、「文章須正大，須教天下後世

〔註91〕羅根澤，《兩宋文學批評史》第九章，學海出版社。

〔註92〕見《朱文公集》，卷六十一〈答曾景建〉。

〔註93〕見《朱子語類》一三九卷。

見之明白無疑。」〔註 94〕道體之爲物，本爲至簡至易，至明至正。故朱子講道體，每以「達意得理」、「明白平易」之形式表達之。《朱子語類輯略》卷二有云：「道理有面前底，平易自在說出來底便好，說出來崎嶇底便不好」。其品評諸家之作，凡合乎此論者輒稱美之。如：「論孟文詞，平易而切於日用，讀之疑少而益多。若易、春秋則尤爲隱奧而難知者。」〔註 95〕如：「楚詞平易，後人學作者反艱深了」〔註 96〕。如：「聖人之言，坦易明白，因言以明道，正欲使天下後世由此求之。」〔註 97〕如：「歐公文章及三蘇文好處，只是平易說道理。」〔註 98〕如：「東坡文字較明白」。〔註 99〕

二、由文學形式與內容是否合一評之

眞善蓄中而美形於外，文章之境乃渾同而如天成，是批評者所高懸之準的，亦創作者自我要求之完美境界。故朱熹主張評文之時，文學內容與形式是否合一，亦須注意。朱子曰：

> 前輩云：「文字自有穩當底字，只是始者思之不精。」又曰：「文字自有一個天生成腔子，古人文字自貼這天生成腔子。」〔註 100〕

文學形相，如「文體」、「體貌」朱子謂之「腔子」；「穩當底字」專指修辭。「文字自有一個天生成腔子」，以文學批評角度視之，則爲典型之體貌。此天生成腔子之境地，非人人可幾，故羨之者須謀求「穩當底字」之修辭訓練以臻於「貼」，然此乃就「形式」而言；就「內容」言之，作家仍須不斷思量、模擬、追求，以「入箇腔子做」，倘功力不夠，「天生成腔子」仍只是夢想。此境界，易言之，「不著一字，盡得風流」，以其爲最完美之文學形相，眞善美渾同之境，故依才華學識之高下而有不同之進路，一般言之，淺者僅得其十之一二；深者得其十之八九〔註 101〕。所謂渾同之境，析意之，即爲「內容」、「形式」合一。朱熹何以強調形式、內容之合一。有其哲學基礎。郭紹

〔註 94〕見《朱子語類》一三九卷。
〔註 95〕見《朱文公集》，卷四十三〈答趙佐卿〉。
〔註 96〕見《朱子語類》一三九卷。
〔註 97〕同註 96。
〔註 98〕同註 96。
〔註 99〕同註 96。
〔註 100〕同註 96。
〔註 101〕傅庚生，《中國文學批評通論》，第十章〈文學之表裏與眞善美〉，盤庚出版社，頁 207。

虞云：

> 一切具體的事物，都是由氣所造成的。有此氣，自然會造成各種的形。所以說：「如天有是氣，則必有日月星辰之光耀。」這即是說：聖人之心，既有是精明純粹之實，以旁薄充塞乎其內，則當然會著見於外。此種意思，猶與王充、韓愈、歐陽修諸人所言相近，猶可以根深葉茂之說解之。然而我們應該注意，我們不要忽略了他另一個比喻，——即是「地有其形，則必有山川草木之行列。」我們要知道，必須更有這一個比喻，然後才能說明何以「著見於外者亦必自然條理分明光揮發而不可揜」。必須能在這方面說明，然後所謂「有德者必有言」，才可找到理論上的根據。蓋道學家以氣爲材料，理爲形式。「此具體的世界爲氣所造作，氣所造作必依理。知人以磚瓦木土建造一房；磚瓦木石雖爲必需，而必須先有房之形式，而後人方能用此磚瓦木石以建築此房。磚瓦木石，形下之器，建築此房之具也；房之形式，形上之理，建築此房之本也。及此房成，而理即房之形式，亦在其中矣。」（馮友蘭，《中國哲學史》，頁 904）這樣，所以文之內容基於氣，而文之形式莫非理。理氣合一，所以可以說：「這文皆是從道中流出」所以可以說：「文中如喫飯時下飯耳；」所以可以說：「道德文章之尤不可使出於二。」〔註 102〕

道學家，以氣爲材料，理爲形式，文之內容一基於氣，而文之形式亦莫非理，由此做到理氣合一，一如文學創作之時，作者之性情才識，與形式技巧配合無間。故朱熹由此評文，實有其哲學體系及理氣概念之所衍生。

三、由歷史文化之背景因素評之

文學作品是有機體，每受環境、地域、時代、作者、年歲所左右。故文評家每每強調從事批評，必須考慮歷史文化之背景因素，方能一窺全豹。如《文心雕龍》便倡言時代與文風關係密切。〈時序〉篇云：「時運交移，質文代變，古今情理，如可言乎。」又云：「故知文變染乎世情，興廢繫乎時序。」依劉勰之意，時代影響文風之情況，主要有：政治影響文風、社會安危影響文風、時代思想影響文風。故〈通變〉篇云：「黃唐淳而質，虞夏質而辨，商周麗而雅，楚漢侈而艷，魏晉淺而綺，宋初訛而新。」《詩・大序》云：「治

〔註 102〕同註 87。

世之音安以樂，其政和；亂世之音，怨以怒，其政乖；亡國之音哀以思，其民困。」朱熹由此得到啓發，《語類》一三九卷有文三世之說云：「有治世之文，有衰世之文，有亂世之文。六經，治世之文也，如國語委靡繁絮，眞衰世之文耳，是時語言議理如此，宜乎周之不能振起也，至於亂世之文則戰國是也。然有英偉氣，非衰世國語之文可比也。」朱子重視歷史文化之背景因素，由此可見。《語類》一三九卷，嘗論古今之變云：

> 離騷卜居篇……想只是信口恁地說，皆自成文。……班固、揚雄以下皆是做文字，已前如司馬遷、司馬相如只是恁地說出。……漢末以後。只做屬對文字，直至後來，只管弱，如蘇頲著力要變變不得，直至韓文公出來，盡掃去了，方做成古文，然亦止做得未屬對合偶以前體格。……到得陸宣公奏議，只是雙關做去。又如子厚亦自有雙關之文……乃是晚年文字……文氣衰弱。直至五代，竟無人能變。到了尹師魯、歐公幾個人出來，一向變了，其間亦有欲變而不能者，然大概都變。所以做古文自是古文，四六自是四六，卻不衮雜。

聖人之世，政治清明，作品之中每爲不怨不淫之作，反之則哀傷憤懣之作，充斥於篇矣，此「政治影響文風」是也。政治巨變，兵禍迭起，社會動盪，作品便具亂世色彩，此「社會安危影響文風」是也。東漢儒學興盛，作品洋溢經典氣息；正言以後，玄學漸盛，作品中便充斥老莊神仙思想，此「時代思想影響文風」是也。斯三者，批評家不可不察，朱子舉有宋文風爲例，以證明時代環境與文章盛衰之關係。朱子云：

> 國初文章皆嚴重老成，嘗觀嘉祐以前誥詞等言語，有甚拙者。……蓋其文雖拙而其辭謹重，有欲工而不能之意，所以風俗渾厚。至歐公底文字便十分好，然猶有甚拙底，未散得他和氣。至東坡文字便已馳騁忒巧了。及宣、政間，則窮極華麗，都散了和氣，所以聖人取先進於禮樂，意思自是如此。〔註103〕

地域亦爲造成文學風格差異之一大因素。蓋疆域既殊，材質斯異，文學之表現亦大異其趣也。《北史・文苑傳・敘論》云：「暨永明天監之際，太和天保之間，落陽江左、文雅尤盛。彼此好尚，雅有異同。江左宮商發越，貴於清綺；河朔詞義貞剛，重乎氣質。氣質則理勝其辭，清綺則文過其意。理

〔註103〕見《朱子語類》一三九卷。

深者便於時用，文華者宜於詠歌。此其南北詞人得失之大較也。」劉師培著文章亦專論南北文學之不同云：「荀子有言，居子居楚而楚，居夏而夏。夏爲北音，楚爲南音，音分南北，此爲明徵。聲音既殊，故南方之文，亦與北方迴別。大抵北方之地，土厚水深，民生其間，多尚實際；南方之地，水勢浩洋，民生其際，多尚虛無。民崇實際，故所著之文，不外記事析理二端；民尚虛無，故所作之文，或爲言志抒情之體。……清代中葉，北方之士，咸樸塞蹇冗，質略無文，南方文人，則區駢散爲二體。治散文者，工於離合激射之法。以神韻爲主，則便於空疏，以子居、皐聞爲差勝。治駢文者，一以摘句尋章爲主，以蔓衍炫俗，或流爲詼諧，以稚威、容甫爲最精。若夫詩歌一體，或崇聲律，或尙修辭，或矜風調，派別迴殊，然雄健之作，概乎其未聞也。故觀乎人文，亦可以察時變矣。」〔註 104〕朱熹批評作品，亦未嘗忽略地理環境給予人之影響，《朱子語類》一四〇卷云：「氣類近，風土遠，氣類才絕，使從風土上去，且如北人若居婺州，後來皆做出婺州文章。」強調客觀事物予創作過程之特殊觀照。

此外作品之風格，亦因作者年歲之轉移而有所變化。筆力與氣格每被人相提並論，人老氣衰則筆力亦衰，故朱熹有「三十而文定」之後，《語類》一三九云：

> 人之文章也只是三十歲以前格即定但有精與未精耳。然而掉了底便荒疎，只管用功底又較精。向見韓無咎說他晚年做底文字與他二十歲以前做底文字不甚相遠，此是他自驗得如此。人到五十歲不是理會文章時節，前面事多。

年歲與作品之關係，其牽涉之目，不外生理與氣，氣與作品生命力之結合。朱熹評歷代作云：「人晚年做文集，如禿筆寫字，全無鋒銳可觀。」「歐公文字大綱好處多，晚年筆力亦衰。」「人老氣衰、文亦衰，歐公作古文力變萬習，老來照管不到。」東坡晚雖健不衰，然亦疏魯。「子厚亦自有雙關之文……乃是晚年文字……文氣衰弱」〔註 105〕。概見文學創作力，每因年歲之衰老而日漸荒弛。

綜合以上所論，時代、環境、政治、社會、地域、年歲諸因素，於實地

〔註 104〕傅庚生，《中國文學批評通論》，第九章〈個性時地與文學創作〉，盤庚出版社，頁 195～196。

〔註 105〕見《朱子語類》一三九卷。

批評之時，皆須一一考慮到。

四、由文章之結構組織評之

文章之結構組織，細分爲：謀篇、裁章、造句、用字。行文之程序由此，文章之美惡，亦繫於是焉。

就用字言之。《文心雕龍》云：「因字而生句，積句而成章。篇之彪炳，章無疵也；章之明靡，句無玷也；句之清英，字不妄也。斷本而末從，知一而萬畢矣。」〔註 106〕故用字精鍊實爲作文之首要。馬宗霍《文學概論》引英人司維夫德之言曰：「佳文者，即確當之字，在確當之處而已」。朱熹評文重用字之錘鍊。朱子云：

> 范淳夫文字純粹，下一個字便是合當下一個字，東坡所以服他。東坡輕文字，不將爲事，若做文字時，只是胡亂寫，如後面恰似少後添。〔註 107〕

朱熹以爲作文用字，理得情暢方爲佳作。若東坡之文，忽視字句之斟酌，便將有礙整篇文章之結構。故用字，當忌詞華，一以平易爲高，倘一味競奇求僻，反害理之表達。實地批評時，受其讚譽者，其用文字皆有「平易明白」、「質實無法」、「氣骨勁健」之美。如《朱子語類》一三九卷：「李泰伯文尚平正明白……」，《文集》卷六十七跋余巖起集：「至其爲文，則又務爲明白磊落，指切事情而無含胡臠卷，睢盱側媚之態。」

就裁章造句言之。朱子深受江西派詩文方法影響，每喜由句法及裁章論文章之優劣。以爲欲裁製明潔精麗之章，句法尤不可不講求。此論涉及模擬與反模擬之旨：

> 人做文章，若是仔細看得一般文字熟，少間做出文字，意思語脈，自是相似，讀得韓文熟便做出韓文底文字，讀得蘇文熟便做出蘇文底文字；若不仔細看，少間卻不得用。向來初見擬古詩，將謂只學古人之詩，元來卻是如古人說：「灼灼園中花」，自家也做一句如此；「遲遲澗畔松」，自家也做一句如此；「磊磊澗中石」，自家也做一句如此；「人生天地間」，自家也做一句如此；意思語脈皆要似他底，只換卻字。其後來依如此做得二三十首詩，便覺得長進，蓋意思句

〔註 106〕見《文心雕龍・章句》。
〔註 107〕見《朱子語類》一三九卷。

語血脈勢向，皆效它底。〔註108〕

此節雖專爲詩而設，亦適用於文。裁章造句之講求，故有模擬、與反模擬之說。朱子既反對模擬，又提倡模擬，其關鍵在於明理與否。山谷有所謂：「不易其意而造其語，謂之換骨法。」「規模其意形容之，謂之奪胎法。」〔註109〕朱子：「意思語脈皆要似他底，只換卻字。」乃承此論而來，提倡模擬，其目的在求應用之活法。然文章之最高境界，終於由法而知，規短備而能出於規矩之外，即當揚棄模擬，走向反模擬。

就謀篇言之。爲文而知謀篇，有開有闔，有呼有應，行文造語必能井然有序，了然於胸，臨文觸機，意到筆隨。朱子理想之謀篇法，乃是首尾貫中，有綱有領。《語類》一三九云：「文字無大綱領，拈撰不起，某平生不會做補接底文字。」又云：「歐曾卻各有一個科段。舊曾學曾，爲其節次定了，今覺得要說一意，須待節次定了，方說得到，及這一路定了，左右更去不得。」一言以蔽之，謀篇之大要，當求命意之一貫。

五、由質文比例評之

文質之論，每被評文者引爲標的。然而「文」、「質」之定義，卻不盡相同。先秦兩漢，重質輕文，若《論語・雍也》：「質勝文則野，文勝質則史；文質彬彬然後君子。」揚雄《太玄經》：「大文彌樸，質有餘也。」王充《論衡・書解》：「夫人有文，質乃成。」此時「文」、「質」之觀念，非指文學構成要素之形式或內容，乃就人修身淑世成德立行取重。

六朝以後，「文」、「質」之觀念，便構成文學之主體。文者，文學形式之文采；質者，文學作品之內涵。亦即包含情、志、意、理之思想。兩晉文論，重文輕質，由陸機啓其首。陸機〈文賦〉：「詩緣情而綺靡。」「文垂條而結繁。」「其遺言也貴妍」，流風所及士子爲文，側重綺艷，其弊也文過其質爲文造情。《文心雕龍》作者劉彥和和倡文章述志爲本，故主質文並重說。〈情采〉篇云：「聖賢書辭，總稱文章，非采而何？夫水性虛而淪漪結，木體實而花萼振，文附質也。虎豹無文，則鞹同犬羊；犀兕有皮，而色資丹漆，質待文也。若乃綜述性靈，敷寫器象，鏤心鳥跡之中，織辭魚網之上，其爲彪炳、縟采名矣。」唐韓愈提倡古文運動，論篇章則重質輕文。〈答李翊書〉云：「將蘄至

〔註108〕見《朱子語類》一三九卷。

〔註109〕惠洪，《冷齋夜話》卷二引黃庭堅語。

於古之立言者，則無望其速成，無誘於勢利，養其根而竢其實，如其膏而希其光；根之茂者其實遂，膏之沃者其光曄。仁義之人，其言藹如也。」以爲有其質者必有其文。承其說者有歐陽修及曾鞏。歐陽修〈與樂秀才第一書〉云：「聞古人之於學也，講之深而信之篤，其充於中者足，而後發於外者大以光。譬夫金玉之有英華，非由磨飾染濯之所爲，而由其質性堅實，由光輝之發自然也。」曾鞏〈上歐陽學士第一書〉云：「夫世之所謂大賢者何哉？以其明聖人之心於百世之上，明聖人之心於百世之下。其口講之，身行之，以其餘者，又書存之，三者必相表裏。其仁與義，磊磊然橫天地，冠古今不窮也；其文與實，卓卓然軒士林，猶雷霆震而風飈馳，不浮也。則其謂之大賢，與穹壤等高大，與詩書所稱無間，宜矣。」二家皆以爲畜於內者實，而後發爲光輝於外者，乃能日益新而不竭也。

宋代理學家，若濂洛諸大師，視文學爲玩物喪志，故論文重質輕文。如二程於其《遺書》云：「今之學者爲三弊：一溺於文章……」、「揚子之學實，韓子之學華，華則涉道淺。」《伊川文集》四：「不求諸己而求諸邦，以博聞強記，巧文麗辭爲工，榮華其言，鮮有至於道者。」朱熹之文質觀，介於二程及唐宋古文家之間，首倡以質文之比例，爲測量儀器。《朱子語類》云：

> 作文大率要七分實，只二三分文。如歐公文字好者，是靠實而有條理。

「七分實，二三分文」，依此準則，朱熹以爲：文字上用力太多，亦是一病。其評西漢文云：「仲舒文實，劉向文又較實，亦好，無些虛氣象。」〔註 110〕評唐宋八大家中之一曾鞏文云：「南豐文字卻近質……文字依傍道理，故不爲空言……比之東坡則較直而近理，東坡則華艷處多。」〔註 111〕評韓文云：「韓退之議論正，規模闊大……韓較有些正道意思。」〔註 112〕評歐陽修文云：「歐公文字鋒刃利，文字好，議論亦好。」〔註 113〕質高者其文之評價亦高。

第六節　曾國藩之美學批評（文評之三）

曾國藩（公元 1811～1872），字伯涵，號滌生，初名子城，中進士後，改

〔註 110〕見《朱子語類》一三九卷。
〔註 111〕見《朱子語類》一三九卷。
〔註 112〕同註 111。
〔註 113〕同註 111。

名國藩，清湖南湘鄉人。政治史上，為清室中興名臣，嘗成立舉世聞名之湘軍，消滅太平天國。文學史上，為桐城派古文之大將，私淑姚鼐，卻想一矯桐城派之迂緩，由於本身之政治地位，故號召力強，自成一派曰「湘鄉派」。治學極勤，居官治軍，從不廢學，初及倭仁之門，學宗程朱，於宋儒為近，亦兼室廣博，務消漢宋門戶之見，治義理、考據、詞章於一爐。義理方面，綜合諸子，折衷朱陸。考據方面，許杜同功、調和漢末。詞章方面，駢散相通，左右采獲。〔註 114〕

國藩為桐城派漸趨式微後之鉅子，其文學批評理論大致出於桐城，而有所修正突破。薛福成《寄龕文存・序》曰：「桐城派流衍益廣，不能窳弱之病；曾文正公出而振之。文正一代偉人，以理學經濟發為文章，其閱歷親切，迥出諸先生上。早嘗師法於桐城，得其峻潔之旨。平時論文，必尊源六經、兩漢，故其為文，不名一家，足與方、姚諸公並峙；其尤嶢然者，幾欲跨越前輩。」〔註 115〕論文之本，主「文道合一」；論文之體，主「駢散不分」；論文之境界「陽剛、陰柔」〔註 116〕。論治文之法，不止重視「雄直之氣」，亦看重「華麗之字」，選編《經史百家雜鈔》及《十八家詩鈔》，指示讀者以內容、精神、形式、技巧並重之典範〔註 117〕。實際批評方面，特賞識杜甫、陸贄、韓愈等家〔註 118〕。著有詩文集、奏議、尺牘、家訓、日記，與選編之二書，後人合刊為《曾文正公全集》。

一、論文之美（噴薄與吞吐）

曾氏取姚鼐「陽剛」、「陰柔」之說，多所推衍，謂古文之美，以二種方式出之，曰「噴薄」曰「吞吐」。並以之品評各種文類之作法。曾氏云：

> 吾嘗取姚鼐姬傳先生之說，文章之道分陽剛之美，陰柔之美。大抵陽剛者，氣勢浩瀚；陰柔者，韻味深美。浩瀚者，噴薄而出之；深美者，吞吐而出之。就吾所分十一類言之：論著類、詞賦類，宜噴薄；序跋類，宜吞吐；奏議類、哀祭類，宜噴薄；詔令類、書牘類，

〔註 114〕莊雅州，《曾國藩文學理論述評》，第一章第一節〈為學要旨〉，臺灣師大碩士論文。

〔註 115〕葉慶炳，《中國文學史》（下）冊所引，弘道文化事業有限公司，頁 676。

〔註 116〕尤信雄，《桐城文派學述》，第三章第三節〈湘鄉派之文論〉，文津出版社，頁 88～97。

〔註 117〕張健，《明清文學批評》，國家出版社，頁 267～272。

〔註 118〕同註 117。

> 宜吞吐；傳誌類、敘記類，宜噴薄；典志類、雜記類，宜吞吐；其一類中微有區別者；如哀祭類，雖宜噴薄，而祭郊社祖宗則宜吞吐。詔令類，雖宜吞吐，而檄文則宜噴薄。書牘類雖宜吞吐，而論事則宜噴薄。此外各類，皆可以此意推之。〔註 119〕

噴薄出之之作，得於陽與剛之美，乃天地遒勁之氣，如子雲、相如之雄偉屬之。文類中宜噴薄者，有：論著、詞賦、奏議、哀祭、傳誌、敘記等。吞吐出之之作，得於陰與柔之美，乃天地溫厚之氣，如劉向、匡衡之淵懿屬之。文類中宜吞吐者，有序跋、詔令、書牘、典志、雜記。然此中亦有例外者。如哀祭中之「祭郊社祖宗」宜吞吐；詔令中之「檄文」、書牘中之「論事」，皆宜噴薄。

先生舉陽剛、陰柔，相對相稱；桐城派諸家，且喜以之論文章之境界，然者文章之精髓，果蘊於斯乎？姚氏之論淵源有自乎？游談無根乎？姚氏云：

> 鼐聞天地之道，陰陽剛柔而已矣。文者天地之精英，而陰陽剛柔之發也。惟聖人之言，統二氣之會而弗偏，然而易詩書論語所載，亦間有可以剛柔分矣。值其時其人，告語之體，各有宜也。自諸子而降，其為文無弗有偏者；其得於陽與剛之美者，則其文如霆、如電，如長風之出谷，如崇山峻崖，如決大川、如奔騏驥；其光也如杲日、如火，如金鏐鐵；其於人也，如馮高視遠，如君而朝萬眾如鼓萬勇士而戰之。其得於陰與柔之美者，則其文如升初日，如清風、如雲、如霞、如煙、如幽林曲澗、如淪如漾、如珠玉之輝、如鴻鵠之鳴而入寥廓。其於人也，漻乎其如歎，邈乎其如有思，暖乎其如喜，愀乎其如悲。觀其文，諷其音，則為文者之性情形狀，舉以殊焉。且夫陰陽剛柔，其本二端，造物者糅而氣有多寡進絀，則品第億萬，以至於不可窮，萬物生焉。故曰一陰一陽之為道。〔註 120〕

蓋文者天地之精英，而陰陽剛柔之發也。苟有得乎其精，皆可以為美，陰陽剛柔並行而不容偏廢。姚氏以為「剛者至於僨強而拂戾，柔者至於頹廢而闇幽」則必無與文者矣。故特舉山川、風雲、雷電、珠玉等實物，以為兩種對立之譬喻而闡發之，文章之體，照然若明，而為桐城文家所樂道，此說固然

〔註 119〕見曾國藩，〈求缺齋日記〉。

〔註 120〕見姚鼐，〈復魯絜非書〉，收《惜抱軒文集》卷六。

詳密，然引緒未竟，草創未備，必也待曾氏出，陽剛、陰柔之說，乃得以大而昌之也。

二、古文八境界（雄直怪麗茹遠潔適）

劉彥和《文心雕龍・體性》篇論文章之風格云：「一曰典雅，二曰遠奧，三曰精約，四曰顯附，五曰繁縟，六曰壯麗，七曰新奇，八曰輕靡。」風格之說，豐富多樣，異如人面。曾氏採陰陽剛柔之說，定古文境界八字，與劉勰之八體，有異曲同工之妙。先生之古文八訣，其內容斟酌再三，前後經歷兩次修訂，至第三次乃成定案〔註121〕。〈乙丑正月日記〉云：

> 嘗慕古文境之美者，約有八言：陽剛之美曰，雄直怪麗；陰柔之美曰，茹遠潔適。蓄之數年，而余未能發爲文章，略得八美之一，以副斯志，是夜將此八言者，各作十六字贊之，至次日辰刻作畢，附錄如下：
>
> 雄　畫然軒昂，盡棄故常，跌宕頓挫，捫之有芒。
>
> 直　黄河千曲，其體仍直，山勢如龍，轉換無迹。
>
> 怪　奇趣橫生，人駭鬼眩，易玄山經，張韓互見。
>
> 麗　青春大澤，萬卉初葩，詩騷之韻，班揚之華。
>
> 茹　眾義輻湊，呑多吐少，幽獨咀含，不求共曉。
>
> 遠　九天俯視，下界聚蚊，寤寐周孔，落落寡群。
>
> 潔　冗意陳言，類字盡芟，愼爾褒貶，神人共監。
>
> 適　心境兩閒，無營無待，柳記歐跋，得大自在。

〈求缺齋日記〉亦載，偶思古文古詩最可學者，占八句云：「詩之節，書之括，孟之烈，韓之越，馬之咽，莊之跌，陶之潔，杜之拙。」亦由古文八訣所引發。茹遠潔通，亦與劉氏之八體，有互通之處。劉勰曾釋八體：「典雅者，鎔式經誥，方軌儒門者也。遠奧者，複采典文，經理玄宗者也。精約者，覈字省句，剖析毫釐者也。顯附者，辭直義暢，切厭心者也。繁縟者，博喻醲采，煒燁枝派者也。壯麗者，高論宏裁，卓爍異采者也。新奇者，擯古競今，危側趣詭者也。輕靡者，浮文弱植，縹緲附俗者也。」〔註122〕曾氏之「雄」與「壯麗」相近；「直」與「顯附」相近；「怪」與「新奇」相近；「茹」與「遠

〔註121〕朱東潤，〈古文四象論述評〉一文，收錄於《中國文學批評家與文學批評》(三)，學生書局。

〔註122〕見《文心雕龍・體性》篇。

奧」相近；「潔」與「精約」想近；「適」與「典雅」相近，曾氏之「遠」、「麗」與劉氏之「遠」、「麗」，意雖不全符，然亦不相背。〔註 123〕

三、文分四品（氣勢、識度、情韻、趣味）

姚惜抱持陰陽剛柔之說以論古文，猶如兩儀初判，渾沌始開，至曾氏則進而因易繫辭之理，析爲太陽少陽太陰少陰，是爲四象。〈同治五年十一月初二日家書〉云：

> 識度即太陰之屬，氣勢即太陽之屬，惜韻，少陰之屬，趣味，少陽之屬。

曾氏本此又撰《古文四象》一書，其中太陽氣勢析分爲噴薄之勢、跌宕之勢。太陽識度析分爲閎括之度，含蓄之度。少陰情韻析分爲沈雄之韻，悽惻之韻。少陽趣味析分爲詼諧之趣、閒適之趣。此書自吳摯甫之後，始傳于世，吳〈記古文四象後〉云：

> 曾文正所選古文四象都五卷。往時汝綸從文正所寫，藏其目次。公手定本有圈識，有平議，皆未及鈔錄。其後公全集出，雖鳴原堂論文皆在，此書獨無有，當時撰年譜人，亦不知有是書。……自吾鄉姚姬傳氏以陰陽論文，至公而言益奇，剖析益精，於是有四象之說，又於四類中各析爲二類，則由四而八焉，蓋文之變，不可窮也如是。至乃聚二千年之作，一一稱量而審定之，以爲某篇屬太陽，某篇屬少陰，此則今古未有，眞天下瓌偉大觀也。

《古文四象》，全書都五卷，今通行本皆作四卷，蓋卷一分爲上下之故也，二百四十七篇。卷一，上計，經：牧誓。史：漢書十二首。百家：韓文十二首、柳文二首、蘇文二首、王文一首，凡三十二篇，爲「噴薄」之勢。卷一下，計有史：司馬遷子長九首、司馬長卿五首凡十四篇，爲「跌宕」之勢。卷二，經：左傳十一首。史：史記一首，漢書六首。百家：莊子五首十節，荀子一節，韓文八首，柳文五首，凡四十六篇，雖不分上下，然以編次及內容考，自左傳（〈士會還晉〉），至韓文（〈答呂毉山人書〉）等四十一篇爲「詼諧」之趣。柳文五篇（〈始得西山宴遊記〉、〈鈷鈷潭記〉、〈鈷鉧潭西小邱記〉、〈小石城山記〉、〈小石潭記〉）爲「閒適」之趣。卷三，經：易二首、書

〔註 123〕莊雅州，《曾國藩文學理論述評》，第四章〈文學風格論〉，臺灣師大碩士論文。

四首、孟子七首。史：史記十一首、漢書四首、後漢書一首、三國志一首、唐書一首、五代史二首。百家：韓文六首、歐文三首、曾文三首，凡四十五篇。卷四，經：詩八十篇。史：史記二首、漢書二首。百家：文選十首、庾集一首、韓文四首、蘇集一首、凡一百篇。唯卷三、卷四皆不分上下，故孰爲「閎括之度」與「含蓄之度」？孰爲「沈雄之韻」與「悽惻之韻」缺乏一客觀區分標準。

四、行氣爲文章第一要義

奇辭大句，欲爲大篇，須得瑰瑋飛騰之氣驅之以行，所堆重處皆化爲空虛，乃能如願。故不論詩或古文，曾氏皆以「氣」爲文章之根本條件，以行氣爲文章第一要義。曾氏云：

> 余近年頗識古人文章門徑，而在軍鮮暇。未嘗偶作一吐胸中之奇。爾若能解漢書之訓詁，參以莊子之詼詭，則余願償矣。至行氣爲文章第一義，卿、雲之跌宕，昌黎之倔強，尤爲行氣不易之法。宜先於韓公倔強處揣摹一番。雄奇以行氣爲主，造句次之，選字又次之，然未有字不古雅而句能古雅，句不古雅而氣能古雅者，亦未有字不雄奇而句能雄奇，句不雄奇而氣能雄奇者。是文章之雄奇，其精處在行氣，其麤處全在造句選字也。余好古人雄奇之文，以昌黎爲第一，揚子雲次之。二公之行氣，本之天授，至於人事之精能。昌黎則造句之工夫居多，子雲則選字之工夫居多。〔註 124〕

曾氏曾評姚氏之文，以爲「深造有得」，「惟少雄直之氣，驅邁之勢，且以爲文章若無才力氣勢以驅使之，有若附贅懸疣，施膠漆於深衣之上，但覺其不類耳。」〔註 125〕又張廉卿學文於曾氏，曾謂其氣體近柔，告之曰：「柔和淵懿之中必有堅勁之質、雄直之氣，運乎其七，乃有以自立。」〔註 126〕極力強調氣與文學技巧之關係。〈辛亥七月家訓〉有云：

> 爲文全在氣盛，欲氣盛全在段落清。每段分束之際，似斷不斷，似咽非咽，似吞非吞，似吐非吐，古人無限妙境，難於領取：每段張起之際，似承非承，似提非提，似突非突，似紓非紓，古人無限妙用，亦難領取。

〔註 124〕見曾國藩，〈甲子正月家訓〉。
〔註 125〕分別見〈復吳南屏書〉與〈茗柯文編序〉。
〔註 126〕見曾國藩，〈與張廉卿書〉。

曾氏以為古人之不可及，不在義理字句間，而全在行氣。蓋「氣」字為物，在中國文學批評史上，概有多種含義。如：氣之清濁，指「風格」；氣之利鈍，指「靈感」；氣之充餒，指「情感」；氣之短長，指「聲調」；氣之剛柔，指「個性」〔註 127〕。一言以蔽之，曾氏所謂「氣」，所謂雄奇，所謂雄直之氣，是氣魄；氣魄，有偏於陽剛清勁。至於養氣之法，有內外之分，「配義與道」治本也；因聲以求氣，治標也，二者皆為可行。〔註 128〕

五、情理兼勝駢散合一

劉彥和《文心雕龍・體性》篇云：「夫情動而言形，理發而文見，蓋沿隱以至顯，因內而符外者也。」〈情采〉篇又云：「故情者文之經，辭者理之緯；經正而後緯成，理定而後辭暢，此立文之本源也。」故「情」、「理」文之本質者也。曾氏以為人心所具自然之文，亦此二端而已矣。曾文正〈湖南文徵序〉云：

> 人心各具自然之文，約有二端，曰理、曰情二者，人人之所固有，就吾所知之理而筆略諸書而傳諸世，稱吾愛惡悲愉之情，而綴辭以達之，若剖肺肝而陳簡策，斯皆自然之文，性情敦厚者，類能為之，而淺深工拙，則相去十百千萬而未始有極。

抒情明理各有所用，各有所歸。群經之外，百家著述亦率有偏勝。大抵理勝者多闡幽造極之語，而其弊為激宕失中；情勝者，多悱惻感人之言，而其弊常豐縟而寡實。曾氏以為為文當力矯「激宕失中」、「豐縟寡實」之弊，以求情理兼勝。

曾滌生《讀書錄》卷十評姚鼐《古文辭類纂》所取太狹，蓋姚氏選文標準，一以古文為準，不僅麗詞不錄，即設有駢偶氣息之散文，亦在擯斥之列，自編《經史百家雜鈔》及《十八家詩鈔》乃主張駢散合一，溝通散文畛域，其創奇偶迭用之論，亦可見其駢散合一之旨！曾氏云：

> 天地之數以奇而生，以偶而成。……一奇一偶，互為其用，是以無息焉。……文字之道，何獨不然。六籍尚已！自漢以來為文者莫善於司馬遷，遷之文，其積句也皆奇，而義亦相輔，氣不孤伸，彼有偶焉者存焉。其他善者，班固則毗於用偶，韓愈則毗於用奇。……

〔註 127〕見劉百閔，〈中國文學上所謂氣的問題〉一文，收錄於《中國古典文學論文精選叢刊》，「文學批評，散文與賦類」，幼獅文化事業公司，頁 13～27。

〔註 128〕見莊雅州，《曾國藩文學理論述評》第五章第二節，臺灣師大碩士論文。

豪傑之士，所見類不甚遠。韓氏有言，孔子必用墨子，墨子必用孔子，不相用不足爲孔墨。由是言之，彼其於班氏，相師而不相非明矣。〔註 129〕

曾氏以爲天地既以奇偶相生而成，則文章亦必駢散相合而美，方爲文章之道。駢散之文皆有偏勝，散文氣盛言宣，故以理勝，駢文氣韻曼妙，則以情韻勝。散文雄深雅健，主於理，駢文閒逸出塵，主於情。故曾氏以爲必也駢散合一，情理兼勝，方爲自然之文。

六、用字典雅精當造句雄奇愜適

依字生句，累句成章，鍊字精當，造句清英，而後文章方能文采煥發。曾氏論爲文用字須典雅精當，並求凝鍊。〈家訓諭紀澤〉云：

文選中古賦所用之字、無不典雅精當。爾若能熟讀段、王兩家之書，則知眼前常見之字，凡唐宋文人誤用者，惟六經不誤，文選中漢賦亦不誤也。即以爾稟中所論三都賦言之，如「蔚若相如，皭若君平」以一蔚字，該括相如之文章，以一皭字該括君平之道，此雖不關乎訓詁，亦足見其下字之不苟矣。

爲求詞章之典雅精當，下字不苟，曾氏主張訓詁文章合而爲一。教子弟摘抄文選詞藻，研究段王之書，期能以戴錢段王之訓詁，發爲班張左郭之文章。精神、內容、形式、技巧並重之文學觀，實已超越桐城之格局。文家之用字典雅，或不免險怪艱澀，馴至喉脣糾紛，曾氏特拈一「圓」字以救之。〈咸豐十年四月二十四日家訓〉云：

無論古今何等文人，其下筆造句，總以珠圓玉潤爲主。……世人論文家之語，圓而藻麗者，莫如徐陵、庾信，而不知江淹、鮑照則更圓，進之沈約、任昉則亦圓，進之潘岳，陸機則亦圓，又進而溯之東漢之班固、張衡、崔駰、蔡邕則亦圓，又進而溯之西漢之賈誼、鼂錯、匡衡、劉向則亦圓。至於司馬遷、相如、子雲三人，可謂力趨險奧，不求圓適矣！而細讀之，亦未始不圓。至於昌黎，其志意直欲凌駕子長、卿、雲三人，戛戛獨造，力避圓熟矣！而久讀之，實無一字不圓，無一句不圓。爾於古人之文，若能從鮑、江、徐、庾四人之圓，步步上溯，直窺卿、雲、馬、韓之圓，則無不可讀之

〔註 129〕見曾國藩，〈送周荇農南歸序〉。

古文矣！即無不可通之經史矣！

綴字屬文，本在通情達理，理得情暢，亦即期能字正而義宣。倘能「圓」，則辭意周妥，完善無缺，自爲佳作。至於造句則求雄奇，愜適之境。曾氏〈筆記之文〉亦云：

造句約有二端：一曰雄奇，一曰愜適。雄奇者，瓌瑋俊邁，以揚馬爲最；詼詭恣肆，以莊生爲最；兼擅瓌瑋詼詭之勝者，則莫盛於韓子。愜適者，漢之匡、劉，宋之歐、曾，均能細意熨貼，樸屬微生。雄奇者得之天事，非人力所可強企；愜適者，詩書醞釀，歲月磨鍊，皆可日起而有功。愜適未必能兼雄奇之長；雄奇則未有不愜適者。學者之識，當仰窺於瓌瑋俊邁，詼詭恣肆之域，以期日進於高明。若施手之處，則端從平實愜適始。

第五章　詞曲之美學批評

第一節　張炎之美學批評（詞評之一）

張炎字叔夏，號玉田，又號樂笑翁。宋理宗淳祐八年生（西元 1248 年），卒年不詳。爲南宋初年大將張俊之後裔，本鳳翔（今陝西縣名）人，寓居臨安，故每自稱西秦玉田生。曾祖鎡、祖含、父樞皆暢曉音律，炎幼承家學濡染，復與同時詞人如王沂孫、周密常相往來，故工於詞且善論詞，爲南宋詞壇後勁。所爲詞以空靈爲主，《四庫提要》云：「炎生於淳祐戊申，當宋邦淪覆，年已三十有二，猶及見臨安全盛之日。故所作往往蒼涼激楚，即景抒情，備寫其身世盛衰之感，非徒以剪紅刻翠爲工。」有《山中白雲集》傳世。

其論詞之精髓。彙於《詞源》一書。《詞源》是其晚年之作，分上下二卷。上卷論樂律，詳論五音十二律、律呂相生以及宮調管色諸事，有探本窮微之妙。下卷分論音譜、拍眼、製曲、句法、字面、虛字、清空、意趣、用事、詠物、節序、賦情、離情、令曲、雜論，凡十五篇，足見宋代樂府之制。特立「清空」一目，以抑吳（文英）揚姜（白石）。全書體系完整，鍛鍊字句、講求用事等論，雖有偏重形式主義之病，然其雅正、清空之補偏救弊，實是學詞評詞之法度、津梁也。

一、評詞標準之一：清空

張炎標舉「清空」爲評詞之最高標準，乃《詞源》一書最扼要處。不滿吳文英晦澀之詞風，玉田拈出姜夔作爲「清空」之典範。拿姜夔、吳文英兩家詞作具體對比，譽〈疏影〉、〈暗香〉、〈揚州慢〉、〈一萼紅〉、〈琵琶仙〉爲「不惟清空，又且騷雅，讀之使人神觀飛越。」又謂姜夔詞清空之作，彷若「野雲孤飛，去留無跡」；指斥夢窗之詞如七寶樓台、眩人眼目，硬拆下來，不成片段。其論曰：

> 詞要清空，不要質實；清空則古雅峭拔，質實則凝澀晦昧。姜白石詞如野雲孤飛，去留無跡。吳夢窗詞如七寶樓臺，眩人眼目，碎拆下來，不成片段。此清空質實之說。夢窗〈聲聲慢〉云：「檀欒金碧，婀娜蓬萊，游雲不蘸芳洲。」前八字恐亦太澀。如〈唐多令〉云：「何處合成愁，離人心上秋；縱芭蕉不雨也颼颼。都道晚涼天氣好，有明月，怕登樓。前事夢中休，花空煙水流，燕辭歸，客尚淹留。垂柳不縈裙帶住，謾長是，繫行舟。」此詞疏快卻不質實。如是者集中尚有，惜不多耳。白石詞如疏影、暗香、揚州慢、一萼紅、琵琶仙、探春、八歸、淡黃柳等曲，不惟清空，又且騷雅，讀之使人神觀飛越。

清空者，其旨有二，曰「古雅峭拔」，曰「野雲孤飛，去留無迹」，曰「疏快」。審析其意，蓋指文詞典雅、風格遒健、敘筆自然、不著斧痕、節奏靈動，不落晦澀。質實之詞雖寫得典雅奧博，然膠著板滯於對象之摹寫，不若「清空」之詞於攝取事物神理之餘，且遺其外貌。後代詞評家，或述承之，或闡發之。如陸輔之作《詞旨》，述張炎之語曰：「清空二字，一生受用不盡，指迷之妙，盡在於是矣！學者必在心傳耳傳，以心會意，當有悟入處。」沈祥龍《論詞隨筆》云：「詞宜清空，然須才華富藻采縟而能清空一氣者爲貴。清者，不染塵埃之謂；空者，不著色相之謂。清則麗，空則靈。『如月之曙，如氣之秋』，表聖品詩，可移之詞。」直到清代且成爲浙派重要詞論之一。浙派詞論也以「雅正」立說，而一時風氣或過求典博，或流行飣餖，「清空」之提出正足以補偏救弊。劉永濟嘗釋之云：

> 按清空之論，發自玉田，至秀水朱竹垞氏病清初詞人專奉「草堂」，乃選「詞綜」，以退「草堂」而崇姜、張，以清空雅正爲主，風氣爲之一變，是曰浙派。及毗陵張皋文氏出，復以微婉相高，以求當言外意內之旨；其後周止庵氏益推闡之，退姜、張而進辛、王，尊夢窗而祖美成，風氣又爲之一變，是曰毗陵派。然觀玉田之論，特以救一時質實之失，初未自標一派也。而清空、質實之辨，不出意、

辭之間。蓋作者不能不有意，而達意不能不鑄辭。及其蔽也，或意逕而辭不逮焉，或辭工而意不見焉。此況君經意、不經意之論也。必也意足以舉其辭，辭只以達其意。辭、意之間有相得之美，無兩傷之失。此半塘老人恰到好處、恰夠消息之論也。往歲爲《學衡雜誌》撰〈文鑒篇〉，舉孔子足志、足言之義，以謂作家所當深思明辨者，在足之一字。半塘老人兩言，即足字詮釋也。學者苟會通其意，則於茲事之妙，蓋已思過半矣。尚何斧琢、襛纖之失哉。

又按清空云者，詞意渾脫超妙，看似平淡，而義蘊無盡，不可指實。其源蓋出於楚人之騷。其法蓋由於詩人之興，作者以善覺、善感之才，遇可感、可覺之境，於是觸物類情而發於不自覺者也。惟其如此，故往往因小可以見大，即近可以明遠。其超妙、其渾脫，皆未易以知識得，尤未易以言語道，是在性靈之領會而已。嚴滄浪所謂「水中之月，鏡中之象」，是也。然則清空之論，豈非詞家不易之理乎？苟非玉田之深於詞學，孰能指出？特學者之造詣未到，於此中甘苦疾徐之間，有所未嘗，而高語清空，則未能無病。此介存所以有「過尊白石，但主清空」之語，而蕙風所以有「箏琶競響，蘭荃不芳」之歎也。〔註1〕

張炎作詞受北宋周邦彥影響甚大，而姜、吳兩家亦同受周邦彥影響。但吳詞較周詞尤爲綿麗晦澀，往往弄到「凝滯」之地步，不及姜夔能以「清剛瘦勁」救周詞之「軟媚」，故張炎揚姜抑吳，亦即揚姜抑周也。清空一論，爲反晦澀而設，本該極有意義。然細繹《詞源》全書，「清空」一說可議者多矣。一則「清空」之論，落於屬辭疏快，融化典故、虛字呼喚等「屬辭用事」層面。二則，吳文英「檀欒金碧，婀娜蓬萊」之句，非詞質實，乃字面缺點而已。三則，以姜夔爲清空典範作家，雖「清空」一辭亦不能賅括姜氏詞風也。〔註2〕

二、評詞標準之二：雅正

張炎以爲古之樂章、樂府、樂歌、樂曲等配合音樂可歌之詩，皆出於雅正。蓋詩之教，溫柔敦厚，移風易俗，非雅正不爲功？故玉田評詞，亦以雅

〔註1〕見劉永濟，《詞論》，龍田出版社，頁65～66。
〔註2〕見《中國歷代文論選》中冊，木鐸出版社，頁186。

正爲其標準。其論：

> 詞欲雅而正，志之所之，一爲情所役，則失其雅正之音；耆卿、伯可不必論，雖美成亦有所不免；如「爲伊淚落」，如「最苦夢魂，今宵不到伊行」，如「天便教人霎時得見何妨」，如「又恐伊尋消問息，瘦損容光」，如「許多煩惱，只爲當時，一餉留情」，所謂淳厚日變成澆風也。〔註 3〕

康與之，字伯可，渡江初，以詞受知高宗，官郎中，有《順庵樂府》五卷（見宋陳振孫《直齋書錄解題》，今已失傳）。《鶴林玉露》云：「建炎中，大駕駐維揚，伯可上中興十策，名聲甚著。後秦檜當國，乃附會求進，擢爲台郎。值慈寧歸養，兩宮燕樂，伯可專應制爲歌詞、諛艷粉飾，于是聲名掃地，世但以比柳耆卿輩矣。」宋趙彥衛《雲麓漫鈔》云：「伯可捷於詩歌、秦檜每讌集、必使爲樂語詞曲，以此稱爲狎客，爲秦十客之一。」柳永，字耆卿，其樂章集，多贈妓之作。《古今詞話》云：「樂章集中，多增至二百餘調，按宮商爲之。」又云：「眞州柳永少讀書時，以無名氏眉峰碧一詞題壁，後悟作詞章法，一妓向人道之，永曰：『某于此亦頗變化多方也』，然遂成屯田蹊徑。」藝苑雌黃：「柳三變喜作小詞，薄于操作，當時有薦其才者。上曰：『得非塡詞柳三變乎？』，曰：『然！』，上曰：『且去塡詞』，由是不得志，日與儇子縱游倡館酒樓間，無復檢率。自稱云：『奉聖旨塡詞柳三變』。」二家之作，長于何艷之情，多綺羅香澤之態，其詞格不高，可想而知。故玉田譏之爲「爲風月所使」、「耆卿伯可不必論」，概失其雅正之音耳。沈義父《樂府指迷》論詞四標準嘗云：「……下字欲其雅，不雅則近乎纏令之體」，故其評康柳得失云：「康伯可，柳耆卿，音律甚協，句法亦多有好處，然未免有鄙俗語」，皆以「雅正」立說耳。

又如周美成，雖負一代詞名，所作之詞，渾厚和雅，善於融化詩句，但因其風軟媚，失其雅正，張炎譏其「澆風」。李易安〈永遇樂〉：「不知向簾兒低下，聽人笑語」，其詞雖不惡，但以俚詞歌於生花醉月之際，玉田嘆其「擊缶韶外」。《詞源》〈賦情〉一節以爲若能屏去淫艷、樂而不淫，即能雅正。又辛稼軒、劉改之之詞，慷慨縱橫，不可一世，于剪翠刻紅之外，屹然別立一宗。玉田亦以其粗獷，不列雅詞，〈雜論〉一節云：「辛稼軒、劉改之作豪氣詞，非雅詞也。」玉田拘於家數，故知「雅正」之意，實涵二事：一曰命意，

〔註 3〕 見張炎，《詞源》，下卷〈雜論〉。

一曰措辭是也。

三、評詞標準之三：意趣

詩詞首重立意，意新語工，旨意高遠，方爲美善。周美成之詞，於軟媚中有氣魄，喜採唐詩融化通變而成，例如：〈瑞龍吟〉「前度劉郎重到」，用劉禹錫〈重遊玄都觀〉詩。「惟有舊家秋娘，聲價如故」用杜牧杜秋娘詩。「吟箋賦筆，猶記燕台句」用李商隱柳枝詩事。「東城閒步」，用杜牧張好好詩事。「定巢燕子，歸來舊處」用杜甫詩：「歸來燕子定新巢。」「事與孤鴻去」用杜牧詩：「事逐孤鴻去」。玉田以爲渾厚和雅是其南處，然因「意趣不高遠」不免失雅正之音。他讚姜夔能以騷雅句法潤色其出奇之語，故意趣比周詞高遠。其論「意趣」云：「詞以意爲主，不要蹈襲前人語意」。張炎以爲如東坡〈水調歌〉，〈洞仙歌〉；王荊公〈金陵桂枝香〉；姜白石〈暗香〉，「皆清空中有意趣，無筆力者未易到。」〔註4〕

玉田之「意趣」，一含命意清新，一含立意高遠。前者意同於楊守齋之論。楊守齋〈作詞五要〉：「……第五要立新意。若用前人詞意爲之，則蹈襲無足奇者，須自作不經人道語。或翻前人意，便覺出奇，或只能鍊字，誦纔數過，便無精神，不可不知也。」後者，意同於陸輔之〈詞旨〉「命意貴遠」。二者之間之把握，玉田云：

> 「春草碧色，春水綠波，送君南浦，傷如之何？」矧情至於離，則哀怨必至，苟能調感愴於融會中，斯爲得矣。白石〈琵琶仙〉云：「雙槳來時，有人似舊曲桃根桃葉。歌扇輕約飛花，蛾眉正愁絕。春漸遠，汀洲自綠，更添了幾聲啼鴂。十里揚州，三生杜牧，前事休說！又還是宮燭分煙，奈愁裏匆匆換時節！都把一襟芳思，與空階榆莢。千萬縷藏鴉細柳，爲玉尊起舞回雪。想見西出陽關，故人初別。」秦少游〈八六子〉云：「倚危亭，恨如芳草，萋萋剗盡還生。念柳外青驄別後，水邊紅袂分時，愴然暗驚！無端天與娉婷！夜月一簾幽夢，春風十里柔情。怎奈向、歡娛漸隨流水？素絃聲斷，翠綃香減，那堪片片飛花弄晚，濛濛殘雨籠晴。正銷凝，黃鸝又啼數聲！」離情當如此作，全在情景交鍊，得言外意。有如「勸君更盡一杯酒，西出陽關無故人」，乃爲絕唱。

〔註4〕見張炎，《詞源》，下卷〈意趣〉。

四、評詞標準之四：形式要求

玉田詞評「清空」、「雅正」、「意趣」，乃屬於「內容」方面之要求，但詞之為文學，既以文字為其表達工具，形式方面，如用字遣辭，協音合律自不可偏廢。對於形式要求，玉田有如下論評：

（一）句法平妥精粹

玉炎以為鍛句貴於「平妥精粹」。蓋一曲之中，要能句句高妙，純屬難得。故玉田強調：只要拍搭襯副得法，於好發揮筆力處，極要用工，不可輕易改過，讀之使人擊節可也。《詞源》云：

> 如東坡〈楊花詞〉云：「似花還似非花，也無人惜從教墜。」又云：「春色三分，二分塵土，一分流水。」如美成〈風流子〉云：「鳳閣繡幃深幾許？聽得理絲簧。」如史邦卿〈春雨〉云：「臨斷岸新綠生時，是落紅帶愁流處。」〈燈夜〉云：「自憐詩酒瘦，難應接許多春色。」如吳夢窗〈登靈巖〉云：「連呼酒，上琴臺去，秋與雲平。」〈閏重九〉云：「簾半捲，帶黃花、人在小樓。」姜白石〈揚州慢〉云：「二十四橋仍在，波心蕩、冷月無聲。」此皆平易中有句法。

詞之語句，太寬則容易，太工則苦澀。調整「寬」與「工」之窘，張炎又有類似「詞眼」之論。《詞源》云：「如起頭八字相對，中間八字相對，卻須用功著一字眼，如詩眼亦同；若八字既工，下句便合稍寬，庶不窒塞，約莫寬易，又著一句工緻者，便覺精粹。此詞中之關鍵也。」元人陸輔之作《詞旨》，列「詞眼」一門，嘗舉二十餘句以證之。如李清照「綠肥紅瘦」、「寵柳嬌紅」，史達祖「柳昏花暝」，吳文英「醉雲醒月」等是。輔之從張炎學詞，「詞眼」二字概本乎此。然僅精於詞眼經營，而造語陳腐，猶難有勝人之處。故玉田強調語意須「新」須「奇」，尤其壽詞之作。詞源又云：

> 難莫難於壽詞，倘盡言富貴則塵俗；盡言功名則諛佞；盡言神仙，則迂闊虛誕；當總此三者而為之，無俗忌之辭，不失其壽可也。松柏龜鶴，有所不免，卻要融化字面，語意新奇。〔註5〕

（二）鍊字貴響

詞家鍊字斷不可少。如韓子耕〈浪濤沙〉：「試花霏雨濕春晴。三十六梯人不到，獨喚瑤箏」妙在「濕」字「喚」字。如黃東甫〈柳梢青〉：「花驚寒

〔註 5〕見張炎，《詞源》，下卷〈雜論〉。

食，柳認清明」，「驚」字「認」字屬對絕工。沈義父《樂府指迷》，陸輔之《詞旨》，皆有「鍊」字之論〔註6〕。張炎對鍊字亦十分講求，其論「字面」云：

> 句法中有字面，蓋詞中一個生硬字用不得，須是深加鍛鍊，字字敲打得響，歌誦妥溜，方爲本色語。如賀方回，吳夢窗皆善於鍊字面，多於溫庭筠、李長吉詩中來。字面亦詞中之起眼處，不可不留意。

其論「虛字」云：

> 詞與詩不同：詞之句語有二字三字四字至六字七八字者，若堆疊實字，讀且不通，況付之雪兒乎！合用虛字呼喚，單字如「正」、「但」、「甚」、「任」之類，兩字如「莫是」、「還又」、「那堪」之類，三字如「更能消」、「最無端」、「又卻是」之類，此等虛字，卻要用之得其所，若能盡用虛字，句語自活，必不質實，觀者無掩卷之誚。

講求字面，須愼加選字、愼加鍊字，故「一個生硬字用不得」且要「深加鍛鍊」。不僅要以實字健句，更要以虛字行氣。詩重虛字，詞亦然。虛字不在多用，而在運用得當，虛字得當，不惟使氣脈流轉，且敘事抒情，借藉虛字，反使作者神態畢出。如〈白石詞〉云：「庾郎先自吟愁賦，淒淒更聞私語」、「先自」、「更聞」有互相呼應之妙，故知詞中虛字，亦爲全篇精神所在。可不愼歟？

（三）其　他

詞中用事最難，故張炎以爲要認著題，融化不澀。古往今來，用事而不爲事所用之例，比比皆是。如東坡〈永遇樂〉：「燕子樓空，佳人何在，空鎖樓中燕。」，即用張建封事。蓋張建封，唐朝人氏，官徐州，寵徐州妓關盼盼，居燕子樓。後張卒，盼盼誓不改嫁，不食而死。東坡在徐州，夜宿燕子樓，夢盼盼，因作此詞。又如白石〈疏影〉云：「猶記深宮舊事，那人正睡裏，飛近蛾綠。」即用壽陽事。南朝宋武帝女壽陽公主，一日臥含章殿簷下，梅花飄著其額，成王出之花，時人因仿之爲梅花妝。用事之理，固以引用古文之事者多，亦有用古人之語，古人之字者。大約用古人之事，則取其新僻，而去其陳因，用古人之語，則取其清雋，而去其平實；用古人之字，則取其鮮

〔註 6〕徐信義，〈張炎詞源研究〉，臺灣師大碩士論文，民國 63 年。

麗，而去其淺俗。

詠物詩極不易工，詠物詞尤難。要須字字刻劃、字字天然，方為上乘。詠物之作，在借物以寓性情，凡身世之感、家國之憂，隱然蘊乎其內，因寄託遙深，非沾沾焉詠一物。故張炎以為：「體認稍眞，則拘而不暢；模寫差遠，則晦而不明；要須收縱聯密，用事合題，一段意思，全在結句，斯為絕妙。」〔註7〕如：史邦卿〈東風第一枝〉詠春雪、〈綺羅香〉詠春雨、〈雙雙燕〉詠燕。白石〈暗香〉、〈疏影〉詠梅、〈齊天樂〉賦促織，以上諸作皆全章精粹，所詠瞭然在目，且不留滯於物。至如劉改之〈沁園春〉詠指甲，此二詞雖亦自工麗，但不可與前作同日而語。

南宋詞人講究音律，多奉周邦彥《清眞詞》為典範，方千里、楊澤民、陳允平皆有和《清眞詞》，都斤斤講究四聲陰陽，字字不敢移易，故往往弄至文理不通，如楊澤民之〈一落索〉：「盡日登山繞樹，祿非尸素。」〈解連環〉：「伊心料應未若」。〈花犯〉：「看嫩臉與花爭艷，休夸空覓水。」便是因「守律」而成為「不辭」之最佳範例。張炎討論詞律，要求作品必得成其為文學，方談得上合樂合律，《詞源》云：

> 詞之作必須合律，然律非易學，得之指授方可；若詞人方始作詞，必欲合律，恐無是理，所謂「千里之程，起於足下」當漸而進可也；正如方得離俗為僧，便要坐禪守律，未曾見道，而病已至，豈能進於道哉？音律所當參究，詞章先宜精思。俟語句妥溜，然後正之音譜，二者得兼，則可造極玄之域。今詞人才說音律，便以為難，正合前說，所以望望然而去之；苟以此論製曲，音亦易諧，將于于然而來矣。〔註8〕

姜夔作〈自度曲〉云：「初率意為長短句，然後協以律」，乃非文造樂，非因樂造文。故張炎所論不僅予死腔盲填之詞家一記棒喝，且能深通姜夔自度曲之精神。

第二節 陳廷焯之美學批評（詞評之二）

陳廷焯（1852～1892），字亦峰，清江蘇丹徒人。一生致力詩詞，於詞特

〔註 7〕見張炎，《詞源》，下卷〈詠物〉。
〔註 8〕同註5。

精。所著《白雨齋詞話》，歷十年乃成，全書共八卷，計六百九十六條，卷中雖瑕瑜互見，卻是詞話中罕見之長篇鉅著。全書評騭對象，遍及宋金元明清，所引詞人二〇一位，引詞七四二闋，徵引博雜，有詞史之規模。以「沈鬱」爲論詞原理、有體系、重解析，是以能矯浙派內容空泛之弊，衍常州詞人冥求詞心之緒。然其勇於立論疏於考核，貴沈鬱且重含蓄，故實際批評，每有附會失實之弊。

一、以沈鬱爲品詞之理論基礎

亦峰評詞，以「沈鬱」爲理論基礎。如評唐五代之詞，以及諸名家不可及處，正在「沈鬱」之端。歷舉宋詞之作，雖不盡沈鬱，然如子野、少游、美成、白石、碧山、梅溪諸家，未有不沈鬱者。即東坡、稼軒、夢窗、玉田等，雖不必盡以沈鬱勝，然其佳處，亦未有不沈鬱者。亦峰爲矯浙派之弊，衍常州派之緒，著《白雨齋詞話》，拈「沈鬱」二字爲論詞主旨。其論云：

> 作詞之法，首貴沈鬱，沈則不浮，鬱則不薄，顧沈鬱未易強求，不根柢於風騷，烏能沈鬱？十三國變風，二十五篇楚詞，忠厚之至，亦沈鬱之至，詞之源也。不究心於此，率爾操觚。烏有是處。

審其意旨，同於常州派張專言氏「意內言外」之說，以爲詞蓋詩之比興，與變風之美騷人之歌爲近。其書又云：

> 所謂沈鬱者，意在筆先，神餘言外。寫怨夫思婦之懷，寓孽子孤臣之感。凡交情之冷淡，身世之飄零，皆可於一草一木發之。而發之又必若隱若見，欲露不露，反復纏綿，終不許一語道破。匪獨體格之高，亦見性情之厚。飛卿詞，如「懶起畫蛾眉，弄妝梳洗遲」，無限傷心，溢於言表。又「春夢正關情，鏡中蟬鬢輕」，淒涼哀怨，眞有欲言難言之苦。又「花落子規啼，綠窗殘夢迷」，有「鸞鏡與花枝，此情誰得知」，皆含深意。此種詞，第自寫性情，不必求勝人，已成絕響。後人刻意爭奇，愈趨愈下。安得一二豪傑之士，與之挽回風氣哉！

「意在筆先」主寄託，「神餘言外」重比興。主寄託，方能言中有物；重比興，方能詩趣盎然。言中有物，詩趣盎然，則詞作當爲用意溫厚、用筆厚重、下字含蓄、耐人尋味者也。沈者忠厚，鬱者含蓄，夫人心不能無所感，有感不能無所寄，寄託不厚，感人不深；厚而不鬱，感其所感，不能感其所不感。

必也感性、知性並重，溫厚爲體，沈鬱爲重，如此有造意、有境界、有餘味、有性情，含蓄以表之，隱約以成之，不刻意爭奇而自勝絕，乃爲沈鬱〔註9〕。詩之高境亦在沈鬱，如詞話亦屢稱杜詩意境之沈鬱，以爲杜甫之詩包括萬有，空諸倚傍、縱橫博大，千變萬化之中，卻極沈鬱頓挫、忠厚和平。然詩評與詞評其中亦有別者：

> 詩詞一理，然亦有不盡同者：詩之高境，亦在沈鬱。然或以古樸勝，或以沖淡勝，或以鉅麗勝，或以雄蒼勝。納沈鬱於四者之中，固是化境；即不盡沈鬱，如五七言大篇，暢所欲言者，亦別有可觀。宋詞則沈鬱之外，更無以爲詞。蓋篇幅狹小，且不留餘地，雖工巧，識者終笑其淺。〔註10〕

詩之古樸、沖淡、鉅麗、雄蒼，俱可沈鬱；長篇條達暢朗，則不盡沈鬱。詞則捨此之外無佳者，雖工巧之至，仍非上品。清初詞家，亦峰獨推迦陵爲巨擘，其詞沈雄俊爽，然患其不能鬱，不鬱則不深，不深則不厚。故亦峰以爲倘能加以渾厚沈鬱，便可突過蘇辛，獨步千古。

二、以比興爲詞法

以比興寄託爲作詞與說詞之法，本爲常州一派理論基礎。亦峰《白雨齋詞話》顯然受到常州詞論影響，故談到如何用筆，始得沈鬱意境之時，亦峰拈出「比興」二字。其論云：

> 或問比與興之別，余曰：宋德祐太學生〈百字令〉、〈祝英台近〉兩篇，字字譬喻，然不得謂之比也。以詞太淺露，未合風人之旨。如王碧山〈詠螢〉、〈詠蟬〉諸篇，低回深婉，託諷於有意無意之間，可謂精於比義。（「原注」婉諷之謂比，明喻則非。《隨園詩話》中所載詩，如〈詠六月菊〉云：「秋士偶然輕出處，高人原不解炎涼。」〈詠落花〉云：「看他已逐東流去，卻又因風倒轉來。」〈詠茶竈〉云：「兩三杯水作波濤」等類，皆舌尖聰明語，惡薄淺露，何異劉四罵人。即「經論猶有待，吐屬已非凡」之句，無不傾倒，然亦不過考試中興會佳句耳。於風詩比義，了不相關。宋人「而今未問知羹事，且向百花頭上開」，自是富貴福澤人聲口，以云風格，視經綸句

〔註 9〕張健先生，《明清文學批評》，國家出版社，頁 301。
〔註10〕同註 9，頁 300。

又低一籌矣。）若興則難言之矣。託喻不深，樹義不厚，不足以言興。深矣厚矣，而喻可專指，義可強附，亦不足以言興。所謂興者，意在筆先、神餘言外，極虛極活，極沈極鬱，若遠若近，可喻不可喻，反復纏綿，都歸忠厚。求之兩宋，如東坡〈水調歌頭〉、〈卜算子〉（雁）、白石〈暗香〉、〈疏影〉、碧山、〈眉嫵〉（〈新月〉）、〈慶花朝〉（榴花）、〈高陽臺〉（殘雪庭除一篇）等篇，亦庶乎近之矣。

〔註 11〕

比興寄託之說，自「詩」、「騷」以來，即引起普遍關切。有關「比」、「興」之義，據葉嘉瑩〈常州詞派比興寄託之說的新檢討〉一文所析，約有二義。其一乃以「比」、「興」爲詩之作法。如晉摯虞《文章流別論》云：「比者，喻類之言也；興者，有感之辭也。」朱熹《詩集傳》則云：「興者，先言他物，以引起所詠之辭也。」又云：「比者，以彼物比此物也。」此皆就作法而言。其二，不僅爲詩之作法，且兼有美刺之意。如周禮、春官、大師鄭注云：「比，見今之失，不敢斥言，取比類以言之；興，見今之美，嫌於媚諛，取善事以喻勸之」詩大序孔疏襲用其說，而更加解說云：「比者，比託於物，不敢正言，似有所畏懼，故云見今之失，取比類以言之。興者，興起志意，讚揚之辭，故云見今之美，以喻勸之」。〔註 12〕

至於亦峰以「比興」論詞，從其所論可知，其「比興」乃指有託意之比興，非指作法者也。亦峰云：「字字譬喻，不得謂之比。例如王碧山詠螢、詠蟬諸篇，低回深婉，託諷於有意無意之間，可謂精於比義。」「婉諷之謂比，明喻則非。」「託喻不深，樹義不厚，不足以言興。」「深矣厚矣，而喻可專指，義可強附，亦不足以言興。」「所謂興者，意在筆先，神餘言外，極虛極活，極沈極鬱，若遠若近，可喻不可喻，反復纏綿，都歸忠厚。」〔註 13〕

比興之途徑，其取資有所不同，亦峰以爲：或寫怨夫思婦之懷、寓孽子孤臣之感；或寫交情冷淡、身世飄零，而歸本於「一草一木發之」。如周邦彥〈蘭陵王柳〉詠物起興，寫久客淹留、羈愁抑鬱之感。如「滿庭芳夏日溧水無想山作」取資羈旅行役、傷離苦別，而寓以身世之感。吾人如何由一首詞判斷有無比興之意，亦峰無此專論。而任二北在其《詞學研究法》一書，與

〔註 11〕見陳廷焯，《白雨齋詞話》卷七。

〔註 12〕見葉嘉瑩，〈常州詞派比興寄託之說的新檢討〉一文，原載《同聲月刊》一卷十期，1941 年 9 月，後收入《迦陵論詞叢稿》，明倫出版社。

〔註 13〕同註 11。

葉嘉瑩在其〈論溫韋馮李四家詞〉一文，皆提出判斷標準。任氏云：「比興之確定，必以作者之身世，詞意之全部，詞外之本事三者爲準。」〔註 14〕葉嘉瑩云：「第一，當就作者生平之爲人來作判斷；第二，當就作品敘寫之口吻及表現之神情來作判斷；第三，當就作品所產生之環境背景來作判斷。」見解高明完備，足以補充亦峰詞論之不足。〔註 15〕

三、用筆宜求含蓄委婉

評詞之事，術亦多端，爲考其「沈鬱」效果之深淺，當從其用筆之表現方法著眼。用筆者，措辭、謀篇、章法等形式技巧也。一切文學創作，短者如詩中絕句、詞中小令，長者如戲劇小說，作者構篇布局，匠心獨具，或頓挫、或含蓄、或寫景賦情、或以景結情、或比興烘託、或迂迴敘述，作最適當之剪裁，方能塑造獨特風格之藝術精品。亦峰詞評，用筆以含蓄委婉，不失淺露爲高。

張惠言《詞選》頗推重溫庭筠，評曰：「深美閎約」。周濟《介存齋論詞雜著》亦曰：「飛卿醞釀最深」。亦峰亦云：「飛卿〈菩薩蠻〉十四章，全是變化楚騷，古今之極軌也。」且進而以溫庭筠爲標準，品評古今人之詞。謂李白〈菩薩蠻〉、〈憶秦娥〉兩闋，自是高調，但未臻無上妙諦。謂皇甫子〈奇夢〉、〈江南〉、〈竹枝〉諸篇，合者可寄飛卿廡下，惜亦不能爲之亞也。謂後主思路悽惋，詞場本色，然不及飛卿之厚。謂周、秦、蘇、辛、姜、史之輩，雖姿態百變，亦不能越其範圍。甚至曰，宋詞可以越五代，而不能越飛卿、端已。」語雖過，然飛卿用筆之含蓄婉約，自合亦峰之標準。〔註 16〕

飛卿詞〈菩薩蠻〉，如「春夢正關情，鏡中蟬鬢輕」，亦峰評云：「淒涼哀怨，眞有欲言難言之苦」；如「懶起畫蛾眉，弄妝梳洗遲」，亦峰評云：「無限傷心，溢於言表」；如「花落子規啼，綠窗殘夢迷」，亦峰評爲「皆合詩意」〔註 17〕。飛卿〈更漏子〉三章，亦峰亦極盡贊美，引爲絕句〔註 18〕。蓋飛卿用筆，含蓄凝斂，纏綿往復，賦情寫景，景中見情，往往情餘言外與境渾，故能饒人深思矣。

〔註 14〕見中研究院藏，《詞學研究法》（民國・任二北撰，臺灣商務印書館）。

〔註 15〕見葉嘉瑩，《迦陵談詞》，純文學出版社。

〔註 16〕見《白雨齋詞話》卷一。

〔註 17〕同註 16。

〔註 18〕同註 16。

北宋巨手周美成，亦爲亦峰所推賞。詞話中有關之批評甚多，如：「美成詞，極其感慨，而無處不鬱，令人不能遽窺其旨。」「美成詞有似拙實工者，如〈玉樓春〉結句云：『人如風後入江雲，情似雨餘黏地絮』，上言人不能留，下言情不能已，呆作兩譬，則饒姿態，卻不病其板，不病其纖，此中消息難言。」「美成詞如渾灝流轉中下字用意皆有法度。」〔註19〕以美成爲詞之大宗，前收蘇秦之終，後開姜史之始，譽爲：「自爲詞人以來，不得不推爲巨擘。」「後之爲詞者，亦難出其範圍。」或問美成用筆究竟有何特殊？亦峰云：其妙處，不外乎「沈鬱頓挫」而已矣。頓挫則有姿態，沈鬱則極深厚。既有姿態，又極深厚，詞中三昧，皆盡於此矣。詞話中亦嘗舉例說明之：

> 美成詞，有前後若不相蒙者，正是頓挫之妙。如滿庭芳夏日溧水無想山作上半闋云：「人靜烏鳶自樂，小橋外，新綠濺濺。凭欄久，黃蘆苦竹，擬泛九江船」正擬縱樂矣，下忽接云：「年年，如社燕，飄流瀚海，來寄修椽。且莫思身外，長近尊前。憔悴江南倦客，不堪聽，急管繁絃，歌筵畔，先安枕蕈，容我醉時眠」是烏鳶雖樂，社燕自苦，九江之船，卒未嘗泛。此中有多少說不出處，或是依人之苦，或有患失之心，但說得雖哀怨卻不激烈；沈鬱頓挫中別饒蘊藉。後人爲詞，好作盡頭語，令人一覽無餘，有何餘味？〔註20〕

常人爲詞，好逞「一覽無餘」之看家本領，故每流於粗率淺露，惹人生厭。巨擘用筆，貴在含蓄委婉、操縱自如，故能別饒蘊藉，令讀者往復諷誦也。此外如寫作手法之迂迴反覆，亦可加強內容深度。多情善感詞人，爲渲染「愁」字，通過情景安排、時空處理，而後暗點主題，堆疊意象，予人以無限壓迫之感。

四、修辭宜雅擇語貴正

詞一如詩，乃一精鍊文學，高度文辭之藝術。故用字修辭，有待講究。一字之工，不但精粹高妙、生動傳神，且使境界全出新穎別緻。擇語不當，將使敲金戛玉之詞，忽與瓦缶競奏，故亦峰以爲修辭宜雅、擇語貴正。「雅正」論詞，自南宋張炎即倡言之，其《詞源》卷下論云：「古之樂章、樂府、樂歌、樂曲皆出於雅正。……美成負一代詞名，所作之詞渾厚和雅，善於融化詞句。」

〔註19〕同註16。
〔註20〕同註16。

其後，沈義父《樂府指迷》講論作詞之法，亦云：「蓋音律欲其協，不協則成長短之詩。下字欲其雅，不雅則近乎纏令之體。」受教於張炎之陸輔之亦云：「對句好可得，起句好可得，收拾全藉出場。凡觀詞須先識古今體製雅俗，脫出宿生塵腐氣，然後知語咀嚼有味。」浙派詞論在竹垞之時亦以雅正爲倡，然考其涵義不特用詞之雅馴（含蓄、不低俗、不淫穢、有意旨），尚且包括詞人人品高尚、有懷抱、有寄託，且能脫棄勢利。〔註 21〕

爲求用詞之雅正，亦峰有如下戒律：（一）曲語當戒。（二）精艷語當戒。（三）庸熟語當戒。（四）鄙俗語當戒。（五）激烈語當戒〔註 22〕。亦峰以爲語不必深，而情到至處，亦絕調也，然措詞俗劣，終欠大雅、會意雖佳，終不足貴。用語近曲者如：哥、奴、姐、佳人、夫人、那人、檀郎、伊家、香腮、心兒、蓮瓣、雙翹、鞋鉤、斷腸天、可憐宵、莽乾坤。精艷語如：「滴粉搓酥」（左譽詞）、「柳怯雲鬆」（姜白石）、「綠肥紅瘦」（李清照）。庸熟語如：「蓮子空房」、「人面桃花」。鄙俗語如：「山歌樵唱」、「思諺童謠」。激烈語如「拚一醉，而今樂事他年淚」。以上諸語斷不可用，怕折傷雅正，乖逆沈鬱之詞旨也。故亦峰以爲塡詞用字之始，先辨雅俗，雅俗既分，歸諸忠厚，既得忠厚，再求沈鬱，沈鬱之中，運以頓挫，方爲詞中上品。

第三節　王驥德之美學批評（曲評之一）

王驥德（？～1623 年）字伯良、伯駿，號方諸生、秦樓外史，會稽（今浙江紹興）人。自幼喜歌愛樂，嘗拜徐渭爲師，與沈璟切磋音律，和同時之名家如湯顯祖、孫鑛、孫如法、呂天成皆有密切交往。爲明代聲譽卓著之戲曲理論家與作家。作有傳奇、雜劇多種，戲曲論著有《方諸館曲律》，戲曲作品有傳奇《題紅記》、雜劇《男王后》，另有散曲集《方諸館樂府》，詩文集《方諸館集》，並曾校注《西廂記》、《琵琶記》〔註 23〕。其中使之成名不朽者乃《曲律》四卷。

驥德《曲律》，較魏良輔《曲律》猶爲周密。第一卷論曲源，總論南北曲及調名。第二卷論宮調、平仄、陰陽、韻、閉口字、務頭、腔調、板眼、家數、聲調、章法、句法、字法、襯字、對偶等事。三卷論用事、過搭、曲禁、

〔註 21〕楊麗珠，〈清初浙派詞論研究〉，臺灣師大碩士論文，民國 72 年。
〔註 22〕陳月霞，〈白雨齋詞話之研究〉，政大碩士論文，民國 69 年。
〔註 23〕《中國美學史資料彙編》（下），明文書局，頁 173。

散套、小令、詠物、俳賦、險韻、巧體、劇戲、引子、過曲、尾聲、賓白、科諢、落詩、部色訛字。四卷雜論及曲之亨屯。內容廣大深遠，不僅論及源流、宮調、作曲與唱曲、且兼及劇本結構、情節、賓白、科諢等，實際批評更觸及雜劇、傳奇、散曲等作品，而立論精密、持論公允，直接影響清代之李笠翁，故譽之為「倚聲者之圭臬」實不為過。〔註 24〕

一、戲劇結構（貴剪裁、貴鍛鍊、貴突出重點、抓住頭腦）

評曲之道，有如觀文，當須注意規矩是否中度，脈絡是否分明，角色分配是否勻稱，排場冷熱調劑是否得當，關目布置，是否靈動，排場處理是否妥貼。故論者以為結構對於戲劇之重要，較音律和詞采為先。伯良《曲律》〈論章法第十六〉云：

> 作品，猶造宮室者然。工師之作室也，必先定規式，自前面而廳而堂而樓，或三進或五進或七進，又自兩廂而及軒寮，以至湢庾庖溷藩垣花榭之類，前後左右高低遠近尺寸無不了然胸中而後可施斤斲。作曲者，亦分先分段數，以何意起，何意作中段敷衍，何意作後段收煞，整整在目，而後可施結撰。此法，從古之為文，為辭賦、為歌詩者皆然；於曲，則在戲劇，其事頭原有步驟；作套數曲，遂絕不聞有知此竅者，只漫然隨調，逐句湊拍，掇拾為之，非不間得一二好語，顛倒零碎，終是不成格局。

中國雜劇，不甚措意於章法結構之謹嚴，故雜劇往往失之刻板，傳奇每每流於冗煩，皮黃又有破碎片段之病。故伯良以為戲劇結構貴剪裁、貴鍛鍊、貴突出重點、抓住頭腦，其〈論戲劇第三十〉云：

> 劇之與戲，南北各自異體。北劇僅一人唱，南戲則各唱。一人唱則意可舒展，而有才者得盡其舂容之致；各人唱則格有所拘，律有所限，即有才者，不能恣肆於三尺之外也。於是貴剪裁、貴鍛鍊——以全帙為大間架，以每折為折落，以曲白為粉堊，為丹艧；勿落套，勿不經；勿太蔓，蔓則局懈，而優人多刪削；勿太促，促則氣迫，而節奏不暢達；毋令一人無著落，毋令一折不照應。傳中緊要處，須重著精神，極力發揮使透。如浣紗遺了越王嘗膽及夫人採葛事；紅拂私奔，如姬竊符；皆本傳大頭腦，如何草草放過！若無緊要處，

〔註 24〕陳鍾凡，《中國文學批評史》，龍泉書屋，頁 117。

> 只管敷演，又多惹人厭憎；皆不審輕重之故也。

關於北劇南戲之異，前人論述甚詳。如伯良《曲律・總論南北曲第二》云：「以地而論，則吳萊氏所謂：晉、宋、六代以降，南朝之樂，多用吳音；北國之樂，僅襲夷虜。以聲而論，則關中康德涵所謂：南詞主激越，其變也爲流麗；北曲主忼慨，其變也爲樸實。惟樸實故聲有短度而難借，惟流麗故唱得宛轉而易調。吳郡王元美謂：南、北二曲，譬之同一師承，而頓、漸分散；俱爲國臣，而文武異科。北主勁切雄麗，南主清峭柔遠。北字多而調促，促處見筋；南字少而調緩，緩處見眼。北辭情少而聲情多，南聲情少而辭情多。北力在絃，南力在板。北宜和歌，南宜獨奏。北氣易粗，南氣易弱。此其大較。康北人，故差易南調，似不如王論爲確。然陰陽，平仄之用，南北故絕不同。」〈雜論〉亦云；「南北二調，天若限之。北之沈雄，南之柔婉，可畫地而知也。北人工篇章，南人工句字。工篇章，故以氣骨勝；工句字，故以色澤勝。」若〈論戲劇第三十〉所云，南北戲曲之異同，較諸上述議論，固然粗略有餘，周詳不足，然「一人唱」、「各唱」確爲其間體製風格之一大差異，且結構之論，貴剪裁、貴鍛鍊、貴突出重點、抓住頭腦之說，確爲高明。中國戲劇雖不若西洋講求時空條件之「三一律」，然若結構謹嚴、間架確立、勿落套、勿太蔓、勿太促，人人皆有著落，折折皆有照應，便爲佳作。

二、戲曲語言（重雅俗共賞場上案頭兩相兼美）

賓白與曲辭爲戲曲之重要語言。二者在戲劇之運作情況，或曲白相生或重疊相輔，要皆爲推展劇情而設。前人大抵重曲辭而輕賓白，甚或有人以爲雜劇作只製作曲文，賓白則由伶人當場奏技敷衍。驥德《曲律》將賓白之地位提高與曲文等量齊觀。其〈論賓白第三十四〉云：

> 賓白，亦曰說白。有定場白，初出場時以四六句者是也。有「對口白」各人散語是也。「定場白」稍露才華，然不可深晦。〈紫簫〉諸白，皆絕如四六，惜人不能識；〈琵琶〉黃門白，只是尋常話題，略加貫串，人人曉得，所以至今不廢。「對口白」須明白簡質；用不得太文字；凡用之、乎、者、也；俱非當家。〈浣紗〉純是四六，寧不厭人！又凡「者」字，惟北劇有之，今人用在南曲白中，大非體也。句子長短平仄，須調停得好，令情意宛轉，音調鏗鏘，雖不是

曲，卻要美聽。諸戲曲之工者，白未必佳，其難不下於曲。〈玉玦〉諸白，潔淨文雅，又不深晦，與曲不同，只稍欠波瀾。大要多則取厭，少則不達，蘇長公有言：「行乎其所當然，止乎其所不得不止。」則作白之法也。

析其意，驥德作賓白及評賓白之標準如下：（一）定場白稍露才華可也，然不可深晦，（二）對口白須明白簡直不可太文。（三）白之語句須情意宛轉、音調鏗鏘。（四）白要多少適宜；多取則厭，少則不達。如此方能發揮「賓白」對於戲劇之功能。

至於曲辭，前人特別重視。《曲律》一書，列有曲禁四十則，其中認爲曲中不可作之語言有：方言（他方人不曉）、太文語（不當行）、太晦語（費解說）、經史語（如《西廂》：「靡不有初，鮮克有終」類）、學究語（頭巾氣）、書生語（時文氣）等六條。有關修辭者有：陳腐（不新采）、生造（不現成）、俚俗（不文雅）、蹇澀（不順溜）、粗鄙（不細膩）、錯亂（無次序）、蹈襲（忌用舊曲語意，若成語不妨）、沾唇（不脫口）、拗嗓（平仄不順）、語病（聲不雅，如中原音韻所謂：「達不著主母機」，或曰：燒公鴨亦可類）、請客（如詠春而及夏，題柳而及花類）、重字多（不論全套單隻，凡重字俱用檢去）、襯字多（襯至五六字）、堆積學問、錯用故事、對偶不整等十六條。不管聲調之平仄、韻腳之和諧、句子之形式，及襯字、增字、減字、增句皆在講求之列。如〈論襯字第十九〉主張：對口曲，不能不用襯字；各大曲及散套，以不同爲佳。前者旨在表白，後者旨在抒情之別也。然襯字之用，亦需適中不能主客不分，細調板緩，多用二三字無妨，緊調板急，若用多字，便躲閃不迭。〈論對偶第二十〉主張：曲中用事務使唱去人人都曉，不須解說。又有一等，用在句中，令人渾然不覺，如禪家所謂撮鹽水中，飲水自知，方爲奇妙。〈論句法第十七〉主張：句法、宜婉曲不宜直致，宜藻艷不宜枯瘁，宜瀏亮不宜艱澀，宜輕俊不宜重滯，宜新采不宜陳腐，宜擺脫不宜堆垛，宜溫雅不宜激烈，宜細膩不宜粗率，宜芳潤不宜噍殺，宜自然不宜生造。一言以蔽之，驥德《曲辭》之要求，亦即：妥貼天成、自然高妙、雅俗得宜、聲情詞情兩相兼美。

三、戲曲音律（聲情詞情自然胊諧）

音律爲中國古典戲劇最主要之美學基礎。音律之道甚爲精微，大抵可分爲「人工音律」與「自然音律」兩種。人工音律爲何？曰有法則可循者也。

以其有法則可循，故寄託於聲調之平上去入、韻腳之疏密轉變、句式單雙、語言長度之中。自然音律則完全訴諸感性，能使文辭口吻調利，滋潤婉切者〔註 25〕。二者和融交織，臻聲情、詞情於諧美之境，便能表現情感，感動觀者。元周德清有《作詞十法》，如：知韻、造語、用事、用字、入聲作平聲、陰陽、對隅、末句、定格。王驥德將此十法，擴而充之，爲曲禁四十，其中與「音律」有關者如下：

1. **重韻**：一字二三押，長套及戲曲不拘。
2. **借韻**：雜押旁韻，如押支思及押齊微類。
3. **犯韻**：有正犯，句中字不得與押韻同音，如東犯冬類。有旁犯，句中即上去聲亦不得與平聲相犯，如董凍犯東類。
4. **犯聲**：即非韻腳，凡句中字同聲俱不得犯，如上例。
5. **平頭**：第二句第一字，不得與第一句第一字同音。
6. **合腳**：第二句末一字不得與第一句末字同音。
7. **上去疊用**：上去字須間用，不得用兩上兩去。
8. **上去去上倒用**：宜上去不得用去上，宜去上不得用上去。
9. **入聲三用**：疊用三入聲。
10. **一聲四用**：不論平上去入，不得疊用四字。
11. **陰陽錯用**：宜陰用陽，宜陽用陰字。
12. **閉口疊用**：凡閉口字只許單，如用侵不得又用尋，或用監咸廉纖等字，雙字如深深慘慘懨懨不禁。
13. **韻腳多以入代平**：此類不免，但不許多用，如統用入聲韻，及用在句中者俱不禁。
14. **疊用雙聲**：字母相同，如玲瓏皎潔類，止許用二字，不許連用至四字。
15. **疊用疊韻**：二字同韻，如逍遙燦爛類，亦止許用二字，不許連用至四字。
16. **開閉口韻同押**：凡閉口如侵尋等韻，不許與開口韻同押。

38. 宮調亂用。
39. 聲慢失次。

〔註 25〕曾永義，〈評騭中國古典戲劇的態度和方法〉一文，原載《幼獅月刊》四十四卷第四期，後收入《說戲曲》一書，聯經出版事業公司。

除曲中禁忌外，王驥德猶講究聲調氣勢之配搭，故於四聲之特質，陰陽之特性、用韻之道理、宮調之聲情、聯套之方法，皆非常講求。如〈論平仄第五〉對於入聲有獨到之見，伯良主張詞曲之有入聲，如藥中之有甘草，一遇缺乏，或平、上、去三聲字面不妥，無可奈何之際，得一入聲，使可通融打諢過去。入聲可作平、可作上，可作去；而其作平時，可作陰，又可作陽。如〈論陰陽第六〉則云：北曲平聲有陰有陽之別，南曲亦然。北曲中，凡揭起字皆曰陽，抑下字皆曰陰，而南曲正相反，南曲凡清聲字皆揭而起，凡濁聲字皆抑而下。此外如〈論韻第七〉對用韻有明確見解，〈論宮調第四〉對宮調亦非常講求。質言之，伯良音律之美學，即要達到聲情詞情自然脗諧之妙境。

第四節　李漁之美學批評（曲評之二）

李漁（西元1611～約1679），笠鴻、謫凡皆其字，號笠翁，浙江蘭溪人。爲清代著名之戲曲理論家、作家、小說家，且爲一出色之生活藝術家。家設戲班，性喜逢迎，常與縉紳交遊，且到處獻技，故有極豐富之創作經驗、舞台經驗。一生之著作甚多，所作有傳奇十六種，其中以《奈何天》、《比目魚》、《蜃中樓》、《憐香伴》、《風箏誤》、《慎鸞交》、《鳳求凰》、《巧團圓》、《玉搔頭》、《意中緣》等十種最有名，名曰《笠翁十種曲》，不僅流行當時，即流入日本者亦頗多〔註26〕。另有短篇小說集《十二樓》亦甚有名。然最引人矚目者，莫過於《閒情偶寄》，此書奠定其中國第一戲劇理論家之地位。

《閒情偶寄》一書，內容包括：戲曲、烹飪、建築、園藝，處處展現其戲劇與生活之美學。戲曲理論部分，論劇之卓見特多，尤其難得者，對舞台演出之實際效果，與戲曲創作之藝術要求，能面面俱到，對舞台指導、案頭撰述、紙上批評皆深具影響力。其結構第一、詞采第二、音律第三、賓白第四、科諢第五、格局第六之論點，匯成一完整而分明之批評體系。

一、戲曲結構之美學

笠翁論曲置結構、詞采於音律之前，蓋音律有書可考，其理彰明較著。自《中原音韻》一出，則陰陽平仄，畫有塍區；嘯餘《九宮二譜》一出，則

〔註26〕葉慶炳，《中國文學史》下冊，弘道文化事業有限公司，頁693～694。

葫蘆有樣，粉本昭然，引商刻羽，皆有可循之法。而「結構」則不然，故笠翁云：

> 至於結構二字，則在引商刻羽之先，拈韻抽毫之始，如造物之賦形，當其精血初凝，胞胎未就，先爲制定全形，使點血而具五官百骸之勢。倘先無成局，而由頂及踵、逐段滋生，則人之一身，當有無數斷續之痕，而血氣爲之中阻矣，工師之建宅亦然，基址初平，間架未立，先籌何處建廳，何方開户，棟需何木，梁用何材，必俟成局了然，始可揮斤運斧，倘造成一架而後再籌一架，則便於前者，不便於後，勢必改而就之，未成先毀，猶之築舍道旁，兼數宅之匠資，不足供一廳一堂之用矣。〔註27〕

倘不在「引商刻羽之先，拈韻抽毫之始」，先作「結構」謹嚴之要求，即使作者用心良苦，然因先無成局，致身有無數斷痕，血氣爲之中阻，關目佈置無法靈動，排場處理難達妥貼，終至釀成無法上演之勢。笠翁云：

> 故作傳奇者，不宜卒急拈毫。袖手於前，始能疾書於後。有奇事，方有奇文。未有命題不佳，而能出其錦心，揚爲綉口者也。嘗讀時髦所撰，惜其慘澹經營，用心良苦，而不得不被管絃、副優孟者，非審音協律之難，而結構全部規模之未善也。

時人有「不演全本，要作零齣」之風氣，故作者更不重視結構。笠翁爲扭轉此風氣，強調作劇之前，先立好間架，制定全形。有關結構之美學，笠翁分七項來討論，其中亦涉及若干內涵課題，故張健先生以爲笠翁所言之「結構」乃採「最廣義」。〔註28〕

（一）戒諷刺

所謂「諷刺」，依笠翁之意，實爲借寫劇本而以私人恩怨褒貶人物之意。明代以降，中國古典戲劇變成倫理教化工具，其旨本在勸善懲惡，然社會庶民鮮活生命力遂逐漸從戲劇中消失。當戲劇轉入傳統文人手中之後，創作動機與目的遂不再嚴肅高貴。寫一己胸懷志向，發私人抑鬱牢騷有之，呈一己美麗詞藻、表現個人風雅享樂者亦有之。尤有甚者，且假戲劇以爲攻擊諷刺、報仇洩怨之資。意之所喜，處以生旦之位；意之所怒，變以淨丑之形。如康海《中山狼》之於李夢陽，王九思《杜甫遊春》之於李東陽。笠翁云：

〔註27〕見清李漁著，《閒情偶寄》，詞曲部〈結構第一〉。
〔註28〕張健先生，《明清文學批評》，國家出版社，頁121。

竊怪傳奇一書，昔人以代木鐸。因愚夫愚婦，識字知書者少，勸使爲善，誡使勿惡，其道無由。故設此種文詞，借優人說法，與大眾齊聽，謂善者如此收場；不善者如此結果，使人知所趨避，是藥人壽世之方，救苦弭災之具也。後世刻薄之流，以此意倒行逆施，借此文報讎洩怨。心之所喜者，處以生旦之位，意之所怒者，變淨丑之形，且舉怒百年未聞之醜行，幻設而加於一人之身，使梨園習而傳之，幾爲定案，雖有孝子慈孫，不能改也。噫！豈千古文章，止爲殺人而設，一生誦讀，徒備行凶造孽之需乎？蒼頡造字，而鬼夜哭，造物之心，未必非逆料至此也。凡作傳奇者，先要滌去此種肺腸，務存忠厚之心，勿爲殘毒之事，以之報恩則可，以之報怨則不可；以之勸善懲惡則可，以之欺善作惡則不可。人謂琵琶一書，爲譏王四而設，因其不孝於親，故加以入贅豪門，致親餓死之事，何以知之？因琵琶二字，有四字冒於其上，則其寓意可知也。噫！此非君子之言，齊東野人之語也。

笠翁認爲作劇者務必心存忠厚、光明正直，以劇本爲端正世道、勸善懲惡之工具則可，倘以之洩仇報怨、欺善作惡則不可。故昔人以高則誠之《琵琶記》是爲譏王四而設，笠翁認爲是野人無稽之談。「戒諷刺」一項，實乃純內容問題，和戲劇之主題有關。笠翁把戲劇當作一種工具，要求用來勸善懲心，亦有可議處。蓋「善惡」有其具體內容，非抽象者也，且不同階層人們，對於善惡所持之標準，亦有差異。此點爲笠翁所忽視，多少反映其思想之局限性。

（二）立主腦

笠翁論曲之結構，著重「立主腦」，其背景乃因當時一些傳奇作者，但知爲一人而作，忽略一事而敷，故於結構上，盡此一人所行之事。致全劇如斷線之珠、無梁之屋，不見其緒，使結構淪爲逐節舖陳，有如散金碎玉，非但作者茫然無緒，觀者寂然無聲，演者亦疲然無功。主腦究爲何物？笠翁云：

古人作文一篇，定有一篇之主腦。主腦非他，即作者立言之本意也。傳奇亦然！一本戲中有無數人名，究竟俱屬陪賓；原其初心，止爲一文而設。即此一人之身，自始至終，離合悲歡，中具無限情由，無窮關目，究竟俱屬衍文；原其初心，又止爲一事而設。此一人一事，即作傳奇之主腦也。

主腦爲全劇之主旨。立主腦，亦即強調主題思想之重要，與主要人物事件之突出。主腦立定，作者下筆心中只有一人一事，其餘悲歡離合，皆自主腦出，不能分歧繁瑣。笠翁嘗舉例云：

> 一部琵琶，止爲蔡伯喈一人；而蔡伯喈一人，又止爲重婚牛府一事。其餘枝節皆從此一事而生，二親之遭凶，五娘之盡孝，拐兒之騙財匿書，張大公之陳財仗義，皆由於此。是重婚牛府四字，即作琵琶記之主腦也。一部四廂，止爲張君瑞一人，而張君瑞一人，又止爲白馬解圍一事。其餘枝節，皆從此一事而生，夫人之許婚，張生之望配，紅娘之勇於作合，鶯鶯之敢於失身，與鄭恒之力爭原配而不得，皆由於此，是白馬解圍四字，即作西廂記之主腦也。

每部戲宜以一人一事爲主腦，其他關目皆爲此人此事而妝點設色。如《琵琶記》之「一人」——主角爲蔡邕，「一事」——主線或本事是「重婚牛府」。《西廂記》:「一人」——張君瑞，「一事」——白馬解圍。因能一線到底，無旁見側出之情，固可令三尺童子了了於心、便便於口，倘如屠隆彩毫記並寫李白夫婦與明皇妃情事，齊頭並進，端緒紛繁、人物繁多，則庸劣迤沓矣。然此說似嫌拘謹，若《琵琶記》之趙五娘，《西廂記》之崔鶯鶯，難道不能與蔡伯喈、張君瑞分庭抗體乎？

（三）脫窠臼

中國古典戲劇受講唱文學影響頗深。敘述說明之意味過於濃重，關目布置難有懸宕之疑；取材歷代相襲，難脫窠臼。故笠翁主張傳奇要「奇特」不落俗套，切忌攘割勦襲，陳陳相因，亦即「貴獨創」、「反對盜襲」，要求劇作者應有新穎藝術構思及獨特表現手法。笠翁云：

> 人惟求舊，物惟求新。新也者，天下事物之美稱也。而文章一道，較之他物，尤加倍焉。戛戛乎陳言務去、求新之謂也。至於塡詞一道，較之詩、賦、古文，又加倍焉。非特前人所作，於今爲舊，即出我一人之手，今之視昨，亦有間焉。昨已見而今未見也，知未見之爲新，即知已見之爲舊矣。古人呼劇本爲傳奇者，因其事甚奇特，未經人見而傳之，是以得名。可見非奇不傳。新，即奇之別名也。若此等情節，業已見之戲場，則千人共見、萬人共見，絕無奇矣，焉用傳之。是以塡詞之家，務解傳奇二字。欲爲此劇，先問古今院本中，曾有此等情節與否。如其未有，則急急傳之。否則枉費辛勤，徒作效顰之婦。東施之貌，未必醜於西施，止爲效顰於人，遂蒙千

古之誚。使當日逆料至此，即勸之捧心，知不屑矣。

去陳務新，方能感人至深。盜襲窠臼、效顰於人，取眾劇之所有，彼割一段此割一段，合而成之，皆老僧綴補之衲衣，醫士合成之湯藥，徒貽「東施效顰」之譏！如《西廂記》張君瑞跳牆、《琵琶記》趙五娘剪髮，於當時皆屬創新手法，吾人今日則不宜照學。此亦涉及內容，乃廣義之結構也。

（四）密針線

總結元人戲曲成就與不足之後。笠翁提出「密針線」之主張。要求作者注意關目處理細針密線工夫，對全劇組織編排、埋伏照應皆要細密。要佈置嚴緊、主線分明、善於聯絡穿插，不能有任何破綻與矛盾。笠翁云：

編戲有如縫衣，其初則以完全者剪碎，其後又以剪碎者湊成，剪碎易、湊成難。湊成之工，全在針線緊密，一節偶疎，全篇之破綻出矣。每編一折，必須前顧數折，後顧數折。顧前者，欲其照映；顧後者，便於埋伏。照映埋伏，不止照映一人，埋伏一事，凡是此劇中有名之人，關涉之事，與前此後此所說之話，節節俱要想到。甯使想到而不用，勿使有用而忽之。

舉凡戲中有名之人之事、對話，節節皆要設想周到。寧可想到而不用，勿使有用而忽略疏漏，如此才能使作品更符合生活與藝術之眞實。就針線論，笠翁認爲元曲之最疎者，莫過於琵琶，其背謬之大關節目有二：其一，子中狀元三載而家人不知，身贅相府，享盡榮華，不能自遣一供，而附家報於路人。其二，趙五娘千里尋夫隻身無伴，未審果能全節與否？其剪髮之事，亦皆高則誠千慮之失。故《閒情偶寄》之後附有〈琵琶記尋夫改本〉，即爲正此失而作。然琵琶亦有針線最密者，如：中秋賞月一折，同一月也，出於牛氏之口者，字字悽涼，一座兩情，兩情一事，所可法者亦甚多。

（五）減頭緒

劇作側重感染力。頭緒繁多，不僅削減感染效果，且因事雜將使觀者如入山陰道中，人人應接不暇。人多，則忽張忽李，令人莫識從來。古劇中之《荊釵記》、《白兔記》、《拜月亭》、《殺狗記》，得以垂傳後世，令三尺童子觀演此劇、盡能了悟於心，蓋皆慎於掌握「頭緒忌繁」之原則也。故笠翁云：

作傳奇者，能以頭緒忌繁四字，刻刻關心，則思路不分，文情專一。其爲詞也，如孤桐勁竹，直上無枝，雖難保其必傳，然已有荊劉拜殺之勢矣。

笠翁堅決反對作品結構成爲孤立游離之個體，要求每一情節之發展始終圍繞中心線索進行。此種突出主線、減少頭緒之主張，對於戲劇脈絡基礎、結構之謹嚴，有極大之作用。

（六）戒荒唐

戲劇題材，笠翁有二大要求。積極力求情節之奇特，消極力避素材之怪異。故笠翁主張：「凡作傳奇，只當求於耳目之前，不當索諸聞見之外。」〔註 29〕此論已認識到戲曲現實性之重要意義，要求作家別具隻眼去發掘戲劇題材，去揭示常人所不易見者，既有「獨創性」，又不失現實根據之「人情物理」。或謂家常日用之事，已被前人做盡，窮微極隱，纖介無遺，求爲平而不可得，況奇哉？然從古到今，事類繁多，日新月異之情態，即編劇之好題材。故笠翁以爲當「戒荒唐」。笠翁云：

> 前人未見之事，後人見之，可備填詞製曲之用者也。即前人已見之事，儘有摹寫未盡之情，描畫不全之態。若能設身處地，伐隱攻微，彼泉下之人，自能效靈於我，授以生花之筆，假以蘊綉之腸，製爲雜劇，使人但賞極新極艷之詞，而竟忘其爲極腐極陳之事者，此爲最上一乘。

彼當作者競趨前人後步，才子佳人故事相沿成套之時，如此反對模仿、反對公式化之主張，其見卓矣。

（七）審虛實

「審虛實」已初步涉及古今題材之處理問題。笠翁所謂「實」是指「事實」，「虛」則指「結構」。笠翁云：「傳奇所用之事，或古、或今，有虛、有實，隨人拈取。古者，書籍所載，古人現成之事也。今者，耳目傳聞，當時僅見之事也。實者，就事敷陳，不假造作，有根有據之謂也。虛者空中樓閣，隨意構成，無影無形之謂也。人謂：古事多實，近事多虛。予曰：不然。傳奇無實，大半皆寓言耳。」笠翁虛實觀念，與曾永義先生〈戲劇的虛與實〉一文中「虛實」觀念有所出入，然「傳奇無實，大半皆寓言耳」，卻與曾氏所講「以實作虛」、「以虛作實」相近〔註 30〕。笠翁認爲入劇題材，事實與虛構，務必確定，不宜虛實參半。故云：

〔註 29〕見清李漁著，《閒情偶寄》，詞曲部〈結構第一〉、「戒荒唐」。

〔註 30〕曾永義，〈戲劇的虛與實〉一文，原載《中外文學》第五卷第四期，收入《說戲曲》一書，聯經出版事業公司，頁 23～30。

孟子云：盡信書，不如無書。蓋指武成而言也。經史且然，矧雜劇乎？凡閱傳奇，而必考其事從何來？人居何地者，皆說夢之癡，人可以不答者也。然作者秉筆，又不宜盡作是觀。若紀目前之事，無所考究，則非特事跡可以幻生，並其人之姓名，亦可以憑空捏造，是謂虛則虛到底也。若用往事爲題，以一古人出名，則滿場腳色，皆用古人，捏一姓名不得，其人所行之事，又必本於載籍，班班可考，創一事實不得。非用古人姓字爲難，使與滿場腳色，同時共事之爲難也，非查古人事實爲難，使與本等情由，貫串合一之爲難也。予既謂「傳奇無實，大半寓言」，何以又云「姓名事實，必須有本」？要知古人塡古事易、今人塡古事難。古人塡古事，猶之今人塡今事，非其不慮人考，無可考之。傳至於今，則其人其事，觀者爛熟於胸中，欺之不得，罔之不能，所以必求可據，是謂實則實到底也。

笠翁雖也主張創闢幻境滿足讀者觀眾好奇心想像力，以提昇更高象徵價値，但其反對虛實參半，「蓋虛不似虛，實不成實，詞家之醜態也」。

二、戲曲詞采之美學

曲文生色，較諸詩文尤難辦到。蓋曲文較長，每折必須數曲，每部必須數十折，欲做到「首首有可珍之句，句句有可寶之字」非八斗長才，不能始終如一。古曲之中，笠翁以爲，全本不懈，多瑜鮮瑕者，唯西廂能之，琵琶則如漢高用兵勝敗不一。而荊劉拜殺之傳，皆以音律見長，缺乏佳妙詞采。故笠翁認爲「詞采」僅次於主題結構，而先於音律，如何使曲文生色？笠翁有四項具體主張：

（一）貴淺顯

明清以來，一般文人逐步走向曲調工整、詞語典麗之形式主義，戲曲創作趨於案頭，與詩文詞采無異，笠翁遂大聲疾呼曲文之詞采與詩文之詞采，非但不同，且要判然相反。笠翁云：

詞文之詞采，貴典雅而賤粗俗，宜蘊藉而忌分明。詞曲不然，話則本之街談巷議，事則取其直說明言。凡讀傳奇而有令人費解，或初閱不見其佳，深思而後得其意之所在者，便非絕妙好詞。

又云：

傳奇不比文章，文章做與讀書人看，故不怪其深；戲文做與讀書人與不讀書人同看，又與不讀書之婦人小兒同看，故貴淺不貴深。

貴淺顯之文學主張，力倡「淺處見才」，頗得宋明詩人平淡說之餘蘊。其以「意深詞淺，全無一毫書本氣」之文學理念，強調戲曲藝術特徵，注意戲劇語言運用，重視舞台效果，千古以來，屬他第一。論詞家宜用之書，笠翁認爲無論經傳子史以及詩賦古文，無一不當熟讀，即道家佛氏、九流百工之書，下至孩童所習千字文、百家姓，無一不在所用之中。然形於筆端，落於紙上之時，則當洗濯殆盡，以淺俗分明之語出之。

故笠翁認爲如湯顯祖《還魂記》中〈驚夢〉二折中之句：「裊晴絲，吹來閒庭院，搖漾春如線。」；「停半晌，整花鈿，沒揣菱花，偷人半面。」；「良辰美景奈何天，賞心樂事誰家院，遍青山，啼紅了杜鵑。」等語，字字俱費經營，字字皆欠明爽，止可作文字觀，不得作傳奇觀。反倒不如「明放著白日青天，猛教人抓不到夢魂前，是這答兒壓黃金釧匾。」；「叫的你噴嚏似天花唾，動凌波，盈盈欲下，不見影兒那」等語，較有元人本色。

（二）重機趣

「機趣」二字，笠翁以爲，乃塡詞家必不可少者。蓋機者，傳奇之精神；趣者，傳奇之風致，少此二物，則如泥人土焉，有生形而無生色，徒貽人心口徒勞，耳目俱澀。笠翁云：

> 故塡詞之中，勿使有斷續痕，勿使有道學氣。所謂無斷續痕者，非止一齣接一齣，一人頂一人，務使承上接下，血脈相連，即於情事截然，絕不相關之處，亦有連環細筍，伏於其中，看到後來，方知其妙。如藕於未切之時，先長暗絲以待，絲於絡成之後，才知作繭之精，此言機之不可少也。所謂無道學氣者，非但風流跌宕之曲，花前月下之情，當以板腐爲戒，即談忠孝節義，與說悲苦哀怨之情，亦當抑聖爲狂，寓哭於笑。

笠翁以爲可以塡詞之人，其塡詞無道學氣，說話不迂腐，十句之中定有一二句超脫，行文不板實，一篇之中，但有一二段空靈。塡詞無斷續痕，但覺劇情發展，前呼後應，一氣呵成，觀者會意、識者共鳴，則離合悲歡，嘻笑怒罵，無一語一字，不重機趣而行矣。

（三）戒浮泛

「戒浮泛」之見，當是曲詞「貼切」問題。質言之，說何人、肖何人、議某事、切某事，景書所睹、情發欲言。元曲之病，在於矯艱深隱晦之弊而過焉，至曲文日流粗俗，求爲文人之筆而不可得。故於身分貼切之語有云：

> 極粗極俗之語，未嘗不入塡詞，但宜從腳色起見。如在花面口中，則惟恐不粗不俗，一涉生旦之曲，便宜斟酌其詞，無論生爲衣冠仕宦，旦爲小姐夫人，出言吐詞，當有雋雅雍容之度，即使生爲僕從，旦作梅香，亦須擇言而發，不與淨丑同聲，以生旦有生旦之體、淨丑有淨丑之腔故也。

粗俗之語入詞，須考慮腳色立場。依笠翁之見，花面則情恐不粗不俗，若爲生旦無論其爲貴族平民，當有雍雅從容之度，不與淨丑同也。此爲貼切身分。若至「情景」二字，笠翁亦有主張：

> 景書所睹，情發欲言。情自中生、景由外得。二者難易之分，判如霄壤。以情乃一人之情，說張三要像張三，難通融於李四；景乃眾人之景，寫春夏盡是春夏，止分別於秋冬。善塡詞者，當爲所難，勿趨所易。批點傳奇者，每遇遊山玩水，賞月觀花等曲，見其止書所見，不及中情者，有十分佳處，只好算得五分，以風雲月露之詞，工者儘多，不從此劇始也。善詠物者，妙在即景生情。如前所云琵琶賞月四曲，同一月也，牛氏有牛氏之月，伯喈有伯喈之月。所言者月，所寓者心。牛氏所說之月，可移一句於伯喈，伯喈所說之月，可挪一字於牛氏乎？夫妻夫人之語，猶不可挪移混用，況他人乎。

常人塡詞，每囿於景物繁多，致有「事多曲少」、「事短情長」之病滋生，故笠翁以爲不如舍景求情、以求專一，念不旁分，妙理自出，文詞自然切中而不浮泛。

（四）忌塡塞

前云笠翁力主曲文貴淺不貴深，舉凡用典、雕琢、因襲，皆在避忌之列。笠翁所指「塡塞」也者，亦即文人控空心思、賣弄才情，致使曲詞語音晦塞而不暢達。塡塞之病有三，曰「多引古事」，曰「疊用人名」，曰「直書成句」，其所以致病之由亦有三，曰「借典核以明博雅」，曰「假姻脂以見風姿」，曰「取現成以免思索」〔註 31〕。然笠翁也非一味反對詩文典故者。概因傳奇不比文章，傳奇之對象，讀書人與不讀書者兼而有之，故貴淺不貴深，忌塡塞之路，只要掌握「貴淺不貴深」則可也。笠翁云：

〔註 31〕見清李漁著，《閒情偶寄》，詞曲部〈詞采第二〉、「忌塡塞」。

> 其事不取幽深，其人不搜隱僻，其句則採街談巷議。即有時偶涉詩書，亦係耳根聽熟之語，舌端調慣之文，雖出詩書，實與街談巷議無別者。

本於此，便能於淺處見才，成為文章高手。施耐庵之水滸，王實甫之西廂，世人盡作戲文小說看，然金聖歎特標其名曰五才子書、六才子書者，以其「貴淺不貴深」故能成為古今來絕大文章也。

三、戲曲音律之美學

音律之講求，為中國古典戲劇之一大課題。蓋戲曲文字，專為優伶場上合樂演唱而作，故字字有其聲韻律調之嚴格限制。句之長短，字之多寡，聲之平上去入，韻之清濁陰陽，皆有一定不移之格，倘運用得法，字字在聲音律法之中，言言無資格拘攣之苦，其妙將如蓮花生在火上，仙叟奕於橘中，將使聲情、詞情渾融無間，必能增加戲劇效果。故笠翁於音律一題之下，分設九款。

（一）恪守詞韻

文人製曲，出韻現象經常可見。如前人之作竟以寒山桓歡二韻合為一處用之，又有以支思齊微魚模三韻並用者，甚且以眞文庚青侵尋三韻，不論開口閉口同作一韻用者，審其理，非明知故犯也。實乃偶得好句，不在韻中而又不肯割愛，故勉強入之，以快一時之目者也。故笠翁以為既有韻書出現，則畛域畫定、寸步不容越矣。「一齣字一韻到底，半字不容出入，此為定格」。「詞家繩墨，只在譜韻二書，合譜合韻，方可言才，不則八斗難充升合，五車不敵片紙，雖多雖富，亦奚以為。」〔註32〕

（二）凜遵曲譜

作曲謂之「塡詞」，按曲譜塡入文字之謂也。曲譜也者，乃塡詞粉本，惟有依樣畫葫蘆，不容稍事增減。笠翁云：

> 曲譜者，塡詞之粉本，猶婦人刺綉之花樣也。描一朵，刺一朵；畫一葉、綉一葉。拙者不可稍減，巧者亦不能略增。然花樣無定式，儘可日異月新。曲譜則愈舊愈佳，稍稍趨新，則以毫釐之差，而成千里之謬，情事新奇百出，文章變化無窮，總不出譜內刊成之定格，

〔註32〕見清李漁著，《閒情偶寄》，詞曲部〈音律第三〉、「恪守詞韻」。

是束縛文人，而使有才不得自展者，曲譜是也，私厚詞人而使有才得以獨展者，亦曲譜是也。

作曲之人，按曲譜塡詞，雖頗受束縛，但使才得以舒展者，亦曲譜是也。依樣畫葫蘆一語，遂爲此而發，然葫蘆豈易畫乎？明朝三百年中，亦止有湯臨川善畫葫蘆，亦難免聲韻偶乖，字句多寡不合之弊。故知按譜塡詞，難達十全十美之境，況不凜逆曲譜者乎？

（三）魚模當分

笠翁之時，所守之韻，止以《中原音韻》一書爲畛域。然此書乃北韻、非南韻，時人莫不以爲缺陷，故將《中原音韻》一書，就平上去入三音之中，抽出入聲字、另爲一聲，勉強暫備南詞之用。對周氏「魚模合爲一韻」，笠翁頗不以爲然。曾云：

魚模一韻，斷宜分別爲二。魚之與模，相去甚遠。不知周德清當日何故比而同之，豈做沈休文詩韻之例，以元聲孫三韻，合爲十三元之一韻。必欲於純中示雜，以存大音希聲之一線耶。無論一曲數音，聽到歇腳處，覺其散漫無歸，即我輩置之案頭，自作文字讀，亦覺字句聱牙、聲韻逆耳。倘有詞學專家，欲其文字與聲音媲美者，當令魚自魚而模自模，兩不相混，斯爲極妥；即不能全齣皆分，或每曲各爲一韻，如前曲用魚，則用魚韻到底，後曲用模，則用模韻到底。猶之一詩一韻後不同前，亦簡便可行之法也。

魚模當分之理，就聲韻學立場、汪經昌先生中原音韻魚模條講琉、有明確之解析。汪氏云：「本韻以滿口爲主，出字撮口呼，其中屬魚韻各字，收音若于；屬模韻各字，重收若嗚，魚模之間，賴以區析。」〔註 33〕

（四）廉監宜避

塡詞用韻，宜乎不可忽略。廉監何以宜避，是笠翁深知其中之理，乃依其聲情特性有所主張。笠翁云：

侵尋、監咸、廉纖三韻，同屬閉口之音。而侵尋一韻，較之監咸、廉纖，獨覺稍異。每至收音處，侵尋閉口，而其音猶帶清亮。至監咸廉纖二韻，則微有不同。此二韻者，以作急板小曲則可，若塡悠揚大套之詞，則宜避之。西廂不念法華經，不理梁王懺一折用之者，

〔註 33〕汪經昌先生，《曲韻五書》，廣文書局。

> 以出惠明口中，聲口恰相合耳。此二韻宜避者，不止單爲聲音，以其一韻之中，可用者不過數字、餘皆險僻艱生，備而不用者也。

蓋「廉纖」、「監咸」爲極難調協之險韻。一則兩韻均爲閉口音，收音欠清亮，用於急板小曲尚好，若是悠揚大套，則當避用。一則，此二韻之內，其一韻之中，可用者不過數字，餘皆險僻艱生、備而不用者也。而「廉纖」、「監咸」二韻之特色，汪先生講疏「監咸」、「廉纖」二條下可見：

> 本韻出字收音即寒山之閉口，出字唯有遮欄（先合後開），收音復入合口（開後再合）。甘感勘之類音皆宮；監減鑑之類，音皆角，杉斬懺之類，音皆商、簪咎三（寒暗初二後也平聲異）之類，音皆徵渰（衣庵切平聲異又上聲）喊艦之類，音皆羽；擔（答庵初任也去聲異）膽擔（啓晴初所負也平聲異）之類，音皆變徵，而變宮獨無，此韵若不閉口，便與寒山無別（監咸）。

> 本韻出字收音即先王之閉口，占（知淹切視卜也去聲異）颭占（哲厭切擅據也平聲異）之類，音皆商；兼檢劍之類，音皆角，纖掩僭之類，音皆徵；淹琰（蟻諗切）厭之類，音皆羽，掂點玷之類，音皆變徵；宮及變宮則皆無，韻中各字祇作齊齒呼，尤重合口收吳音每混先王，即誤於啓而不合也（廉纖）。

（五）拗句難好

拗句何以難好？笠翁有云：

> 音律之難，不難於鏘鏗順口之文，而難於倔彊聱牙之句。鏘鏗順口者，如此字聲韻不合，隨取一字換之。縱橫順逆，皆可成文，何難一時數曲。至於倔彊聱牙之句，即不拘音律，任意揮寫，尚難見才，況有清濁陰陽，暗用韻，又斷斷不宜用韻之成格，死死限在其中乎？

拗句最難調協，鏘鏗順口之文，則較易討好。曲譜之中，至如小桃紅、下山虎等曲，則有最下筆之句〔註34〕。笠翁於此有一方便法門提出：「凡作倔彊聱牙之句，不合自造新言，只當引用成語，成語在人口頭，即稍更數字，略變聲音，念來亦覺順口，新造之句，一字聱牙，非止念不順口，且令人不解其意。」〔註35〕如「柴米油鹽醬醋茶」或再變爲「醬醋油鹽柴米茶」則未有不

〔註34〕見李漁，《閒情偶寄》，詞曲部〈音律第三〉、「拗句難好」。
〔註35〕同註34。

明其意，不解其聲者。

（六）合韻易重

韻腳在「合前」之處，容易犯重。所謂合前，即合唱前腔之意。如《憐香伴》第二齣〈議婚〉之一段，合前部分是「把往事暫付東風，恩和怨定相逢」。又如《琵琶記》〈喫糠〉一齣，「玉抱肚」一牌，連用三次，三曲之合前是「相看到此，不由人不淚珠流，眞箇不是冤家不聚頭」。名爲合前者，雖前人躲懶之法，然付之優人，實有二便：其一，利於初學，少讀數句新詞省費幾番記憶。其二，通場合唱，既省精神，又不寂寞。故心存其便而免犯重，作曲之時，又有當察者。笠翁云：

> 故作前腔之曲，而有合前之句者，必將末後數句之韻腳，緊記在心，不可復用。作完之後，又必再查，始能不犯此病，此就韻腳而言也。韻腳犯重，猶是小病，更有大於此者，則在詞意與人不相合。何也？合前之曲，既使同唱，則此數句之詞意，必有同情，如生旦淨丑四人在場，生旦之意如是，淨丑之意亦如是，即可謂之同情，即可使之同唱。若生旦如是，淨丑未盡如是，則兩情不一，已無同唱之理，況有生旦如是，淨丑必不如是，則豈有相反之曲而同唱者乎？

（七）愼用上聲

製曲之人，倘不理四聲之性，將難善協曲律，蓋聲音之性，各各有別。笠翁云：「物有雌雄，字亦有雌雄。平去入三聲以及陰字，乃字與聲之雄飛者也。上聲及陽字，乃字與聲之雌伏者也。」發揚之曲，每到喫緊關頭，常用陰字，易以陽字，尚不發調，況爲上聲之極細者乎？故初學塡詞者，每犯音律，只因不明上聲字之特質。不能度曲之人，握管撚髭之際，大約口內吟哦，皆同說話。每逢此字，即作高聲，以其高且清、清且亮，因而得意疾書，寫成只利於案頭而不利於場上之文人妙曲，爲免抑揚倒置，必須愼用上聲。笠翁云：

> 平上去入四聲，惟上聲一音最別。用之詞曲，較他音獨低；用之賓白，又較他音獨高。塡詞者，每用此聲，最宜斟酌，此聲利於幽靜之詞，不利於發揚之曲。即幽靜之詞，亦宜偶用間用，切忌一句之中，連用二三四字，蓋曲到上聲字，不求低而自低，不低則此字唱不出口。

（八）少填入韻

笠翁「少填入韻」之建議，其理有二。其一，入聲韻腳，宜於北而不宜於南。笠翁云：「以韻腳一字之音，較他字更須明亮。北曲止有三聲，有平上去而無入，用入聲字作韻腳，與用他聲無異也。南曲四聲俱備，遇入聲之字，定宜唱作入聲，稍類三音，即同北調矣。」南曲四聲分明，故入聲入韻，必須單押，且須唱作入聲，而北曲僅有平上去三聲，用入聲入韻，和用其他三聲無異。其二，入聲韻腳，最易見才，而又最難藏拙。笠翁云：「工於入韻，即是詞壇祭酒，以入韻之字，雅馴自然者少，粗俗倔彊者多，填詞老手，用慣此等字樣，始能點鐵成金，淺乎此者，運用不來，鎔鑄不出，非失之太生，則失之太鄙。」如西廂工於北調，用入韻是其長，鬧會曲中：「二月春雷響殿角，早成幽期密約，內性兒聰明，冠世才學，扭摸著身子，百般做作。」其中「角」、「約」、「學」、「作」何等雅馴、何等自然，《琵琶記》工于南曲，用入韻是其所短，描容曲：「兩處堪悲，萬愁怎摸？」愁爲何物而可摸乎，與西廂一般，工拙自見。

（九）別解務頭

填詞者最要講究之事爲「務頭」，然「務頭」二字千古難明。元周德清、明程善明都曾大談某曲第幾句爲務頭，其間陰陽不可混施云云〔註 36〕。總是失之含糊籠統，笠翁評周程二人看法之後〔註 37〕，遂主「務頭」二字既然不得其解，當以不解解之。其論曰：

> 務頭二字，既然不得其解，只當以不解解之。曲中有務頭，猶棋中有眼。有此則活，無此則死。進不可戰，退不可守者。無眼之棋，死棋也。看不動情，唱不發調者，無務頭之曲，死曲也。一曲有一曲之務頭，一句有一句之務頭。字不聱牙，音不泛調，一曲中得此一句，即使全曲皆靈，一句中得此一二字，即使全句皆健者，務頭也。

四、戲曲賓白之美學

賓白亦即對白，最能表現人物性情；關目情節，又賴以推動，本該受人重視。但笠翁之世，作傳奇者，止逞才藻，視賓白爲末著，致有「白雪陽春

〔註 36〕元周德清云：「要知某調某句某字是務頭，可施俊語於其上。」明程明善嘯餘譜亦多引前人之作爲體樣，並說明某曲的第幾句是務頭。

〔註 37〕見李漁，《閒情偶寄》，詞曲部〈音律第三〉、「別解務頭」。

其詞，而下里巴人共言」之偏，笠翁重視演出效果，提出「重賓白」之論，以為賓白之於曲文，猶經文之於傳註。如棟樑之于榱桷，如肢體之於血脈。賓白一道，當與曲文等視「有最得意之曲文，即當有最得意之賓白」。為文恒情而觀，賓白與曲文，常有互相觸發之效。因得一句好白，而引起無限曲情，因塡一首好詞，而生出無窮話柄者，故曰賓白之道不可偏廢。笠翁一反時習，特提八款：

（一）聲務鏗鏘

調聲協律，聲務自然鏗鏘。平仄間用，數言清亮，方能使觀者倦處生神。倘運用不當，連用二平，則聲帶暗啞不能聳聽；連用二仄，則音類咆哮，不能悅耳。故笠翁提出二大法門。其一，以作四六平仄之法，用於賓白之中。笠翁云：

> 聲務鏗鏘之法，不出平仄仄平二語是也。

然平仄連用，不免有限於情景，欲改平為仄，改仄為平，但又無恰當之平聲仄聲字可代者。笠翁又示以「上聲」訣，此其二。其論曰：

> 上之為聲，雖與去入無異，而實可介于平仄之間，以其別有一種聲音，較之于平，則略高；比之去入，則又略低，古人造字審音，使居平仄之明，明明是一過文，由平至仄，從此始也。譬如四方聲音，到處各別，吳有吳音，越有越語，相去不啻天淵，而一至接壤之處，則吳越之音相半，吳人聽之覺其同，越人聽之，亦不覺其異。晉楚燕秦，以至黔蜀，在在皆然。此即聲音之過文，猶上聲介於平去入之間也，作賓白者，欲求聲韻鏗鏘，而限於情事，求一可代之字而不得者，即當用此法以濟其窮。如兩句三句皆平，或兩句三句皆仄，求一可代之字而不得，即用一上聲之字，介乎其間，以之代平可，以之代去入亦可。如兩句三句皆平，間一上聲之字，則其聲是仄，不必言矣。即兩句三句皆去聲入聲，而間一上聲之字，則其字明明是仄，而卻似平，令人聽之，不知其為連用數仄者。

（二）語求肖似

營造戲曲語言之時，笠翁提出人物語言個性之主張，亦即「語求肖似」。蓋言者，心聲也，性格不同，語言自異，作詞之家，必得設身處地，掌握人物性格，代此一人立言之前，先宜代此一人立心，方能說一人，肖一人，勿使雷同，勿使浮泛。笠翁云：「無論立心端正者，我當設身處地，代生端正之想，即遇立心邪僻者，我亦當舍經從權，暫爲邪僻之思。務使心田隱微，隨口唾出，說一人，肖一人，勿使雷同，勿使浮泛。」〔註38〕

（三）詞別繁淺

賓白之詞，笠翁雖以爲應繁則繁、應減則減，完全視表情達意之需要而定，然本質上仍主張：應繁不宜減。蓋笠翁以前之詞人，只以塡詞自任，留餘地以待優人，然優人之中，智愚不等，罕能全作者之意。演舊觀者已能默會，是其賓白繁簡可不問，至於作新，倘不事賓白之繁，其間情事觀者茫然，故笠翁論賓白當文章做，字字俱費推敲。其論曰：

> 詞曲一道，止能傳聲，不能傳情；欲觀者悉其顛末、洞其幽微，單靠賓白一著，予非圖省力，亦留餘地以待優人。但優人之中，智愚不等，能保其增益成文者，悉如作者之意，毫無贅疣蛇足於其間乎？與其留餘地以待增，不若留餘地以待減，減之不當，猶存作者深心之半。

（四）字分南北

作詞當注意南北用字之不同，北曲固有北音之字，南曲亦有南音之字，如：自呼，南音爲我，北音俺爲咱。如呼人，北音爲您，南音爲你。曲中當分南北之音，白中亦當避南北之用，大約白隨曲轉，配合體裁及對象，不使混淆。笠翁云：

> 白隨曲轉，不應兩截。此一折之曲爲南，則此一折之白，悉用南音之字。此一折之曲爲北、則此一折之白，悉用北音之字。時人傳奇，多有混用者，即能間施於淨丑，不知加嚴於生旦，止能分用於男子，不知區別於婦人。以北字近於粗豪，易入剛勁之口。南音悉多嬌媚，便施窈窕之人，殊不知聲音駁雜，俗語呼爲兩頭蠻，説話且然，況登場演劇乎？此論爲全套南曲，全套北曲者言之，南北相間，如新水令步步嬌之類，則在所不拘。

（五）文貴潔淨

前論「白不厭多」，今言「文貴潔淨」，乍看似相矛盾，其實不然。笠翁

〔註38〕見李漁，《閒情偶寄》，詞曲部〈賓白第四〉、「語求肖似」。

解釋云：「多而不覺其多者，多即是潔，少而尚病其多者，少亦近蕪。予所謂多，謂不可刪逸之多，非唱沙作米，強鳧變鶴之多也。作賓白時意則期多，字惟求少。」潔淨者其詞，多者其意也。笠翁亦坦承自己作品之賓白亦甚緊，故云欲求潔淨之地必須「慎始」，即在「逐齣初塡之際，全稿未脫之先」多作刪削。笠翁云：

> 每作一段，即自刪一段，萬不可刪者始存，稍有可削者即去。此言逐齣初塡之際，全稿未脫之先，所謂慎之於始也。然我輩作文，常有人以爲非而自認作是者，又有初信爲是而後悔其非者，文章出自己手，無一非佳，詩賦論其初成，無語不妙，迨易日經時之後，取而觀之，則妍媸好醜之間，非特人能辨別，我亦自解雌黃矣。此論雖說塡詞，實各種詩文之通病，古今才士之恒情也。凡作傳奇，當于開筆之初，以至脫稿之後，隔日一刪，逾月一改，始能淘沙得金，無瑕瑜互見之失矣。

（六）意取尖新

此則賓白避用陳腔濫調之語也。尖新即是纖巧，本行文之禁忌，然用之於傳奇，反得其妙。蓋傳奇之爲道，性本特殊，愈纖愈密，愈巧愈精，愈纖必得新奇驚拔，愈巧必得樂人耳目，動人心腸。故宜去老實平淡之文，意取尖新。笠翁云：

> 同一話也，以尖新出之，則令人眉揚目展，有如聞所未聞；以老實出之，則令人意懶心灰，有如聽所不必聽。白有尖新之文，文有尖新之句，句有尖新之字，則列之案頭，不觀則已，觀則欲罷不能，奏之場上，不聽則已，聽則求歸不得。尤物足以移人，尖新二字，即文中之尤物也。

（七）少用方言

多用方言，必會造成演出時之「隔」，令他鄉人茫然不懂，有礙作品流傳。笠翁以爲少用方言，不如悉作官音，以話頭惹笑，故云：

> 凡作傳奇，不宜頻用方言，令人不解。近日塡詞家，見花面登場，悉作姑蘇口吻，遂以此爲成律。每作淨丑之白，即用方言。不知此等聲音，止能通於吳越。過此以往，則聽者茫然。傳奇天下之書，豈僅爲吳越而設？至於他處方言，雖云入曲者少，亦視塡詞者所生

之地，如湯若士生於江右，即當規避江右之方言。粲花主人吳石渠生於陽羨，即當規避陽羨之方言。蓋生此一方，未免爲一方所囿，有明是方言，而我不知其爲方言，及入他境，對人言之，而人不解始知其爲方言者，諸如此類，易地皆然。欲作傳奇，不可不有桑弧蓬矢之志。

（八）時防漏孔

多言多失，一部傳奇，不下千言萬語，前言不對後語之現象屢現，故製作賓白，宜小心前是後非，有呼不應之病。如高濂《玉簪記》之陳妙常，道姑也非尼僧也。其賓白云：「姑娘在禪堂打坐」，其曲云：「從今孽債染緇臺」，「禪」、「緇」皆尼僧字面，此即漏孔也。漏孔亦現代戲劇一大禁忌，故笠翁主張「時防漏孔」。

五、戲曲科諢之美學

科者動作，諢者詼諧之言詞也，插科打諢雖爲填詞之末技，然其可調劑情調、引人興會，以驅走睡魔，其在劇中地位和分量雖不如曲文和賓白，然少此清涼劑，必使全劇失色。故其妙用大矣哉！笠翁云：

插科打諢，填詞之末技也。然欲雅俗同歡，智愚共賞，則當全在此處留神。文字佳，情節佳，而科諢不佳，非特俗人怕看，即雅人韻士，亦有瞌睡之時。作傳奇者，全要善驅睡魔，睡魔一至，則後乎此者，雖有鈞天之樂，霓裳羽衣之舞，皆付之不見不聞。如對泥人作揖，土佛談經矣。予嘗以此告優人，謂戲文好處，全在下半本，只消三兩瞌睡，使隔斷一部神情，瞌睡醒時，上文下文，已不接續，即使抖起精神再看，只好斷章取義，作零齣觀。若是則科諢非科諢，乃看戲之人參湯也。養精益神，使人不倦，全在於此。

近俗而不太俗，妙在水到渠成，天機自露。使雅俗同歡、智愚共賞。笠翁提出四款具體原則：

（一）戒淫褻

猥褻下流，動及淫邪之事，有房中道不出口之話，乃插科打諢之最大陷阱。笠翁批評時劇，多假花面道及此類，傷風敗俗，難登大雅之堂，有違「科諢之設，止爲發笑」原則。笠翁以爲即使涉及慾事，有二法可循，其論曰：

如說口頭俗語，人盡知之者，則說半句，留半句，或說一句，留一句，令人自思。則慾事不掛齒頰，而與說出相同，此一法也。如講最褻之話，慮人觸耳者。則借他事喻之，言雖在此，意實在彼，人盡了然，則慾事未入耳中，實與聽見無異，此又一法也。

（二）忌俗惡

俗而不惡，乃科諢之極佳境界。笠翁於古劇中，取湯若士還魂與吳石渠五種，喻爲文人最妙之筆。蓋科諢之妙，在於「近俗」，若「太俗」、「俗惡」則形同淫褻。不俗則類腐儒之談，太俗則非文人之筆，皆非科諢之格。

（三）重關係

關係也者，關切身分腳色與係乎風俗教化之意也。所謂：「於嘻笑詼諧之處，包含絕大文章，使忠孝節義之心得此愈顯。」〔註 39〕此爲科諢之昇華，亦笠翁之理想。若此，科諢之作用，便有強化主題之意矣！蓋科諢之設，非止爲花面，即連通場腳色，皆在考慮之列。故生旦有生旦之科諢，外末有外末之科諢，生旦之科諢，應雅中帶俗，俗中見雅，以免損及身份。笠翁云：

> 然爲淨丑之科諢易，爲生旦外末之科諢難，雅中帶雅，又于俗中見雅，活處寓板，即於板處證活，此等雖難，猶是詞客優爲之事。所難者，要有關係，關係維何？曰於嘻笑詼諧之處，包含絕大文章，使忠孝節義之心，得此愈顯。如老萊子之舞斑衣，簡雍之說淫具，東方朔之笑彭祖面長。此皆古人中之善於插科打諢者也。

（四）貴自然

科諢不能勉強，刻意穿插，其爲笑也不眞，其爲樂也亦甚苦矣。故笠翁主「貴自然」:「妙在水到渠成，天機自露，我本無心說笑話，誰知笑話逼人來，斯爲科諢之妙境耳。」〔註 40〕

六、戲曲格局之美學

此節討論細密結構，亦即分場和腳色安排問題。傳奇格局，有一定不可移者，亦有作者可以自由安排之處。然一般作者，一味趨新，無論可變者變，即斷斷當仍者，爲求新奇，亦加竄改。故笠翁以爲，文字之新奇，在中藏，不在外貌，在精液，不在滓渣。其論曰：

〔註 39〕見李漁，《閒情偶寄》，詞曲部〈科諢第五〉、「重關係」。
〔註 40〕見李漁，《閒情偶寄》，詞曲部〈科諢第五〉、「貴自然」。

傳奇格局，有一定而不可移者，有可仍可改，聽人自爲政者。開場用末，中場用生，開場數語，包括通篇，冲場一齣，蘊釀全部，此一定不可移者。開手宜靜不宜喧，終場忌冷不忌熱。生旦合爲夫婦，外與老旦，非充父母，即作翁姑，此常格也。然遇情事變更，勢難仍舊，不得不通融兌換而用之，諸如此類，皆其可仍可改，聽人爲政者也。

（一）家　門

此說明傳奇成規。「家門」也者，開場數語之謂也。故事開演之前，由副末上場，略述全劇大意，爲全劇規模之眼目，笠翁云：

開場數語，謂之家門。雖云爲字不多，然非結構已完，胸有成竹者，不能措手。即使規模已定，猶慮做到其間，勢有阻撓，不得順流而下，未免小有更張，是以此折最難下筆，如機鋒銳利，一往而前，所謂信手拈來，頭頭是道，則從此折做起，不則姑缺首篇，以俟終場補入。

家門之前，先有一上場小曲，或〈西江月〉，或〈蝶戀花〉，與家門相爲表裏。二者之別，一爲明說一爲暗說。其作用即在吸引觀者注意，且免開口罵口之譏。笠翁云：

未說家門，先有一上場小曲，如西江月蝶戀花之類，總無成格，聽人拈取，此曲向來不切本題，止是勸人對酒忘憂，逢場作戲諸套語，予謂詞曲中開場一折，即古文之冒頭，時文之破題，務使開門見山，不當借帽覆頂，即將本傳中立言大義，包括成文，與後所說家門一詞，相爲表裏；前是暗說，後是明說。暗說似破題，明說似承題，如此立格，始爲有根有據之文。

（二）冲　場

開場第二折謂之冲場。首以一悠長引子，繼以詩詞及四六排語謂之定場白。道盡上場主角一腔心事，又且醞釀全劇精神。其含義、體制、作用，及與「家門」之區別，笠翁有明確解析。笠翁云：

冲場者，人未上而我先上也。必用一悠長引子，引子唱完，繼以詩詞及四六排語，謂之定場白。言其未說之先，人不知所演何劇，耳目搖搖，得此數語，方知下落，始未定而今方定也。此折之一引一詞，較之前折家門一曲，尤難措手，務以寥寥數言，道盡本人一腔心事，又且醞釀全部精神，猶家門之括盡無遺也。同屬包括之詞，而分難易於其間者，以家門可以明說，而冲場引子，及定場詩詞，全用暗射，無一字可以明言故也。非特一本戲文之節目，全於此處埋根，而作此一本戲文之好歹，亦即於此時定價。

至此，觀者方知其所欲演者何，而腳色也依主客之順序先後出場。然笠翁以爲作「家門」及「冲場」之時，倘文情艱澀，勉強支吾，則將貽誤全劇，不如暫時撇開，不作之爲愈也。

（三）出腳色

腳色出場，有其一定之順序及時間。尤以重要腳色之出場爲然，出場太遲，易生主客不明之弊，不宜違拗。笠翁云：

本傳中有名腳色，不宜出之太遲。如生爲一家，旦爲一家，生之父母，隨生而出，旦之父母，隨旦而出，以其爲一部之主，餘皆客也。雖不定在一齣二齣，然不得出四五折之後，太遲則先有他腳色上場，觀者反認爲主，及見後來人，勢必反認爲客矣。即淨丑腳色之關乎全部者，亦不宜出之太遲。善觀場者，止於前數齣所見，記其人之姓名，十齣以後，皆是枝外生枝，節中長節，如遇行路之人，非止不問姓字，並形體面目，皆可不必認矣。

（四）小收煞

上半部之末齣，略爲收攝，應劇情實際需要，賣弄懸宕手法，令觀者揣摩下文而不得結果，以引起觀賞下半部之動機，謂之「小收煞」。此法形同說書人每回末「下回分解」之安排技巧。笠翁云：

上半部之末齣，暫攝情形，略收鑼鼓，名爲小收煞。宜緊忌寬，宜熱忌冷，宜作鄭五歇後，令人揣摩下文，不知此事如何結果。如做把戲者，暗藏一物於盒盎衣袖之中，做定而令人射覆，此正做定之際，眾人射覆之時也。戲法無眞假，戲文無工拙，只是使人想不到、猜不著，便是好戲法、好戲文，猜破而後之出，則觀者索然，作者赧然，不如藏拙之爲妙矣。

（五）大收煞

戲文好處，全在下半本，攏括全部劇情、作合理完整之交待，無包括之痕，而有團圓之趣，令觀者看過數日，而猶覺聲音在耳，情形在目，其於劇情高潮之大收煞，須自然而然，須突起波瀾，須翻新弄巧。笠翁云：

全本收場，名爲大收煞，此折之難，在無包括之痕，而有團圓之趣。如一部之內，要緊腳色，共有五人，其先東西南北，各自分開，到此必須會合。此理誰不知之？但其會合之故，須要自然而然，水到渠成，非由車戽，最忌無因而至。突如其來，與勉強生情，拉成一處，令觀者識其有心如此，與恕其無可奈何者，皆非此道中絕技，因有包括之痕也。骨肉團聚，不過歡笑一場，以此收鑼罷鼓，有何趣味？水窮山盡之處，偏宜突起波瀾，或先驚而後喜，或始疑而終信，或喜極信極而反致驚疑，務使一折之中，七情俱備，始爲到底不懈之筆，愈遠愈大之才，所謂有團圓之趣者也。予訓兒輩嘗云，場中作文，有倒騙主司入彀之法，開卷之初，當以奇句奪目，使之一見而驚，不敢盡去，此一法也。終篇之際，當以媚語攝魄，使之執卷留連，若難遽別，此一法也。

七、戲曲選劇之美學

填詞專爲登場，登場貴在演出，演出首重選劇。演劇之人美，歌者之音好，而所本質窳，皆爲暴殄天物。不惟歌者無法展喉，千古才子亦將沈抑難中。故笠翁以爲觀者選劇，不能訴諸流行與否，徒讓無情之劇，反爲時好，錦篇繡帙，沈埋剖甕。其基本原則如下：

（一）別古今

笠翁以爲教人學唱，常自古本開始。蓋古本相傳已久，歷經幾許名師，未當而必歸已當，已精而益求精，音律腔板之正，未有正于古本者。古本善唱，則以後所唱之曲，腔板皆不謬矣！然舊曲既熟，且必間以新詞，蓋因古曲只可悅少數知音，新詞則能娛滿座賓朋也，然新劇之擇，必也兼及文墨，笠翁云：

但選舊劇易，選新劇難。教歌習舞之家，主人必多冗事，且恐未必知音，勢必委諸門客，詢之優師，門客豈盡周郎，大半以優師之耳目爲耳目。而優師之中，淹通文墨者少，每見才人所作，輒思避之，以鑿枘不相入也。故延優師者，必擇文理稍通之人，使閱新詞，方能定其美惡，又必藉文人墨客，參酌其間，兩議僉同，方可

> 授之使習，此爲主人多冗，不諳音樂者而言。若係風雅主盟，詞壇領袖，則獨斷有餘，何必知而後詢。噫！欲使梨園風氣，丕變維新，必得一二搢紳長者，主持公道，俾詞之佳者必傳，劇之陋者必黜，則千古才人心死，現在名流，有不以沈香刻木而祀之者乎？

（二）劑冷熱

戲分冷熱。熱鬧之戲，今人所尚，時優所習；冷靜之戲，人多不取，優多不演。其分別標準，笠翁以爲不在場面熱鬧、鼓樂熱鬧與否，而在戲文是否合乎人情，是否動人心弦。成功之演習，必也冷熱兼顧，方爲正途，笠翁云：

> 戲文太冷，詞曲太雅，原足令人生倦。此作者自取厭棄，非人有心置之也。然儘有外貌似冷，而中藏極熱，文章極雅而情事近俗者。何難稍加潤色，播入管絃，乃不問短長，一概以冷落棄之，則難服才人之心矣。予謂傳奇無冷熱，只怕不合人情。如其離合悲歡，皆爲人情所必至，能使人哭，能使人笑，能使人怒髮冲冠，能使人驚魂欲絕，即使鼓板不動，場上寂然，而觀者叫絕之聲，反能震天動地，是以人口代鼓樂，贊歎爲戰爭，較之滿場殺伐，鉦鼓雷鳴，而人心不動，反欲掩耳避喧者爲何如？豈非冷中之熱，勝于熱中之冷，俗中之雅，遜于雅中之俗乎哉？

八、戲曲變調之美學

變調即改作，變古調爲新詞也。凡事變則新，不變則腐；變則活，不變則板。傳奇，尤是新人耳目之事，倘一成不變，固可音節不乖，耳中免生芒刺，然情事太熟，眼角必能如懸贅疣，雖則依樣葫蘆，一絲不差，畢竟少天然生動之趣矣。故笠翁因創二法，以使舊劇生斑易色。

（一）縮長為短

填詞專爲登場而設，登場必受時空之涉。一套傳奇，少則十八折，多則四五十折，而觀賞戲文，宜晦不宜明，觀者每迫于來朝之有事，或限于困倦之欲眠，少有通宵達旦，有始有終之可能。故好戲若逢客，必受腰斬，笠翁以是示諸可長可短之法：

> 與其長而不終，無寧短而有尾。故作傳奇付優人，必先示以可長可短之法。取其情節可省之數折，另作暗號記之。遇清閒無事之人，

則增入全演，否則拔而去之。此法是人皆知，在梨園亦樂于爲此，但不知減省之中，又有增益之法。使所省數折，雖去若存，而無斷文截角之患者，則在秉筆之人，略加之意而已。法于所删之下，另增數語，點出中間一段情節，如云昨日某人來說某話，我如何答應之類是也。或于所删之前一折，預爲吸起，如云我明日當差某人去幹某事之類是也。如此則數語可當一折，觀者雖未及看，實與看過無異。

若遇多冗之客，併此最約者，亦難終場。笠翁亦有他法：

予謂全文太長，零齣太短。酌乎二者之間，當倣元人百種之意，而稍稍擴充之，另編十折一本，或十二折一本之新劇，以備應付忙人之用，或即將古本舊戲，用長房妙手，縮而成之，但能淘汰得宜，一可當白，則寸金丈鐵，貴賤攸分，識者重其簡貴，未必不棄長取短，另開一種風氣，亦未可知也。

（二）變舊成新

新舊二劇各有其妙。前者之妙，妙在聞所未聞，見所未見，如刮磨光瑩之物，使人耳目一新。後者之妙，妙在身生後世，眼對前朝，如銅器玉器古董，使人深覺可愛。而後者之寶，寶其能新而善變，倘演出之時萬人一轍，未求稍異，何異聽蒙童背書，故欲使舊劇易色生斑。笠翁有變舊成新之創見，質言之，點鐵成金，擇其可增者增，當改者改之法也。曰：

仍其本質，變其丰姿。如同一美人而稍更衣飾，便足令人改觀，不俟變形易貌，而始知別一神情也。

體質也者，曲文與大段關目也。丰姿也者，科諢與細微說白是也。前者仍之，後者則當改。其論曰：

曲文與大段關目不可改者，古人既費一片心血，自合常留天地之間，我與何讎，而必欲使之埋沒？且時人是古非今，改之徒來訕笑。仍其大體，既慰作者之心，且杜時人之口。科諢與細微說白，不可不變者，凡人作事，貴于見景生情。世道遷移，人心非舊，當日有當日之情態，今日有今日之情態。傳奇妙在人情，即使作者至今未死，亦當與世遷移，自囀其舌，必不爲膠柱鼓瑟之談，以拂聽者之耳。況古人脫稿之初，便覺其新，一經傳播，演過數番，即覺聽熟之言，難于複聽，即在當年，亦未必不自厭其繁，而思陳言之務去也。

此潤澤枯槁、變更陳腐之事，笠翁率先爲之，嘗痛改南西廂〈遊殿問齋〉、〈踰牆驚夢〉等科諢，及〈玉簪偷詞〉、〈幽閨旅婚〉諸賓白。此外，尚有「拾遺補缺」之法。此乃針對情節漏洞而言。其論曰：

> 舊本傳奇，每多缺略不全之事，刺謬難解之情，非前人故爲破綻，留話柄以貽後人。若唐詩所謂欲得周郎顧，時時誤拂絃。乃一時照管不到，致生漏孔。所謂至人千慮，必有一失。此等空隙，全靠後人泥補，不得聽其缺陷，而使千古無全文也。

笠翁特舉《琵琶記》及《明珠記》作者疏漏破綻之處以概之，且改《琵琶記・尋夫》、《明珠記・煎茶》附卷四之後。《琵琶記》中趙五娘于歸兩月，即別蔡邕，以一冶容誨淫少婦隻身千里尋夫，即能自保無他，能免當時物議，故笠翁以爲張大公既是重諾輕財、資其困乏之仁人義士，理應遣派僕從小二護送至京才是。《明珠記》之煎茶，竟用男僕塞鴻混入宮內傳遞消息，塞鴻一男子，何以得事嬪妃，使宮禁之內，可用其煎茶，又得密談私語，理應遣無雙自幼跟隨之婢采蘋方爲合理。因此，笠翁特改《琵琶記・尋夫》及《明珠記・煎茶》附於卷四之後。

九、戲曲授曲之美學

音理幽渺，難以盡解，所能解者不過詞學之章句、音理之皮毛。曲文之中，抑揚頓挫有其定格，笠翁以曲中老奴、歌中黠婢姿態，別舉音理於後：

（一）解明曲意

唱曲宜求登峰造極之技，欲求登峰造極之技，除卻腔板極正，喉舌齒牙極清之外，尤須深明曲情。所謂曲情，笠翁云：「曲情者，曲中之情節也。解明情節，知其意之所在，則唱出口時，儼然此種神情。問者是問，答者是答，悲者黯然魂消，而不致反有喜色，歡者怡然自得，而不見稍有瘁容，且其聲音齒頰之間，各種俱有分別，此所謂曲情是也。」〔註41〕

有歌者，終其一生，始終爲二三之流，概因不諳曲情是也！雖則誦讀歌詠，然不知曲中所云何事，所指何人，口唱而心不唱，口中有曲，而面上身上無曲，終與蒙童背書何異，故笠翁授曲，首倡「解明曲意」。其論曰：

> 欲唱好曲者，必先求明師講明曲意。師或不解，不妨轉詢文人。得其義而後唱，唱時以精神貫其中，務求酷肖。若是，則同一唱也，

〔註41〕見李漁，《閒情偶寄》，演習部〈授曲第三〉、「解明曲意」。

同一曲也，其轉腔換字之間，別有一種聲口，舉目回頭之際，另是一副神情。較之時優，自然迥別。變死音爲活曲，化歌者爲文人，只在能解二字。解之時義大矣哉。

（二）調熟字音

調熟字音，學歌之首務。笠翁以反切之理及成日拼音之道視爲唱曲技巧。曰爲「出口」、「收音」二訣竅。其論曰：「世間有一字，即有一字之頭，所謂出口者是也。有一字，即有一字之尾，所謂收音者是也。尾後又有餘音，收煞此字，方能了局。譬如吹簫姓簫諸簫字，本音簫。其出口之字頭與收音之字尾，並不是簫。若出口作簫，收音作簫，其中間一段正音，並不是簫，而反爲別一字之音矣。且出口作簫，其音一洩而盡，曲之緩者，如何接得下板？故必有一字爲頭，以備出口之用，有一字爲之尾，以備收音之用，又有一字爲餘音，以備煞板之用，字頭爲何，西字是也。字尾爲何，天字是也。尾後餘音爲何，烏字是也。字字皆然，不能枚紀。紘索辨訛等書，載此頗詳，閱之自得。要知此等字頭字尾及餘音，乃天造地設、自然而然，非後人扭捏而成者也。但觀切字之法，即知之矣。篇海字彙等書，逐字載有註腳，以兩字切成一字。其兩字者，上一字即爲字頭，出口者也；下一字即爲字尾，收音者也，但不及餘音之一字耳。無此上下二字，切不出中間一字，其爲天造地設可知，此理不明，如何唱曲，出口一錯，即差謬到底，唱此字而訛爲彼字，可使知音者聽乎？」〔註 42〕

字有頭尾及餘尾三部份。如「蕭」字，西天切，出口字頭爲「西」，收音字尾爲「天」，「烏」爲其餘音。唱曲以此爲之，至爲理想，然「一字之步」之法，僅爲慢曲而設，至於快板曲，則止有正音，不及頭尾。然一字三步之法，亦有其技巧。笠翁云：

> 字頭字尾及餘音，皆爲慢曲而設。一字一板，或一字數板者，皆不可無。其快板曲，止有正音，不及頭尾。緩音長曲之字，若無頭尾，非止不合韻，唱者亦大費精神。但看青衿贊禮之法，即知之矣。拜興二字，皆屬長音，拜字出口以至收音，必俟其人揖畢而跪，跪畢而拜，爲時甚久。若止唱一拜字到底，則其音一洩而盡。不當歇而不得不歇，失儐相之體矣。得其竅者，以不愛二字代之。

〔註 42〕見李漁，《閒情偶寄》，演習部〈授曲第三〉、「調熟字音」。

不乃拜之頭，愛乃拜之尾，中間恰好是一拜字，以一字而延數晷，則氣力不足。分為三字，即有餘矣。興字亦然，以希因二字代之，贊禮且然。況于唱曲，婉譬曲喻，以至于此，總出一片苦心，審樂諸公，定須憐我。字頭字尾及餘音，皆須隱而不現，使聽者聞之，但有其音，並無其字始稱善用頭尾者，一有字迹，則沾泥帶水，有不如無矣。

（三）字忌模糊

咬字不清，形同啞人呼號。唱者曲罷，聽者止聞其聲，難辨一字，徒增悶殺。故笠翁云：「學唱之人，勿論巧拙，只看有口無口。聽曲之人，慢講精粗，先問有字無字。字從口出，有字即有口，如出口不分明，有字若無字。」，此責之失，選材者難辭其咎，補救之法，唯于開口學曲之初，先能淨其齒頰，使出口之際，字字分明，然後使工腔板。〔註 43〕

（四）曲嚴分合

場上歌曲，有獨唱合唱之目，蓋獨唱時宜冷靜，合唱時則宜熱鬧。然場中氣氛之「鬧」與「靜」，則不全繫乎「獨唱」與「合唱」歟！笠翁云：「同場之曲，定宜同場。獨唱之曲還須獨唱。詞意分明，不可犯也。常有數人登場，每人一隻之曲，而眾口同聲以出之者，在授曲之人，原有淺深二意。淺者慮其冷靜，故以發越見長；深者示不參差，欲以翕如見好。嘗見琵琶賞月一折，自長空萬里，以至幾處寒衣織未成，俱作合唱之曲。諦聽其聲，如出一口。無高低斷續之痕者，雖曰良工心苦，然作者深心，于茲埋沒，此折之妙，全在共對月光，各談心事。曲既分唱，身段即可分做。是清淡之內，原有波瀾，若混作同場，則無所見其情，亦無可施其態矣。惟峭寒生二曲可以同唱，首四曲定該合唱，況有合前數句，振起神情，原不慮其太冷。他劇類此者甚多，舉一可以概百。戲場之曲，雖屬一人，而可以同唱者，惟行路出師等劇，不問詞理異同，皆可使眾聲合一，場面似鬧，曲聲亦宜鬧，靜之則相版矣。」〔註 44〕

（五）鑼鼓忌雜

鑼鼓配合，本從事古劇配樂者所當知，然筋節所關之處，竟有當敲不

〔註 43〕見李漁，《閒情偶寄》，演習部〈授曲第三〉、「字忌模糊」。
〔註 44〕見李漁，《閒情偶寄》，演習部〈授曲第三〉、「曲嚴分合」。

敲、不當敲而敲，與宜重而輕、宜輕反重者，均有損於戲文之美。笠翁以爲最忌者，乃在要緊關頭，忽然打斷。如：其一、說白未了之際，曲調初起之時。其二、一齣戲文將了，止餘數句賓白未完，而此未完之數句，又係關鍵所在。當此之時，鑼鼓喧天，不但觀者未聞歌聲曲辭，且使人震耳欲聾、頭痛欲裂，殊可痛恨。處置之法，笠翁以爲：「疾徐輕重之間，不可不急講也。場上之人，將要說白，見鑼鼓未歇，宜少停以待之，不則過難專委，曲白鑼鼓，均分其咎矣！」〔註45〕

（六）吹合宜低

絲竹謂之「吹」，歌聲謂之「肉」，三籟齊鳴，天人合一，始有金聲玉振之勢。倘喧賓奪主，吹合之聲高于場上之曲，是勉強座客非爲聽歌而來，乃聽鼓樂而至矣。故笠翁云：「須以肉爲主，而絲竹副之，使不出自然者，亦漸近自然，始有主行客隨之妙。」

十、戲曲教白之美學

教習歌舞之家，演習聲容之輩，咸謂唱曲難說白易。但笠翁卻持反論，以爲說白難於唱曲，謂梨園之中，十有二三，善唱曲；而百中僅可一二，工說白。〈教白第四〉云：「唱曲難而易，說白易而難，知其難者始易，視爲易者必難。蓋詞曲之高低抑揚，緩急頓挫，皆有一定不移之格。譜載分明，師傅嚴切，習之既慣，自然不出範圍。至賓白中之高低抑揚，緩急頓挫，則無腔板可按，譜籍可查，止靠曲師口授，而曲師入門之初，亦系暗中摸索。彼既無傳于人，何從轉授于我，訛以傳訛，此說白之理，日晦一晦，而人不知，人既不知，無怪乎念熟即以爲是，而且以爲易也。」賓白既乏定格，僅依口授摸索，其理日晦，工者日寡，故笠翁再費幾升心血，創爲成格以示人，曰：「高低抑揚」，曰「緩急頓挫」。

（一）高低抑揚

賓白高低抑揚得法，倩作劇之傳語，自然而中肯綮，故笠翁提供方法云：「若唱曲然，曲文之中，有正字，有襯字，每遇正字，必聲高二氣長，若遇襯字，則聲低氣短而疾忙帶過，此分別主客之法也。說白之中，亦有正字，亦有襯字，其理同，則其法亦同，一段有一段之主客，一句有一句之主客，

〔註45〕見李漁，《閒情偶寄》，演習部〈授曲第三〉、「鑼鼓忘雜」。

主高而揚，客低而抑，此至當不易之理，即最簡極便之法也。」〔註46〕

如凡人說話「取茶來」、「取酒來」。「茶」、「酒」爲正字，專爲「茶」、「酒」之事而發，其聲必高而長；「取」、「來」爲襯字，其音必低而短。至於長段賓白，又有句中主客，字中主客之別。笠翁嘗舉《琵琶記》蔡邕離家前之一段賓白爲例云：「『雲情雨意，雖可拋兩月之夫妻，雲鬢霜鬢，竟不念八旬之父母，功名之念一起，甘旨之心頓忘，是何道理』。首四句之中，前二句是客，宜略輕而稍快；後二句是主，宜略重而稍遲。功名甘旨二句亦然，此句中之主客也。『雖可拋』、『竟不念』六個字，較之『兩月夫妻』、『八旬父母』雖非襯字，卻與襯字相同，其爲輕快，又當稍別。至于夫妻父母之上二之字，又爲襯中之襯，其爲輕快，更宜倍之，是白皆然，此字中之主客也。」〔註47〕

至若上場詩、定場白，以及長篇大幅敘事之文，笠翁以爲，定宜高低相錯，緩急得宜，勿成一片高聲或一派細語之水平調。大率宜在第三句，至第四句之高而緩，較首二句，更宜倍之。如《浣紗記》定場詩云『少小豪雄俠氣聞，飄零仗劍學從軍，何年事了拂依去，歸臥荊南夢澤雲。』，少小二句宜高而緩，不待言矣。何年一句，必須輕輕帶過，若與前二句相同，則煞尾一句，不求低而自低矣。末句一低，則懈而無勢，況其下接著通名道姓之語，如下官姓名蠡字少伯，下官二字，例應稍低，若末句低而接者又低，則神氣索然不振矣。故第三句之稍低而快，勢有不得不然者。」〔註48〕

（二）緩急頓挫

緩急頓挫也者，場上說白，當斷處不斷，不當斷處而忽斷；當聯處不聯，忽至不當聯處而反聯者。此理之微渺難懂，非數言可了，但可意會，不可言傳，但能口授，不能以筆舌喻。故笠翁僅提示一粗略之法，並告誡教曲之人，授教之時，一一于腳本之中，圈點明白。笠翁云：「大約兩句三句而止言一事者，當一氣趕下，中間斷句處，勿太遲緩，或一句止言一事，而下句又言別事，或同一事而另分一竅者，則當稍斷，不可竟連下句，是亦簡便可行之法也。此言其粗，非論其精，此言其略，未及其詳，精詳之理，則終不可言也。當斷當聯之處，亦照前法，分別于腳本之中。當斷處用硃筆一畫，使至此稍

〔註46〕清李漁，《閒情偶寄》，演習部〈教白第四〉、「高低抑揚」。

〔註47〕同註46。

〔註48〕同註46。

頓，餘俱連讀，則無緩急相左之患矣。」〔註 49〕

十一、戲曲脫套之美學

戲場不必要之成規，常使劇本化奇為腐，大大減損傳奇新人耳目之效。笠翁略舉四大惡習，以期披去眼釘，稍省棘目。笠翁云：「戲場惡套，情事多端，不能枚記，以極鄙俗之關目，一人作之，千萬人效之，以致一定不移，守為成格，殊可怪也。西子捧心，尙不可效，況效東施之顰乎？且戲場關目，全在出奇變相，令人不能懸擬，若人人如是，事事皆然，則彼未演出而我先知之，憂者不覺其可憂，苦者不覺其為苦，即能令人發笑，亦笑其雷同他劇，不出範圍，非有新奇莫測之可喜也。」如下惡習宜大力掃除：

（一）衣冠惡習

衣冠惡習有二。一為體制不當，二為穿戴不宜。體制之所以不當，以青衫藍衫分別君子小人也。笠翁云：「凡以正生小生及外末腳色而為君子者，照顧衣青圓領。惟以淨丑腳色而為小人者則著藍衫。此例始于何人，殊不可解。夫青衿，朝廷之名器也。以賢愚而論，則為聖人之徒者，始得衣之。以貴賤而論，則備縉紳之選者，始得衣之。名宦大賢，盡于此出，何所見而為小人之服，必使淨丑衣之，此戲場惡習所當首革者也。」改革方法有二，其一仍照舊例，止用青衫而不設藍衫。其二，若照新例，則君子小人互用，萬勿獨歸花面，而令士子蒙羞。至於婦人舞衣，堅硬有如盔甲，大損溫柔之美。方巾與有帶飄巾，同為儒者之服。一為儒雅風流，一為老成持重，反成窮愁患難之士飾物，穿戴不宜，笠翁力主亟亟除去。

（二）聲音惡習

花面腳色，為引發笑，盡作吳音，笠翁以為此舉突兀吳人使盡屬花面矣，倘范文公韓襄毅諸公有靈，未有不抱恨中原，思革其弊者也。且三吳之音，止能通于其地，出境言之，求其發笑，反使聽者茫然，失計甚矣。故笠翁云：「吾請為詞場易之，花面聲音，亦如生旦外末，悉作官音，此以話頭惹笑，不必故作方言。即作方言，亦隨地轉；如在杭州。即學杭人之話；在徽州，即學徽人之話，使婦人小兒皆能識辨，識者多則笑者眾矣。」

〔註 49〕清・李漁，《閒情偶寄》，演習部〈教白第四〉、「緩急頓挫」。

（三）語言惡習

語言惡套有二事當革。一避口頭語，二忌添蛇足。避口頭語者，避「呀」、「且住」二語也者。蓋「呀」字，驚駭之聲也，用於猝然遇見某人或某事，以示異也。然梨園之中，竟用此字爲接見之聲，其謬也歟！「且住」二字，本有二種用法：「一則相反之事，用作過文，如正說此事，忽然想及後事，彼事與此事，勢難並行，才想及而未曾出口，先以此二字截斷前言。且住者，住此說以聽彼說也。」「一則心上猶豫，假此以待沈吟，如此說自以爲善，恐未盡善，務期必妥，當于是處尋非，故以此代心口相商，且住者，稍遲以待，不可竟行之意也。」笠翁之時，戲場慣用，不詳字義，竟有一段賓白之中，連說數十個且住者。

忌添蛇足者，上場引子之前，下場詩之後，皆不可以加話，然其時，「下場詩念畢，仍不落臺，定增幾句淡話，以極緊湊之文，翻成極寬緩之句」者〔註50〕，何以不能添話，笠翁論曰：「曲有尾聲及下場詩者，以曲音散漫，不得幾句緊腔，如何截得板住。白文冗雜，不得幾句約語，如何結得話成。若使結過之後，又復說起，何如不殺竟下之爲愈乎。且首尾一理，詩後既可添話，則何不于子之先，亦加幾句說白，說完而後唱乎。此積習之最無理，最可厭者，急宜改革，然又不可盡革。如兩人三人在場，二人先下，一人說話未了，必宜稍停以盡其說，此謂弔場。原係古格，然須萬不得已，少此數句，必添以後一齣戲文。或少此數句，即埋沒從前說話之意者，方可如此，是龍足，非蛇足也。然只可偶一爲之，若齣齣皆然，則是貂皆可續矣，何世間狗尾之多乎。」〔註51〕

（四）科諢惡習

戲劇貴乎懸疑難料，扣人心弦，倘因襲雷同，殊覺可厭。插科打諢，陋習更多，尤爲當戒。笠翁略舉數則：其一，兩人相毆，有人來勸，必使被毆者走脱，而勸者反被誤打。其二，主人偷香竊玉，館童吃醋抬酸，必言「尋新不如守舊」，語畢即以臀相向。凡此種種。梨園能改，定是觀者之福。

〔註50〕清・李漁，《閒情偶寄》，演習部〈脱套第五〉、「語言惡習」。
〔註51〕同註50。

第六章　小說之美學批評

第一節　金聖歎之美學批評

金聖歎（西元 1608～1661），原名采，字若采，明亡後始改名人瑞，又名喟，字聖歎，以字行，江蘇吳縣人，狂傲爲奇氣，博覽無所不通，爲文風格與眾生不同，見解思想頗能跳脫牢籠呈創異性，即偏激狂傲亦最執著眞摯，後雖因「哭廟案」慘遭殺頭之禍，然其人精神不死。爲明末清初之大批評家，文學批評兼及各文類，其中以小說批評，領異標新，迴出意表。

嘗言天下才子之書有六：一莊、二騷、三馬史、四杜詩、五水滸、六西廂，因作各書評點，其中《水滸》、《西廂》之批評，具見卓識，將小說戲曲提昇至文學領域。其小說評點，著重典型性格、情節結構、細節描寫、文學語言之美學要求，不僅促進小說創作與欣賞批評之發展，且直接影響清代之小說評點家如王宗崗、張竹坡、但明倫等。〔註 1〕

一、重視人物形象之塑造

人物性格塑造，乃中國虛構小說之中心主體。如《水滸傳》驚險宏偉之場面，便是由一百零八條好漢，以無比充沛熱情精力洋溢生命而展現。蓋任何小說均是描繪人生、表露人性；人物描繪成功，人性刻劃深切，方能扣緊人心，引人共鳴。作爲小說人物，必須是綜合許多人之氣質而塑造出之典型。此種典型，非但要把握人物外在之形象，且須把握其性格及心理活動之

〔註 1〕《中國美學史資料彙編》（下），明文書局，頁 213。

精神狀態。小說中，人物爲主，故事情節爲副，係因小說中主角之存在而存在。人物多半來自現實生活層面，其身分、地位、思想、慾望勾勒瑣碎之生活情調。以鄙俗之步履演出戲謔調笑之喜劇；以澎湃之原始生命力，演出盲昧悽慘之悲劇；以超然之神秘，演出鬼神靈怪之荒謬劇。因此人物形象之塑造及批評，乃小說作家及批評家最爲重視之一環。金聖歎以爲許說小說，看過一遍即休，獨有《水滸傳》，只是看不厭。究中原因，無非施耐庵把一百零八人之典型性格、全寫出來。故金聖歎之小說美學，即強調典型性格在小說中之作用。如：

> 水滸傳寫一百八箇人性格，眞是一百八樣。若別一部書，任他寫一千箇人，也只是依樣，便只寫得兩箇人，也只是一樣。〔註2〕

強調人物形象之塑造，乃文學作品能否吸引讀者之重要關鍵。金聖歎認爲構成鮮明形象之主要因索在於性格突出，而言語行動和心理活動均是描寫人物性格之二大環節。如考察語言與形象是否切合最爲主要。《讀第五才子書法》有云：「水滸傳，並無之乎者也等字，一樣人，便還他一樣說話，眞是絕奇本事。」又《水滸傳》第十回，金批有云：「林沖語。須知此四字（指：竝無諂佞），與前『爲人最朴忠』句，雖非人間齷齪人語，然定非魯達聲口。改爲林沖，另是一種筆墨。」一言以蔽之，氣質不同語言亦當不同。

從行動與人物性格刻畫之關係言之。統關主角之行爲表現，便易掌握其性格特徵。如李逵此一性格特點，最突出之表現，在對待招安問題之態度與行動。當眾英雄排座次後宋江唱表達自己招安心願作〈滿江紅〉詞時，李逵睜圓怪眼對宋江大叫，並一腳把桌子踢起，攧作粉碎。後來朝廷差陳太尉前往梁山泊招安，李逵把「皇帝聖旨」也一下扯的粉碎。如靠賣柴度日之石秀，在劫法場中跳樓之壯舉，尤表現其對起義事業無限忠誠與忘我。如魯智深倒拔垂楊柳，如武松景陽崗打虎以及怒殺西門慶血濺鴛鴦樓，皆可透過行爲觀其性格。金聖歎於水滸傳評林沖云：「看他算得到，煞得住，把得牢，做得徹，都使人怕，這般人在世上，定做得事業來。」便亦由其種種表現找出此人特徵曰「狠」。至於心理活動與人物形象之關係，近代小說強調透過「潛意識」、「人物心理與景物相對」、「獨白聯想移情回憶」、「音響」〔註3〕。然金聖歎在水滸傳中有關此類之批語較少，概因水滸英雄多半顯豁直率，故乏微

〔註 2〕《水滸資料彙編》，金人瑞《讀第五才子書法》，里仁書局，頁32。
〔註 3〕楊昌年，《近代小說研究》，蘭臺書局。

妙心理之例。

二、要求嚴密整體之小說結構

小說結構，乃由情節之發展構成，亦即近代學者所謂：「依時間程序布置前後動作之因果敘述。」〔註4〕此因果敘述之安排可分爲「開始」、「中間」、「結束」三步驟。第一階段「開始」，依威廉氏之意以爲「最初衝動或最初事件。」第二階段「中間」爲「爭鬥或糾葛中間之各步驟，至迴旋點（或稱戲劇頂點，一稱小說高潮）爲止。」第三階段「結束」爲「自戲劇頂點至動作頂點（或稱動作之末尾、小說之結束）間的各步驟和結局」〔註5〕故品評小說，結構每被列爲重點。金聖歎看《水滸傳》之小說結構以爲，《水滸傳》七十回恰夾在兩箇「天下太平」之間。《水滸傳・楔子》云：「一部分大書數十萬言，卻以天下太平四字起，天下太平四字止，妙絕。」

七十回本能截斷眾流，成爲最通行、最具有完整結構之版本，與金聖歎修改攸關甚巨。七十回本與諸本主要不同點有二：（一）將諸本第一回「張天師祈禳瘟疫，洪太尉誤走妖魔」與第二回「那時天下盡皆太平，四方無事」以前之一段文字，改爲楔子，使七十回本每回回數都較諸本差一回。（二）腰斬水滸下半部，以七十回爲結束，且在七十回中加盧俊義一夢。一部水滸傳，由於亂自上作，官逼民反之認知，遂成爲一百零八條好漢倡盜爲亂作奸犯科之歷史。故人物「被逼上梁山」亦爲極明顯之小說結構。《水滸傳讀法》云：

> 水滸傳一箇人出來，分明便是一篇列傳，至於中間事蹟，又逐段自成文字。亦有兩三卷成一篇者，亦有五六句成一篇者。

金聖歎分析篇章與人物間之結構時，一如批詩批文，有精密之分析，亦可見水滸之重伏筆與懸疑。如十一回楊志在梁中書府情況，金氏批云：「有意無意，所謂草蛇灰線之法」。如二三回王婆教唆宋江一段：「忽然一頓一颺，使讀者茫然。」其實，水滸之結構亦有三大特性：（一）適合其內容。水滸所寫並非一人一事，而是反映梁山泊英雄集團之生活階層縮影，故呈現整體龐大之有機結構，其中某些故事具有相對獨立性。（二）受到說話影響，故形成情節以單線發展爲主之結構。爲求故事之完整性，大量利用實寫、虛寫之交叉寫法，也使用插敘，倒敘等辦法。（三）爲增加故事情節之緊張驚險，水滸亦常常採

〔註4〕徐志平，〈續玄怪錄研究〉，臺灣師大碩士論文，民國72年，頁141。
〔註5〕威廉（Williams）氏，《短篇小說做法研究》，臺灣商務印書館。

用謎語式之結構方法。如「智取生辰綱」，先寫晁蓋一方人力已組織停當，取生辰篇之辦法卻只說「如此如此」便按下不表。〔註6〕

三、強調文學語言之品味

金聖歎品評小說最重文字藝術之咀嚼，《水滸傳讀法》嘗云：「吾最恨人家子弟，凡遇讀書，都不理會文字，只記得若干事跡，便算讀過一部書了。雖國策史記，都作事跡搬過去，何況水滸傳。」評點水滸之十，遂將作者獨創之用語、先活之意象、窮奇盡變出神入化之文，除點點圈圈之外，猶復說好道妙。其論云：

> 我讀《水滸》至此，不禁號然而嘆也。曰：嗟呼！作《水滸》者，雖欲不謂之才子，胡可得呼！夫人胸中有非常之才者，必有非常之筆；有非常之筆者，必有非常之力。夫非非常之才，無以構其思也；非非常之筆，無以擒其才也；又非非常之力，亦無以副其筆也。……今前回初以一口寶刀照耀武師者，接手便又以一口寶刀照耀制使，兩位豪傑，兩口寶刀，接連而來，對插而起。用筆至此，危險極矣，即愈不謂之非常，而英英之色，千人萬人，莫不共見，其又疇得而不爲之非常呼！又一個買刀，一個賣刀，分鑣各騁、互不相犯，固也。然使于贊嘆處，痛悼處，稍稍有一句二句，乃至一字二字，偶然相同，即亦豈見作者之手法乎？今兩刀接連，一字不犯，乃至譬如東泰西華，各自爭奇。嗚呼！特特挺而走險，以自表其六轡如組，兩驂如舞之能，才子之稱，豈虛譽哉！〔註7〕

故於評點之時，特將文字精妙者，一一指陳。其一，白描手法工妙者。如首回：「王進請娘下了馬，王進挑著擔子，就牽了馬，隨莊客到裏面打麥場上，歇下擔兒，把馬栓在柳樹上。子母二人，直到草堂上來見太公。那太公年近六旬之上，鬚髮皆白，頭戴遮塵煖帽，身穿直縫寬衫，腰繫皂縧絛，足穿熟皮靴，王進見了便拜，太公連忙道：「客人休拜，你們是行路的人，辛苦風霜，且坐一坐。」〔註8〕金聖歎評爲：「一路曲曲寫擔、寫馬，妙絕。」如第九回寫林沖：「只說林沖就牀上放了包裹被窩，就做下生些燄火起來，屋後有一推

〔註6〕文復書店，《新編中國文學史》，頁283～284。

〔註7〕《中國美學史資料彙編》（下），取自「水滸傳第十一回首評」，明文書局，頁221。

〔註8〕施耐庵撰、羅貫中纂修、金聖歎批，《水滸傳》第一回，三民書局，頁18。

柴炭，拿幾塊來，生在地爐裏；仰面看那草屋時，四下裏崩壞了，又被朔風吹撼，搖振得動。林沖道：『這屋如何過得一冬？待雪晴了，去城中喚個泥水匠來修理。』向了一回火，覺得身上寒冷，尋思：『卻才老軍所說，二里路外有那市井，何不去沽些酒來喫？』便去包裹裡取些碎銀子，把花鎗挑了酒葫蘆，將火炭蓋了，取氈笠子戴上，拿了鑰匙出來，把草廳門拽上；出到大門首，把兩扇草場門反拽上鎖了，帶了鑰匙，信步投東，雪地裡踏著碎瓊亂玉，迤邐背著北風而行。那雪正下得緊。」〔註 9〕《金聖歎評》云：「如畫。便話也不來。」

其二，描述人物個性者。如十三回首寫晁蓋：「原來那東溪村，保正姓晁，名蓋，祖是本縣本鄉富戶，平生仗義疏財，專愛結識天下好漢，但有人來投奔他的，不論好歹，便留在莊上住；若要去時，又將銀兩齎助他起身；最愛刺鎗使棒，亦自身強力壯，不娶妻室，終日只是打熬筋骨。」〔註 10〕金聖歎批：「活畫出晁蓋有粗無細來」。其三，字法句法佳妙者。如四十二回李逵說腰刀已擲在雌虎肚裏云云。「卻有些微風」金氏批云：「寫雪至此五字，眞高山流水之點矣。」其四，突出之造語。如十八回批：「虎稱大蟲，鼠稱老蟲，馬稱聾蟲，官稱蠢蟲，皆奇文。」十九回批：「字法之奇者，如『肉雨』、『血粥』等，皆可入諧史。」二十五回批：「四字新艷，未經人道」，以上種種皆可見金聖歎對字法句法等文學語言之講求。

四、透過小說文法品評作品

金聖歎在《讀第五才子書法》中嘗歸納《水滸傳》之文法，希望透過諸多文法以品評小說作品，且爲深入《左傳》、《國策》、《史記》等書之階段。今錄其要點於後：〔註 11〕

1. **倒插法**：將後面要緊字，驀地先插放前邊，如五臺山下鐵匠間壁父子客店，又大相國寺嶽廟間壁菜園，又武大娘子要同王乾娘看虎，又李逵去買棗糕，收得湯隆等是。
2. **夾敘法**：急切裏兩個人一齊說話，須不是一個說完了，又一個說，必要一筆夾寫出來。如瓦官寺崔道成說：「師兄息怒，聽小僧說——」，

〔註 9〕《水滸傳》，三民書局，頁 97。
〔註 10〕《水滸傳》，三民書局，頁 123。
〔註 11〕《水滸資料彙編》，金人瑞《讀第五才子書法》，里仁書局，頁 36～38。

魯智深說「你說你說」等是也。

3. **草蛇灰線法**：如景陽岡勤敘許多「哨棒」字，紫石街連寫若干「簾子」字等是。驟看之，有如無物，及仔細尋，其中便有一條線索，拽之通體俱動。
4. **大落墨法**：吳用說三阮，楊志北京鬥武，王婆說風情，武松打虎，還道村捉宋江，二打祝家莊等是。
5. **綿針泥刺法**：如花榮要宋江開枷，宋江不肯；又晁蓋番番要下山，宋江番番勸住，至最後一次便不勸是也。筆墨外，便有利刃直戳進來。
6. **背面鋪粉法**：如有襯宋江奸詐，不覺寫作李逵眞率；要襯石秀尖利，不覺寫作楊雄模糊是也。
7. **弄引法**：有一段大文字，不好突然便起，且先作一段小文字在前引之。如索超前，先寫周謹，十分光前，先說五事等是也。
8. **獺尾法**：一段大文字後，不好寂然便住，更作餘波演漾之。如梁中書東郭演武歸去後，知縣時文彬升堂；武松打虎下岡來，遇著兩個獵戶；血濺鴛鴦樓後，寫城壕邊月色等是也。
9. **正犯法**：如武松打虎後，又寫李逵殺虎，又寫二解爭虎；潘金蓮偷漢後，又寫潘巧雲偷漢；江州城劫法場後，又寫大名府劫法場；何濤捕盜後，又寫黃安捕盜；林冲起解後，又寫盧俊義起解；朱仝、雷橫放晁蓋後，又寫朱仝、雷橫放宋江等。正是要故意把題目犯了，卻有本事出落得無一點一畫相借，以爲快樂是也。
10. **略犯法**：如林冲買刀與楊志賣刀，唐牛兒與鄆哥，鄭屠肉舖與蔣門神快活林，瓦官寺試禪杖與蜈松嶺試戒刀等是。
11. **極不省法**：如要寫宋江犯罪，卻先寫招文袋金子，卻又先寫閻婆惜和張三有事，卻又先寫宋江討閻婆惜，卻又先寫宋江捨棺材等。
12. **極省法**：如武松迎入陽谷縣，恰遇武大也搬來，正好撞著；又如宋江琵琶亭吃魚湯後，連月破腹等是也。
13. **欲合故縱法**：如白龍廟前，李俊、二張、二童、二穆等救船已到，卻寫李逵重要殺入城去；還道村玄女廟中，趙得、趙能都已出去，卻有樹根絆跌士兵叫喊等。令人到臨了，又加倍吃嚇是也。
14. **橫雲斷山法**：如兩打祝家莊後，忽插出解珍、解寶爭虎越獄事；又正打大名府時，忽插出截江鬼、油裏鰍謀財傾命事等是也。只爲文字太長了，便恐累墜，故從半腰間暫時閃出，以間隔之。

15. **鸞膠續弦法**：如燕青往梁山泊報信，路遇楊雄、石秀，彼此須互不相識，且由梁山泊到大名府，彼此既同取小徑，又豈有止一小徑之理，看他便順手借如意子打鵲求卦，先鬥出巧來，然後用一拳打倒石秀，逗出姓名來等是也。

上述諸法，批評家每以「八股選家氣」之弊否定其文學批評之價值。其實諸方法，不外從內容與形式求作品之完美。如「綿針泥刺法」即探求作者言外之意；「背面鋪粉法」求人物性格之對照襯托；「正犯法」、「略犯法」皆強調文字之對映成趣，不可隨意抹煞之。

第二節　王國維之美學批評

王國維（西元 1877～1927），字靜安，亦字伯隅，號觀堂，浙江海寧人，爲清末民初之一代大學者、大詞人、大批評家，且是中國第一位引用西方理論從事固有文學批評之人物。一生學問，皆由苦學中得來，無論文學、古文字學、古器物學、史學、哲學、古地理學，皆成就非凡，建樹良多。

就文學而言。創作部分，詩、文、詞皆有可觀之處。其詩多憂時傷國之作，雖乏新意，卻有沈鬱頓挫之致。其文不以文采見長，於討論哲學學術之餘，倍見其冷靜、精密。其詞成就較大，有《觀堂長短句》、《苕華詞》行世。批評部分，影響後世至深且鉅。詞學批評之《人間詞話》標「境界」以爲宗，最受世人推崇。小說批評之《紅樓夢評論》爲第一篇評論舊小說之系統巨作。戲曲批評之《宋元戲曲史》，則爲曲學史研究之開山祖師。不論創作批評，皆以西方哲學與美學，如康德、叔本華、尼采諸人思想，爲理論基礎。其中以《紅樓夢評論》爲最具理論體系之批評名作，以現代哲學、美學、心理學、倫理學之觀點，批判紅樓夢，於近代中國喚起很大迴響。

一、以直觀爲批評理論基礎

直觀（intuition）或曰「直覺」。靜安先生一切文學批評著述即以此爲理論基礎。促使此種觀念之形成者，半因靜安天生屬於天才直觀敏銳感受力之使然，半受康德、叔本華二家哲學之影響〔註 12〕。在其〈叔本華之哲學及其教

〔註 12〕葉嘉瑩，《王國維及其文學批評》，源流出版社，頁 153～154。

育學說〉一文中嘗云：「美術之知識全爲直觀之知識」，並引申之於文學曰：「美術上之所表現者則非概念，又非個象，而以個象代表其物之一種之全體，即上所謂實念者是也。故在在得直觀之，如建築、雕刻、圖畫、音樂等皆呈於吾人之耳目者，唯詩歌（並戲劇小說言）一道，雖藉概念之助以喚起吾人之直觀，然其價値全存於其能直觀與否，詩之所以多用比興者其源全於此也。」〔註13〕

朱光潛《文藝心理學》一書嘗引克羅齊之見推闡此說，以爲直覺知識，乃「對於個別事物之知識」，以別於名理（包括知覺與概念）知識之爲「對於諸個別事物中關係之知識」。朱氏云：

> 一切名理的知識都可以歸納到「A爲B」之公式。比如說：「這是一隻桌子」這個「A爲B」公式中，B一定是一個概念，認識「A爲B」就是A，知覺就把一個事物A歸納到一個概念B裏去。……A自身無意義，它必須因與B有關係而得意義。……直覺的知識則不然。我們直覺A時，就把全副心神放在A本身上面，不旁遷他涉，A在心中祇是一個無沾無礙的獨立自足的意象。〔註14〕

《紅樓夢評論》第一章〈人生及美術之概觀〉便純從「直觀」之說立論。此章敘及靜安先生對人生及美術之看法。靜安先生以爲「生活之本質何？欲而已矣」「欲與生活與苦痛三者一已矣。」要擺脫此種生活之欲所帶來之苦痛，非美術何足以當之乎？蓋自然界之物，莫不與吾人有利害關係，故痛苦繫焉。唯美術能使人擺脫物我之利害關係，故以此物作爲直觀之對象。物我有利害關係，美乃不能成立，唯天才以其所觀於自然人生中者，觀之於美術之中，而使中智以下之人，亦因其物之與己無關係而超然於利害之外。故藝術之創生「自非天才豈易及此」，美乃天才之摹擬或修正，摹仿自然，修正自然。天才以直觀觀物，故能見人所不能見者，概因天才較諸凡人客觀、純粹且明晰，遂能識透生命之欲之眞相，恍悟人類之可憐，化解自然與人之衝突，觀察事物而無欲，因無欲即無懼，並以此爲別人提供可知之美。〔註15〕

美之爲物，靜安先生以爲有「優美」、「壯美」兩種。苟一物，令吾人忘利害關係玩之不厭且吾心呈寧靜狀態者，名之曰「優美之情」，而謂此物爲

〔註13〕見《靜安文集》，頁1623～1624。
〔註14〕朱光潛，《文藝心理學》，臺灣開明書店，頁6。
〔註15〕叔本華著、陳曉南譯，《叔本華論文集》，台北：志文出版社，頁115。

「優美」。若其物直接不利於吾人之意志，而意志爲之破裂，唯由知識冥想其理念者謂之曰「壯美之情」，而謂此物爲「壯美」。前者指大自然普通之美，如鳥鳴花放雲行水流屬之；後者若地獄變相之圖、決鬥垂死之像，廬江小吏之詩、雁門尚書之曲屬之。「優美」與「壯美」之美感經驗，亦產生於「直觀」。然靜安之定義及詮釋，未盡深刻正確之理解發揮，致爲一般人所詬病。其實此論乃緣出於康德《判斷力批判》之「審美學判斷力批評」。康德以爲壯美之情所以異於優美之情，乃因前者較諸後者多具兩種特質，亦即「數學之壯美」與「力學之壯美」〔註 16〕。所謂數學之壯美，則因「數目可達於無窮，故偉大性之數學之估值，無有最高度或極限之可言。於以使吾人發生智力所不能知其究竟，無限廣闊之空間事物時之所感意識，即無窮之偉大性。」〔註 17〕如吾人面對高山大川廣海遙空所感受之美屬之。所謂「力學之壯美」，即「當吾人視自然爲力學壯美之際，則自然應被表現爲能鼓舞恐怖之物。因在審美判斷中，對於一切障礙之超越克服，只能說明爲抵抗力所造成者。吾人所求抵抗者爲惡，倘抵抗力低下，則惡成爲畏懼之對象矣。故依審美判斷之觀點而言，自然被視爲畏懼之對象時，始能成爲一種潛力，即力學的壯美也。」〔註 18〕如吾人面對大自然迅雷烈風山崩海嘯所感受之美屬之。二者何以能產生美感？葉嘉瑩以爲：無限之「量」或極強之「力」已超越吾人「知力所能馭」或「人力所能抗」，遂足以摧人使「意志爲之破裂」，因而予人「超越乎利害之觀念以外」之感受，而又因吾人有保存自我之本能，當吾人面對「大不利於吾人」之對象而無可抗拒時，遂由於保存自我之本能，反而會以敏銳之直觀來觀察此一「對象之形式」，因之能得直觀之美感。〔註 19〕

美術中與「優美」、「壯美」相反者，靜安名之曰「眩惑」。蓋優美與壯美使吾人離生活之欲，而入於純粹之知識，眩惑則反之，使吾人自純粹之知識出而復歸於生活之欲。如西廂之酬柬、牡丹亭之飛夢、伶元之傳飛燕、楊慎之贋秘辛屬之。此皆由「直觀」立說，故靜安先生乃下一結論曰：

> 今既述人生與美術之概略於左，吾人且持此標準以觀我國之美術，而美術中以詩歌戲曲小說爲其頂點，以其目的在描寫人生故，吾人於是得一絕大著作，曰「紅樓夢」。

〔註 16〕吳康，《康德哲學》，臺灣商務印書館，頁 231～232。
〔註 17〕同註 16。
〔註 18〕同註 16。
〔註 19〕葉嘉瑩，《王國維及其文學批評》，源流出版社，頁 157。

二、以通古今全人類之哲理探尋作品含義

《人間詞話》靜安先生嘗以通古今全人類之哲理探尋作品含義。例如：評後主詞云：「後主則儼有釋迦基督擔荷人類罪惡之意」〔註20〕。如以「古今之成大事業大學問者，必經過三種之境界」解說晏殊、柳永、辛棄疾之名句〔註21〕。靜安先生亦以此觀衡中國古典小說。尤其先生從二十七歲起即開始研讀康德之《純理批評》、《至先王分析論》，苦其全不可解，乃輟而讀叔本華《意志及表象世界》大爲折服。此後兩年，皆沈潛於叔氏哲學。叔氏哲學最吸引先生者，莫過於知識及人生哲學觀，尤其是「生活之欲」與「天才」，故《紅樓夢評論》即以叔氏哲學爲其立論根據。

《紅樓夢評論》第二章〈紅樓夢之精神〉，特別指出「男女之欲所帶來之生活苦痛尤強於飲食之欲」之觀點。千古以來，文學作品指述此事者極多，然皆無法提供解決之道。《紅樓夢》一書明示此種苦痛乃由於自造，解脫之道不可不由自己求之者；解脫之道存於出世，以拒絕一切生活之欲，而不存于自殺，蓋因自殺之人未必盡屬能戰勝生活之欲者也。其解脫之道，又有二種之別。靜安云：

> 一存於觀他人之苦痛，一存於覺自己之苦痛。然前者之解脫，唯非常之人能爲，其高百倍於後者，而其難亦百倍，但由其成功觀之，則二者一也。通常之人，其解脫由於苦痛之閱歷、而不由於苦痛之知識。唯非常之人，由非常之知力，而洞觀宇宙人生之本質，始知生活與苦痛之不能相離，由是求絕其生活之欲，而得解脫之途中，彼之生活之欲，猶時時起而與之相抗，而生種種之幻影，所謂惡魔者，不過此等幻影之人物化而已矣。故通常之解脫，存於自己之苦痛，彼之生活之欲，因不得其滿足而愈烈，又因愈烈而愈不得其滿足，如此循環而陷於失望之境遇，遂悟宇宙人生之眞相，劇而求其息肩之所。彼全變其氣質而超出乎苦樂之外，舉昔之所執著者，一旦而舍之，彼以生活爲爐，苦痛爲炭，而鑄其解脫之鼎；彼以疲於生活之欲故，故其生活之欲不能復起而爲之幻影，此通常之人解脫之狀態也。前者之解脫如惜春紫鵑，後者之解脫如寶玉，前者之解脫超自然的也，神明的也；後者之解脫，自然的也，人類的也；前

〔註20〕見《人間詞話》卷上。
〔註21〕同註20。

> 者之解脱宗教的，後者美術的也；前者和平的也，後者悲感的也，壯美的也，故文學的也，詩歌的也，小說的也；此《紅樓夢》之主人公所以非惜春紫鵑。而為賈寶玉者也。

靜安先生以為，《紅樓夢》一書之精神乃在寫實玉由「欲」所產生之人生苦痛及其解脫之道，故能使吾儕馮生之徒，於此桎梏之世界中，離生活之欲之爭鬥，得到暫時之平和；故譽之與歌德《浮士德》同為文學之最高峰，且覺《紅樓夢》猶高於《浮士德》。蓋浮士德之苦痛，天才之苦痛，寶玉之苦痛，則人人所有之苦痛也。本來以哲學觀點批評文學作品，乃為發明創見。然批評時，捨比較觀點尋找作品本身之哲學含義，而生剝硬套、往而不返，便流於牽強附會。考察靜安先生最大錯誤，乃完全以叔氏哲學解說《紅樓夢》之謬。明顯之例有二，其一：完全以「生活之欲」之「痛苦」與「滅絕生活之欲」與「示人以解脫之道」為評論《紅樓夢》一書之依據，與原書主旨不合〔註22〕。其二，對「寶玉」之名加以附會，「所謂玉者，不過生活之欲之代表而已。」指「玉」為「欲」，嚴重撞犯比附字義勉強立說之病，且對寶玉之解脫與叔氏滅絕意志之欲之根本歧異，未做清楚辨別〔註23〕。儘管如此，因之而建立之理論體系，卻為當日新紅學之研究，提供正當可循之徑。

三、以西方悲劇觀點反顧中國古典小說之美學價值

王國維以西方悲劇觀點，反顧中國古典文學，謂中國之文學中，其具厭世解脫之精神者，僅有《桃花扇》與《紅樓夢》。然《桃花扇》之解脫，非眞解脫，他律的也，且《桃花扇》之作者，以寫故國之戚，非以描寫人生為事，政治的也、國民的也、歷史的也〔註24〕。而紅樓夢之解脫，乃自律的也，宇宙的也，哲學的也，文學的也。故謂《紅樓夢》一書，與一切喜劇相反，乃徹頭徹尾之悲劇也。

其實「悲劇」一辭，乃西洋之名辭，亞里斯多德《詩學》第六章，對悲劇之定義及六大要素有明確解說，其論云：「悲劇為對於一個動作之模擬，其動作為嚴肅，且具一定之長度與自身之完整；在語言上，繫以快適之詞，並分別插入各種之裝飾；為表演而非敘述之形式，時而引發起哀憐與恐懼之情緒，從而使這種情緒得到發散。」「凡屬悲劇均容包六個要素，以確立悲劇之

〔註22〕葉嘉瑩，《王國維及其文學批評》，源流出版社，頁181～182。

〔註23〕同註22。

〔註24〕王國維先生，《紅樓夢評論》，第三章〈紅樓夢之美學上之價值〉。

性質。此六大要素爲：故事或情節、性格、語法、思想、場面及旋律。其中二要素來自模擬媒介物（即語法與旋律），一要素來自模擬的樣式（即場面）〔註 25〕。靜安先生評《紅樓夢》，除依照亞氏之論外，泰半依叔氏悲劇之論，以爲標繩。靜安云：

> 由叔本華之說，悲劇之中，又有三種之別：第一種之悲劇，由極惡之人，極其所有之能力，以交構之者。第二種，由於盲目之運命者。第三種之悲劇，由於劇中之人物之位置及關係而不得不然者；非必有蛇蝎之性質，與意外之變故也，但由普通之人物，普通之境遇，逼之不得不如是；彼等明知其害，交施之而交受之，各加以力而各不任其咎，此種悲劇，其感人賢於前二者遠甚。何則？彼示人生最大之不幸，非例外之事，而人生之所固有故也。若前二種之悲劇，吾人對蛇蝎之人物，與盲目之命運，未嘗不悚然戰慄；然以其罕見之故，猶倖吾生之可以免，而不必求息肩之地也。但在第三種，則見此非常是勢力，足以破壞人生之福祉者，無時而不可墜於吾前；且此等慘酷之行，不但時時可受諸己，而或可以加諸人；躬丁其酷，而無不平之可鳴；此可謂天下之至慘也。

悲劇之中最感人者爲第三種，因彼示人生最大不幸，非例外之事，而人生之所固有，若《紅樓夢》正爲之而已，且此悲劇中之悲劇，蓋《紅樓夢》之故事情節，不過通常之道德、通常之人情、通常之境遇爲之而已，且此悲劇之不幸無時而不可墜於吾前〔註 26〕。此書之表現多爲壯美之情，吾人「恐懼與悲憫」之情緒，於焉感發，無人之精神於焉洗滌。故靜先生以爲，紅樓夢之美學價値，亦與其倫理價値相連絡。靜安先生以此觀點反顧中國文學，見解確實高於常人，對後世影響極大，然其疏失之處亦所在多有。最主要錯誤有二。對於西方悲劇傳統及美學中「美」與「崇高」之理論，未能正確理解發揮，此其一。楊牧〈王國維及其紅樓夢評論〉一文有云：

> 雖然如此，王國維卻沒有看出，其時《紅樓夢》應該是一個古典喜劇——曹雪芹譬若但丁，在他特殊的文化背景裏，創造了一個神乎其神的「喜劇」，而且他正如但丁之標準化了意大利白話文，標準化了中國的白話文。但丁從地獄出發，通過煉獄，到了天堂；寶玉從

〔註 25〕姚一葦，《詩學箋注》第六章，中華書局。
〔註 26〕同註 24。

樂園出發，自動下凡經歷了他的煉獄，又回歸他的樂園，獲得永遠的生命。大觀園只是紅塵裏一虛僞的園囿，摹仿那眞正提供「道德上的自由」的樂園；眞正保證永恒的樂園其實在清埂峰下；寶玉一度遠離它，如今又毅然回歸。雖然《紅樓夢》裏到處是血淚，就其結構的基礎來看，仍然是眞正典型的喜劇。王國維未能看到這一點，因爲他其實對西方文學的詞語定義是不甚理解的。我們說王國維是中國第一位比較文學者，我們也看出他在使用外來術語時，確實遭遇到不少困難。他輕易地把 tragedy 稱爲「悲劇」，把 comedy 稱爲「喜劇」，並開始望著自己接受了的譯法產生他堅持的意義。我們細察他在《紅樓夢評論》裏的觀點，可以看出他所謂「悲劇」也者，指的是預期毀滅和死亡的戲劇，以悲觀的哲學爲中心思想；而「悲劇」的相反乃順理成章地被他稱爲「喜劇」——他認爲喜劇必定以大團圓收場。他似乎是以亞里斯多德所揭的「恐懼」和「悲憫」爲標準來分析《紅樓夢》的美學價值的，然而，平心而論，他顯然未能把握到亞氏詩學的眞諦。王國維對 comedy 的理解更不充份。他 1907 年所作〈人間嗜好之研究〉，即以 comedy 爲「喜劇」，更進一步「喜劇」爲「滑稽劇」，並說可笑便是喜劇之特徵。王國維之未曾寓目但丁的著作，自可斷言，否則他應當知道西方文學中最偉大輝煌的 comedy，絕對不是滑稽可笑的。

引用資料之不當，此其二。《紅樓夢評論》第三章〈紅樓夢之美學上之價值〉，引《紅樓夢》第九十六回，寶玉與黛玉最後相見一節，以爲壯美一例，實不足以做爲美學價值之證明及代表。當靜安寫作此文之時，曹雪芹之家世生平及四十回爲高鶚續書之事，時人尚未做過任何考證，王氏尚未認知，於此爲劇，實是立論方面之疏失。〔註 27〕

四、以「解脫爲倫理學上最高之理想」衡量小說之內容價值

《紅樓夢》一書，自美學價值衡之，則爲悲劇中之悲劇，然若無倫理學價值以繼之，靜安先生以爲，則其於美術上之價值尚未可知也。《紅樓夢》之所以能成爲「宇宙之大著述」，以其在美術上能使人自空乏與滿足，希望與恐怖之中出，而獲永遠席肩之所，在倫理上且示人以解脫之方。二者相較，倫

〔註 27〕楊牧，〈王國維及其紅樓夢評論〉，見《文學評論》第三集，頁 259～285。

理方面之解脫，尤爲重要。故靜安先生以「解脫爲倫理學上最高之理想」爲衡量小說作品內容價值之依據。作品中或亦寫到人生憂患情事，然其缺乏希求解脫之勇氣，不能示人解脫之方，則天國與地獄，彼兩失之，如黃仲則之〈綺懷〉詩便是。世界各大宗教，皆以解脫爲唯一宗旨，哲學家如柏拉圖、叔本華之流，亦以之爲最高之理想。若《紅樓夢》之倫理學價值，亦在於解脫。

然此說果無謬乎？靜安先生在其《靜安文集・自序》中嘗云：「叔氏之說徒引經據典，非有理論之根據也。」其於《紅樓夢評論》第四章，即對叔氏以解脫爲最高理想之牴牾矛盾左支右絀，提出疑問。王氏云：「夫由叔氏之哲學說，則一切人類及萬物之根本，一也。故充叔氏拒絕意志之說，非一切人類及萬物，各拒絕其生活之意志，則一人之意念，亦不得而拒絕。何則？生活之意志之存於我者，不過其一最小部份，而其大部份之存於一切人類及萬物者，皆與我之意志同。而此物我之差別，僅由於吾人知力之形式，故離此知力之形式，而反其根本而觀之，則一切人類及萬物之意志，皆我之意志也。然則拒絕吾一人之意志，而姝姝自悅曰解脫，是何異蹄跨之水，而注之溝壑，而曰天下皆得平土而居之哉！佛之言曰：『若不盡度眾生，誓不成佛。』其言猶若有能之而不欲之意。然自吾人觀之，此豈徒能之而不欲哉！將毋欲之而不能也。故如叔本華之言一人之解脫，而未言世界之解脫，實與其意志同一之說，不能兩立者也。」〔註28〕叔氏拒絕意志追求解脫爲倫理學之最高理想，既已存在極大之矛盾，故《紅樓夢》一書之眞正價值是否僅爲「示人以解脫之道」，有待商榷。〔註29〕

〔註28〕《紅樓夢評論》，第四章〈紅樓夢之倫理學上之價值〉。
〔註29〕同註22。

第七章　結　論

〈中國文學批評史上之美學批評法〉之析論，至此告一段落，綜括其要義，約有如下數端：

（一）所謂美學批評法：

1. 即文學批評家從事實地批評時，從科學、客觀、質實有據之立場出發，持一具體標準賞析評鑑，以美學要求爲最終目的。
2. 其批評方式是思辨而非印象，是理論而非直覺，是整體式而非重點式。
3. 其批評對象與題材，不僅側重詩文等正統文學，且擴及小說、戲劇及其他通俗文學。
4. 更重要者，其批評原理、批評方法、實際批評三者兼備且面面俱到，故亦可名之曰：「完美批評法」。

（二）研究美學批評法之實質意義有四：

1. 系統整理美學批評方法及理論以利閱讀寫作。
2. 集各種批評法之大成。
3. 爲文學創新與仿古之基礎。
4. 重要批評家皆爲當代文學批評泰斗，理論完備且對後世影響甚大。

（三）研究美學批評法之論述程度爲：蒐集整理、辨析判斷、闡述發揮。

（四）美學批評法之消極且目的爲力矯中國傳統文學批評主觀、籠統，不科學等弊端，掃除批評術語義界不夠明確、一點即悟式批評，印象式批評等現象。

（五）美學批評法之積極目的爲：兼顧知識詮別與性靈感受、內質情境與外緣背景、形式與內容之合一，以及批評理論自身之完備性、系統性。

（六）美學批評法之代表批評家：

1. 詩評：蘇軾（宋）、葉燮（清）、袁枚（清）。
2. 文評：劉勰（南朝）、朱熹（宋）、曾國藩（清）。
3. 詞評：張炎（宋）、陳庭焯（清）。
4. 曲評：王驥德（明）、李漁（清）。
5. 小說評：金聖歎（清）、王國維（清）。

十二位之中、清人佔七席。蓋因有清一代兼容並包前代之特色，有以致之也。故梁啓超譽清代爲「中國之文藝復興時代」〔註1〕，劉大杰謂清代乃中國傳統文學之光榮總結束。〔註2〕

（七）美學批評法五大文類之主要批評論點今試列檢表於後：

詩評：

1. 蘇　軾
   (1) 詩主自然天眞反對務求奇新。
   (2) 詩主自得蕭散簡遠意在言外。
   (3) 外枯而中膏似澹而實美。
   (4) 新詩要淘鍊乃得鉛中銀。
   (5) 以俗爲雅，俗不傷雅。
   (6) 詩畫本一律天工與清新。
   (7) 出新意於法度之中，寄妙理於豪放之外。
   (8) 不得意不可以用事。
2. 葉　燮
   (1) 物我合一之藝術本源論。
   (2) 幽渺以爲理、想像以爲事、惝恍以爲情。
   (3) 陳熟與生新二者相濟。
   (4) 質文合一。

〔註 1〕見梁啓超，《清代學術概論》，〈自序〉。
〔註 2〕見劉大杰，《中國文學發展史》第二十八章。

(5) 創作宜詩品人品統一，批評則宜分開。

3. 袁　枚

(1) 以性靈爲批評原理。

(2) 以工拙爲批評標準。

(3) 重視詩歌內容之要求：① 內容宜豐富；② 詩以意爲主且用意精深；③ 重個性、重情感、重獨創。

(4) 重視詩歌形式之要求：① 用典；② 藻飾；③ 聲韻。

文評：

1. 劉　勰

(1) 觀位體。

(2) 觀置辭。

(3) 觀通變。

(4) 觀奇正。

(5) 觀事義。

(6) 觀宮商。

2. 朱　熹

(1) 由文字是否達意得理明白平易評之。

(2) 由形式與內容是否合一評之。

(3) 由歷史文化背景因素評之。

(4) 由文章結構組織評之。

(5) 由質文比例評之。

3. 曾國藩

(1) 論文之美：噴薄與吞吐。

(2) 古文八境界：雄直怪麗茹遠潔適。

(3) 文分四品：氣勢、識度、情韻、趣味。

(4) 行氣爲文章第一要義。

(5) 情理兼勝駢散合一。

(6) 用字典雅精當造句雄奇愜適。

4. 張　炎

(1) 評詞標準之一：清空。

(2) 評詞標準之二：雅正。

(3) 評詞標準之三：意趣。

(4) 評詞標準之四：形式要求：① 句法平妥精粹；② 鍊字貴響；③ 其他（用事、音律）。

5. 陳庭焯

(1) 以沈鬱爲品詞之理論基礎。

(2) 以比興爲詞法。

(3) 用筆宜求含蓄委婉。

(4) 修辭宜雅擇語貴正。

曲評：

1. 王驥德

(1) 戲劇結構：貴剪裁、貴鍛鍊、貴突出重點、抓住頭腦。

(2) 戲曲語言：重雅俗共賞、場上案頭兩兼其美。

(3) 戲曲音律：聲情詞情自然脗諧。

2. 李　漁

(1) 戲曲結構之美學：① 戒諷刺；② 立主腦；③ 脫窠臼；④ 密針線；⑤ 減頭緒；⑥ 戒荒唐；⑦ 審虛實。

(2) 戲曲詞采之美學：① 貴淺顯；② 重機趣；③ 戒浮泛；④ 忌填塞。

(3) 戲曲音律之美學：① 恪守詞韻；② 凜遵曲譜；③ 魚摸當分；④ 廉監宜避；⑤ 拗句難好；⑥ 合韻易重；⑦ 甚用上聲；⑧ 少塡入韻；⑨ 別解務頭。

(4) 戲曲賓白之美學：① 聲務鏗鏘；② 語求肖似；③ 詞別繁淺；④ 字分南北；⑤ 文貴潔淨；⑥ 意取尖新；⑦ 少用方言；⑧ 時防漏孔。

(5) 戲曲科諢之美學：① 戒淫褻；② 忌俗惡；③ 重關係；④ 貴自然。

(6) 戲曲格局之美學：① 家門；② 沖場；③ 出腳色；④ 小收煞；⑤ 大收煞。

(7) 戲曲選劇之美學：① 別古今；② 劑冷熱。

(8) 戲曲變調之美學：① 縮長爲短；② 變舊成新。

(9) 戲曲授曲之美學：① 解明曲意；② 調熟字音；③ 字忌模糊；

④ 曲嚴分合；⑤ 鑼鼓忌雜。

(10) 戲曲教白之美學：① 高低抑揚；② 緩急頓挫。

(11) 戲曲脫套之美學：① 衣冠惡習；② 聲音惡習；③ 語言惡習；④ 科諢惡習。

小說評：

1. 金聖歎

(1) 重視人物形象之塑造。

(2) 要求嚴密整體之小說結構。

(3) 強調文學語言之品味。

(4) 透過小說文法品評作品。

2. 王國維

(1) 以直觀爲批評理論基礎。

(2) 以通古今全人類之哲理探尋作品含義。

(3) 以西方悲劇觀點反顯中國古典小說之美學價值。

(4) 以「解脫爲倫理學上最高之理想」衡量小說之內容價值。

（八）美學批評法影響後代批評家，重視闡釋、衡鑑、比較、評價等過程，尤其強調批評之標準與層次。如黃永武先生在〈談詩的完全鑑賞〉一文嘗云：唯有通過對詩歌註釋理解之層次、詩法格律應用之層次，詩歌本身結構在美學上分析之層次，到達科學之眞、藝術之美、思想之善，方爲完全鑑賞。且謂鑑賞之程序與內容分別爲：

1. 科學性方面求眞層次：先辨詩篇之眞僞、再較字句之異同，次定詮釋之正誤，再查作品之年代，復求實物之徵驗。

2. 藝術性方面求美層次：造意之新穎、布局之嚴密、修辭之新警、音響之諧和、神韻之動人。

3. 思想性方面求善層次：探討思想之淵源性、思想之類別性、思想之層次性〔註3〕。又如曾永義先生，以八端：本事動人、主題嚴肅、結構謹嚴、曲文高妙、音律諧美、賓白醒豁、人物鮮明、科諢自然爲戲曲評騭標準，皆能開拓中國文學批評之新

〔註 3〕黃永武，〈談詩的完全鑑賞〉一文，原載《幼獅月刊》67 年 6 月號，收入其所著《中國詩學——思想篇》一書，巨流圖書公司，頁 251～284。

境界。〔註4〕

（九）美學批評法之理論與方法，唯有在實際批評發揮效用之實，方有其價值與意義。故吾人於從事批評之時，不僅宜將之運用於古典文學作品，更應運用於現代文學作品之賞析與評鑑。唯文學潮流之演進，使文學形式與內容亦隨翻新，故批評之時必須考慮二者之間，如文學類型、文學語言、格律限制，創作素材、文化背景之差異性，做適當之修正與調整。今採擷傳統美學批評法之精神本質，復考察現代文學之特殊風貌，試擬詩、散文、小說之戲劇批評準則於後：

1. 現代詩必須講求：語言是否豐富明朗、主題意識是否博大深刻、意象是否鮮活渾然，結構是否嚴密緊湊、節奏是否和諧鏗鏘。
2. 現代散文則當注意：主題之把握、辭藻之修飾、意象之塑造、感官之複製、氣勢之蓄積、筆力之蘊藉。〔註5〕
3. 現代小說，如文字技巧、表現手法、故事情節、布局結構、敘事觀點、人物個性、主題意義皆不可忽視。〔註6〕
4. 現代戲劇，則必須重其故事結構、性格描寫、題材安排、文詞音律、氛圍設計及舞台技巧（如燈光、配樂、時間）。

〔註4〕曾永義，〈評騭中國古典戲劇的態度和方法〉一文，原載《幼獅月刊》四十四卷第四期，後收入《說戲曲》一書，聯經出版事業公司，頁1～22。

〔註5〕鄭明娳，《現代散文欣賞》，東大圖書公司。

〔註6〕沈謙，《期待批評時代的來臨》，時報文化出版公司。

主要參考書目

一、

1. 何文煥編，《歷代詩話》，藝文印書館。
2. 丁福保編，《續歷代詩話》，藝文印書館。
3. 丁福保編，《清詩話》，藝文印書館。
4. 紀昀，《四庫全書總目提要》，藝文印書館。
5. 唐圭璋編，《詞話叢編》，廣文書局。
6. 郭紹虞選，《中國歷代文論選》，木鐸出版社。
7. 臺靜農編，《百種詩話類編》，藝文印書館。
8. 柯慶明、曾永義編，《兩漢魏晉南北朝文學批評資料彙編》，成文出版社。
9. 羅聯添編，《隋唐五代文學批評資料彙編》，成文出版社。
10. 黃啓方編，《北宋文學批評資料彙編》，成文出版社。
11. 張健編，《南宋文學批評資料彙編》，成文出版社。
12. 林明德編，《金代文學批評資料彙編》，成文出版社。
13. 曾永義編，《元代文學批評資料彙編》，成文出版社。
14. 葉慶炳、邵紅編，《明代文學批評資料彙編》，成文出版社。
15. 吳宏一、葉慶炳編，《清代文學批評資料彙編》，成文出版社。
16. 《中國美學史資料彙編》，明文書局。
17. 鄭靜若，《清代詩話敘錄》，學生書局。
18. 《水滸資料彙編》，里仁書局。

二、

1. 劉勰，《文心雕龍》，開明書局詳注本。
2. 范文瀾注，《文心雕龍注》，開明書局。
3. 黃侃，《文心雕龍札記》，文史哲出版社。
4. 王更生，《文心雕龍讀本》，文史哲出版社。
5. 楊明照校注，《文心雕龍校注》，河洛圖書公司。
6. 楊明照等譯，《文心雕龍研究語譯》，木鐸出版社。
7. 鍾嶸，《詩品》，世界書局。
8. 汪中，《詩品注》，正中書局。
9. 司空圖，《詩品》，世界書局。
10. 朱熹，《朱文公全集》，四部叢刊本。
11. 朱熹，《朱子語類》，正中書局影印宋刊本。
12. 曾國藩，《曾文正公全集》，世界書局。
13. 曾國藩，《經史百家雜鈔》，中華書局。
14. 曾國藩，《求闕齋讀書錄》，廣文書局。
15. 蘇軾，《蘇東坡全集》，世界書局。
16. 蘇軾，《東坡詩話》，《螢雪軒叢書》卷七。
17. 葉燮，《乙畦集》，中央研究院傅斯年圖書館藏。
18. 葉燮，《原詩》，藝文印書館。
19. 袁枚，《隨園詩話》，萬國圖書公司
20. 袁枚，《隨園三十六種》，上海圖書集成印書局。
21. 袁枚，《小倉山房詩文集》，四部備要本。
22. 王驥德，《曲律》，鼎文書局。
23. 李漁，《李漁全集》，成文出版社。
24. 李漁，《閒情偶寄》，長安出版社。
25. 金人瑞，《金聖歎全集》，上海錦文堂印行本。
26. 王國維，《王國維先生三種》，育民出版社。
27. 王國維，《王觀堂先生全集》，文華出版公司。

三、

1. 郭紹虞，《中國文學批評史》，粹文堂書局。
2. 羅根澤，《中國文學批評史》，學海出版社。

3. 朱東潤，《中國文學批評史大綱》，臺灣開明書店。
4. 陳鍾凡，《中國文學批評史》，龍泉書屋。
5. 劉大杰等著，《中國文學批評史》上卷。
6. 傅庚生，《中國文學批評通論》，盤庚出版社。
7. 方孝岳，《中國文學批評》，莊嚴出版社。
8. 朱東潤著，《中國文學批評家與文學批評》，學生書局。
9. 郭紹虞，《中國文藝思潮史》，宏政出版社。
10. 顏元叔譯，衛姆塞特等著，《西洋文學批評史》，志文出版社。
11. 青木正兒著，陳淑女譯，《清代文學評論史》，開明書店。
12. 黃緯堂，《中國歷代文藝理論家》，木鐸出版社。
13. 鈴木虎雄著，《中國詩論史》，臺灣商務印書館。
14. 張健，《明清文學批評》，國家出版社。
15. 劉大杰，《中國文學發展史》，華正書局。
16. 葉慶炳，《中國文學史》，弘道書局。
17. 鄭振鐸，《中國文學史》，盤庚出版社。
18. 李曰剛，《中國文學流變史》，聯貫出版社。
19. 錢基博，《中國文學史》，海國書局。
20. 周貽白，《中國戲劇發展史》，學藝出版社。
21. 胡雲翼，《中國文學史》，順風出版社。
22. 謝旡量，《中國大文學史》，中華書局。
23. 鄭振鐸，《中國俗文學史》，明倫出版社。
24. 高仲華，《中國文學》，復興書局。
25. 陳柱，《中國散文史》，臺灣商務印書館。
26. 黃錦鋐等，《中國文學史初稿》，石門圖書公司。
27. 柳存仁，《中國文學史》，莊嚴出版社。

四、

1. 葛連祥，《文學批評的理論與實務》，自印本。
2. 劉若愚著，杜國清譯，《中國文學理論》，聯經出版事業公司。
3. 劉若愚著，賴春燕譯，《中國人的文學觀念》，成文出版社。
4. 劉麟生，《中國文學八論》，文馨出版社。
5. 蔡源煌，《文學的信念》，時報出版公司。
6. 徐進夫譯，《文學欣賞與批評》，幼獅文化公司。

7. 柯慶明等編，《中國古典文學研究叢刊》，巨流圖書公司。
8. 張健等編，《中國古典文學論文精選叢刊》，幼獅文化公司。
9. 羅聯添編，《中國文學史論文選集》，學生書局。
10. 吳宏一，《清代詩學初深》，牧童出版社。
11. 韋勒克·華倫著，王夢鷗等譯，《文學論》，志文出版社。
12. 劉若愚著，杜國清譯，《中國詩學》，幼獅文化事業公司。
13. 黃永武，《中國詩學》，巨流圖書公司。
14. 朱自清，《朱自清古典文學論文集》，源流出版社。
15. 王煥鑣，《中國文學批評論文選》，正中書局。
16. 廖蔚卿，《六朝文論》，聯經出版事業公司。
17. 廚川白村著，陳曉南譯，《西洋近代文藝思潮》，志文出版社。
18. 黃維樑，《中國詩學縱橫論》，洪範書店。
19. 郭紹虞，《中國詩的神韻格調及性靈説》，河洛圖書出版社。
20. 曾永義，《説戲曲》，聯經出版事業公司。
21. 夏丏尊，《文藝論與文藝批評》，莊嚴出版社。
22. 李達三，《比較文學研究之新方向》，聯經出版事業公司。
23. 李宗慬譯著，《現代文學批評面面觀》，正中書局。
24. 曾永義，《中國古典戲劇論集》，聯經出版事業公司。
25. 白沙，《文藝批評研究》，巨人出版社。
26. 華仲麐，《中國文學史論》，開明書店。
27. 徐復觀，《中國文學論集》，學生書局。
28. 傅庚生，《中國文學欣賞舉隅》，臺灣時代書局。
29. 吳梅，《詞學通論》，臺灣商務印書館。
30. 高仲華，《高明文學論叢》，黎明文化事業公司。
31. 蔡英俊等，《中國文化新論》（文學篇），聯經出版社。
32. 張健，《中國文學思想散論》，臺灣商務印書館。
33. 青木正兒，《中國文學概説》，莊嚴出版社。
34. 劉永濟，《詞論》，龍田出版社。
35. 克羅齊，《美學原理》，正中書局。
36. 亞里士多德著，姚一葦箋註，《詩學箋注》，中華書局。
37. 楊昌年，《近代小説研究》，蘭臺書局。
38. 朱光潛，《文藝心理學》，開明書店。
39. 佛斯特著，朱文彬譯，《小説面面觀》，志文出版社。

40. 姚一葦，《藝術的奧秘》，開明書局。
41. 柯慶明，《境界的再生》，幼獅文化事業公司。
42. 黃慶萱，《修辭學》，三民書局。
43. 劉文潭，《現代美學》，臺灣商務印書館。
44. 王夢鷗，《文藝美學》，新風出版社。
45. 宗白華，《美學的散步》，洪範出版社。
46. 顏元叔編，《西洋文學術語叢刊》，黎明文化事業公司。
47. 朱光潛，《談美》，德華出版社。
48. 黑格爾，《美學》，里仁書局。
49. 姚一葦，《美的範疇論》，開明書店。
50. 王夢鷗，《文學概論》，藝文印書館。
51. 沈謙，《期待批評時代的來臨》，時報文化出版公司。
52. 傅東華主編，《文學手冊》，大漢出版社。
53. 張健，《從李杜說起》，南京出版公司。
54. 《美學史語》，立軒出版社。
55. 《美學常識》，立軒出版社。
56. 徐進雄，《細說中國美學》，嚮人堂。
57. 黃永武，《字句鍛鍊法》，臺灣商務印書館。
58. 任二北，《詞學研究法》，臺灣商務印書館。
59. 鄭明娳，《現代散文欣賞》，東大圖書公司。

五、

1. 張健，《滄浪詩話研究》，國立台灣大學文史叢刊。
2. 張健，《朱熹的文學批評研究》，臺灣商務印書館。
3. 張健，《宋金四家文學批評研究》，聯經出版事業公司。
4. 王更生，《文心雕龍研究》，文史哲出版社。
5. 王更生編，《文心雕龍研究論文選粹》，育民書局。
6. 葉嘉瑩，《迦陵談詞》，純文學生出版社。
7. 游信利，《蘇東坡的文學理論》，學生書局。
8. 楊鴻烈，《袁枚評傳》，臺灣商務印書館。
9. 汪經昌，《曲韻五書》，廣文書局。
10. 黃麗貞，《李漁研究》，純文學生出版社。
11. 吳宏一，《常州派詞學研究》，嘉新水泥文化基金會。

12. 姜書閣，《桐城文派評述》，臺灣商務印書館。
13. 蔣英豪，《王國維文學及文學批評》，崇基學院華國學會叢書。
14. 葉嘉瑩，《王國維及其文學批評》，源流出版社。
15. 葉嘉瑩，《迦陵論詞叢搞》，明文書局。
16. 尤信雄，《桐城文派學述》，文津出版社。
17. 丁履譔，《葉燮的人格與風格》，成文出版社。
18. 沈謙，《文心雕龍之文學理論與批評》，華正書局。
19. 叔本華著，陳曉南譯，《叔本華論文集》，志文出版社。
20. 吳康，《康德哲學》，臺灣商務印書館。

六、

1. 莊耀郎，〈原氣〉，臺灣師大碩士論文。
2. 曹淑娟，〈論漢賦之寫物言志傳統〉，臺灣師大碩士論文。
3. 溫莉芳，〈中國文學批評史上的歷史批評法〉，台大碩士論文。
4. 徐志平，〈《續玄怪錄》研究〉，臺灣師大碩士論文。
5. 李宗慬，〈文心雕龍文學批評之研究〉，臺灣師大碩士論文。
6. 蔡英俊，〈六朝風格論之理論與實際探究〉，台大碩士論文。
7. 陳萬益，〈金聖歎文學批評考述〉，臺灣師大碩士論文。
8. 康百世，〈金聖歎評改水滸傳的研究〉，政大碩士論文。
9. 王紘久，〈袁枚詩論〉，政大碩士論文。
10. 張百蓉，〈李漁及其戲劇理論〉，文化碩士論文。
11. 陳月霞，〈白雨齋詞話研究〉，政大碩士倫文。
12. 陳惠豐，〈葉燮及其詩論研究〉，臺灣師大碩士論文。
13. 莊雅州，〈曾國藩文學理論述評〉，臺灣師大碩士論文。
14. 徐信義，〈張炎詞源研究〉，臺灣師大碩士論文。
15. 陳錦釗，〈李之文論〉，政大碩士論文。
16. 周益忠，〈論詩絕句發展之研究〉，臺灣師大碩士論文。
17. 沈謙，〈文心雕龍批評論發微〉，臺灣師大碩士論文。
18. 張筱萍，〈兩宋詞論研究〉，臺灣師大碩士論文。
19. 楊麗珠，〈清初浙派詞論研究〉，臺灣師大碩士論文。
20. 李美珠，〈朱子文學理論初探〉，臺灣師大碩士論文。
21. 高友工，〈文學研究的美學問題〉，《中外文學》第七卷第十一、十二期。
22. 劉大杰，〈金聖歎的文學批評〉，《中華文史論叢》第十三輯。

23. 日・松下忠，〈袁枚の性靈説の特色〉，《東方學》第三十五期。
24. 日・松下昂，〈隨園詩話の世界〉，《中國文學報》第二十二期。
25. 陳宗敏，〈白雨齋詞話概述〉，《大陸雜誌》四十二卷二期。
26. 高友工，〈文學研究的理論基礎〉，《中外文學》第七卷第七期。
27. 葉維廉，〈主觀與批評理論兼談中國詩話〉，《中外文學》第七卷第七期。
28. 楊松年，〈中國文學批評用語語意含糊的問題〉，《南洋大學學報》第八、九期。
29. 柯慶明，〈文學美綜論〉，《中外文學卷》七十二期～七十四期。
30. 王紘久，〈袁枚詩論的基本觀點〉，《中華文化復興月刊》第七卷第五期。
31. 侯健，〈道德性的文學批評〉，《幼獅月刊》第四十二卷第六期。
32. 楊牧，〈王國維及其「紅樓夢評論」〉，《文學評論》第三期。
33. 張健，〈中國文學批評史上的分等評鑑法〉，《臺靜農先生八十壽慶論文集》。
34. 夏濟安，〈兩首壞詩〉，《文學雜誌》三卷三集。
35. 楊昌年，〈美學批評初探——從王國維「紅樓夢評論談起」〉，師大文學院《教學與研究》第三期。